UNITALL

Band 2:
Der Sturm bricht los

Heinrich von Stahl

1. Auflage
August 2010

Unitall Verlag GmbH
Salenstein, Schweiz
www.unitall.ch

Vertrieb:
HJB Verlag & Shop KG
Schützenstr. 24
78315 Radolfzell
Deutschland

Bestellungen und Abonnements:
Tel.: 0 77 32 – 94 55 30
Fax: 0 77 32 – 94 55 315
www.hjb-shop.de
hjb@bernt.de

Titelbild: Nick (Russia)
Printed in EU

© 2010 Unitall Verlag
UNITALL ist ein eingetragenesWarenzeichen
Alle Rechte vorbehalten

Prolog:
Sonntag, 03. März 1949

Fast vollkommene Dunkelheit lag über dem Stützpunkt der Kastrup[1] südlich von Berlin. Die Natur selbst begünstigte die schwarz uniformierten Elitesoldaten in ihrem Bestreben, unbeobachtet zu bleiben, denn die geschlossene, dichte Wolkendecke ließ kein Sternenlicht und keinen Mondschein auf die mitten im Wald gelegenen pyramidenförmigen Bunkerbauten fallen.

Doch die Schwärze der Nacht wurde von einem rechteckigen, rötlichen Lichtschein durchbrochen. Es wirkte, als stünde das leuchtende Rechteck im Nichts. Vier menschliche Umrisse wurden sichtbar, als sie in das schwache Leuchten traten. Ihre Silhouetten offenbarten, dass die Gestalten die für deutsche Soldaten typischen Helme trugen.

Nachdem die Männer in das Licht getreten waren, verkleinerte sich das leuchtende Rechteck von unten nach oben, wurde zu einem schmalen Schlitz und verschwand schließlich ganz. Nichts als die undurchdringliche Schwärze der Nacht blieb zurück.

Feldwebel Arnulf Kentula war einer der vier Soldaten, die in das seltsame Licht eingetaucht waren. Für ihn waren die Er-

---

[1] <u>Ka</u>iserliche <u>S</u>chutz<u>truppe</u>

eignisse der vergangenen Minuten noch unheimlicher, als das Verschwinden der Männer in dem rötlichen Leuchten auf einen Außenstehenden gewirkt hätte. Erst vor wenigen Wochen war er der Adjutant des Oberkommandierenden der Kastrup, Generalfeldmarschall von Dankenfels, geworden. Heute hatte ihn sein neuer Chef zum ersten Mal in eins der geheimnisumwobenen Delta-Zentren der Schutztruppe mitgenommen. Zunächst hatten ihn die außergewöhnlichen Sicherheitsmaßnahmen bei der Einfahrt in den Stützpunkt beeindruckt. Dann hatten sie einen betonierten Platz zwischen den Bunkern erreicht, wo ein tiefes Brummen, das teilweise im Infraschallbereich lag, ihn beinahe seinen Mageninhalt gekostet hätte. Schließlich war dann dieses leuchtende Rechteck vor ihnen aus dem Nichts entstanden. Kentula erlebte alles wie im Traum.

Für den Generalfeldmarschall und die beiden Stabsoffiziere, die ihn begleiteten, schienen die Ereignisse jedoch völlig normal zu sein. Sie schritten eine Rampe zu dem einen Meter über dem Boden schwebenden Lichtfleck hoch, traten hinein und wurden im Innern dieses Etwas, von dem Arnulf sich nicht vorstellen konnte, worum es sich handelte, von einem Major begrüßt, der eben jenes Etwas mit »K-38« bezeichnete.

Der von seinen Kameraden hinter vorgehaltener Hand mit dem Spitznamen »Kentucky« und wegen seiner künstlichen Bräune manchmal auch »Kentucky Fried Chicken« genannte Feldwebel trottete hinter den vier Offizieren durch einen rötlich beleuchteten Vorraum, an dessen Wänden seltsam klobig wirkende Anzüge hingen.

Der hagere Major mit dem leicht eingefallen wirkenden Gesicht blieb vor einer doppelten Schiebetüre stehen, die wie die eines Aufzugs wirkte. Rechts oben neben der Türe leuchtete eine Kontrolllampe grün. Der Soldat drückte auf einen Knopf in der Wand, worauf die beiden Flügel mit einem leisen Zischen aufglitten.

Kentucky traute seinen Augen nicht. Zum Vorschein kam ein dreißig Meter durchmessender kuppelförmiger Raum, der mit bunt blinkenden elektronischen Geräten auf einem kreisrunden Pult in der Mitte vollgestopft war. Davor saßen mindestens zwanzig Kastrup-Soldaten. An den Wänden sah der Feldwebel riesige Bildschirme, die sicher zwei mal vier Meter groß waren und auf denen die Umgebung mit den pyramidenförmigen Bunkern und dem dahinter liegenden Wald so detailliert dargestellt wurde, als ob es draußen taghell wäre.

Als der Generalfeldmarschall den Raum betrat, erhoben sich die Soldaten und salutierten vor ihrem obersten Kommandeur.

»Bitte nehmen Sie Platz«, schlug der Major vor und deutete auf eine der Sitzgruppen, die um das runde Pult in der Mitte des Raumes verteilt waren und einen hervorragenden Blick auf die Bildschirme erlaubten. Kentula fiel auf, dass dort bereits jemand saß, der es offensichtlich nicht für nötig gehalten hatte, vor dem Generalfeldmarschall zu salutieren. Der Feldwebel sah lediglich das Profil des Mannes im gedämpften Licht der Bildschirme und der Kontrollleuchten der vielfältigen elektronischen Geräte. Erst als die Gruppe sich auf wenige Meter genähert hatte, erkannte Kentucky die charakteristischen Gesichtszüge des in eine schmucklose graue Uniform Gekleideten. Arnulf hatte den Mann niemals persönlich kennen gelernt, er hatte jedoch hunderte Fotos von ihm gesehen – meist in Geschichtsbüchern.

Das Gesicht auf den Fotografien hatte jünger gewirkt als das des Mannes mit den streng zurückgekämmten schneeweißen Haaren, der sich nun freundlich lächelnd von seinem Sessel erhob, doch es gehörte unzweifelhaft dem gleichen Besitzer. Kentucky lief es kalt den Rücken hinunter. Es handelte sich um Generalfeldmarschall von Lindenheim, den legendären Begründer der Kastrup, der allerdings seit Mitte der zwanziger Jahre als verschollen galt.

Die vier Offiziere salutierten zackig vor dem Neunundsiebzigjährigen, der jedoch wie ein Mann Ende vierzig wirkte. Der

Feldwebel beeilte sich, seine Verblüffung abzuschütteln und es ihnen nachzutun.

Von Lindenheim grüßte lässig zurück und wiederholte die Worte, mit denen auch schon der Major die kleine Gruppe begrüßt hatte: »Willkommen an Bord der K-38!« Dann schlug er Feldmarschall von Dankenfels kameradschaftlich auf die Schulter. Die zwei Männer wirkten wie Vater und Sohn. Beide waren circa einsfünfundachtzig groß, hatten ähnlich schmale, längliche Nasen, stahlblaue Augen und schneeweiße Haare, die von Dankenfels jedoch als Bürstenschnittfrisur trug.

Von Lindenheim deutete einladend auf die Sitzgruppe und nahm wieder Platz. Die Offiziere und der Feldwebel kamen der Aufforderung nach. Der verschollen Geglaubte blickte den heutigen Oberkommandierenden der Kastrup auffordernd an.

»Die Dinge laufen weitgehend nach Plan«, begann von Dankenfels seine Ausführungen. »Die Alliierten haben mit der Operation ›Thunderstrike‹ begonnen. Die Rote Armee hat am gestrigen Morgen die Ostgrenze des Reiches überschritten, während die deutschen Nuklearwaffen von einem Verräter namens Malte Müller ausgeschaltet wurden. Dieser überzeugte Kommunist – also eine verwirrte Persönlichkeit – weiß natürlich nicht, dass wir über seine Machenschaften bestens informiert waren. Er hat keine Ahnung von den Zusammenhängen. Wenig später haben rund eintausendfünfhundert Lancaster-Bomber der Royal Air Force Nokwat[2] bombardiert, sodass der Nordische Bund in den nächsten Monaten keine neuen Fusionsbomben herstellen kann. Der erste Teil unseres Planes ist also aufgegangen: Der zweite Weltkrieg ist ausgebrochen, und er wird mit konventionellen Waffen geführt.«

»Sehr gut!«, lobte von Lindenheim.

Kentucky wurde schwarz vor Augen. *Diese ganzen technischen Spielereien hier, die wie aus einem utopischen Roman*

---

[2] Nordisches Kernwaffen-Testgelände im Süden Libyens

wirken, das geheimnisvolle Treffen in der Dunkelheit des Stützpunktes, das Auftauchen des verschollen geglaubten Feldmarschalls – und nun reden die hier über Hochverrat. Ruhig bleiben! Es muss für das alles eine vernünftige Erklärung geben. Der Feldwebel war in seinen Gedankengängen hin- und hergerissen zwischen seiner Loyalität zur Kastrup und seinem Patriotismus, der dem in seinen Augen großartigsten Staatengebilde der Erde galt: dem Nordischen Bund unter der Führung Deutschlands.

Während die Gedanken wie ein Bienenschwarm durch Arnulfs Gehirn schwirrten, ergänzte einer der Offiziere: »Vier Staffeln Horten B1 haben insgesamt dreißig Fusionsbomben über den vier Angriffskeilen der Russen abgeworfen, wobei natürlich keine der Bomben detonierte. Da die Sowjets nun im Besitz dieser Kernwaffen sind, könnte dieser Schwachkopf … – wie hieß er noch gleich?«

»Malte Müller«, kam ihm von Dankenfels zur Hilfe.

»… die Dinger wieder scharf machen, sodass die Roten sie gegen das Reich einsetzen könnten. Das müssen wir natürlich verhindern.«

»Selbstverständlich«, pflichtete von Dankenfels dem Kastrup-Soldaten bei, wobei Besorgnis seine Gesichtszüge verdunkelte. »Auch wenn dieser Müller ein weltfremder Träumer ist, so handelt es sich bei ihm doch um einen hervorragenden Informatiker. Ich kann nur hoffen, dass unsere eigenen Leute seinen Tricks gewachsen waren, als sie die Programmierung der Bomben veränderten.«

Nach dieser für Kentucky ziemlich nebulösen Ausführung seines obersten Vorgesetzten nickte von Lindenheim nur kurz und wechselte das Thema: »Wie ist die Lage in Frankreich?«

»Der französische König wurde abgesetzt, weil wir die dortigen Demokraten gewähren ließen. Frankreich ist nach dem Umsturz sofort auf Seiten der Sowjetunion und Englands in den Krieg eingetreten. Ohne diesen Seitenwechsel der Franzosen hätten die Engländer ihren von uns geduldeten Angriff auf Nokwat niemals durchführen können. Die Tommys haben ihre Bomber zerlegt auf Schiffen nach Korsika transportiert, das bei ihrer Ankunft bereits von demokratischen Revolutionstruppen der Franzosen besetzt war. Dort haben sie die Lancasters zusammengebaut und wenige Stunden nach der russischen Invasion der Ostgrenze des Nordischen Bundes gestartet – mit dem Ergebnis, dass nun keine Seite Nuklearwaffen zur Verfügung hat, wobei die dreißig Bomben in sowjetischer Hand natürlich nach wie vor einen Unsicherheitsfaktor darstellen.«

»Ist die Rüstungsproduktion im Reich planmäßig angelaufen?« wechselte von Lindenheim erneut das Thema.

»Ja«, gab von Dankenfels Auskunft. »Der kaiserliche Rüstungsminister hat zehntausende Kampfpanzer, zweihunderttausend Kampfläufer und sogar einhundert der neuen Landkreuzer LK-1 beauftragt. Zusätzlich wurden Henkel, Horten, Focke-Wulf, Saab und Messerschmidt[3] volle Auftragsbücher beschert. Die Werften sind angewiesen worden, mehrere Flugzeugträger und Schlachtschiffe zu produzieren. Wie sieht's bei unseren amerikanischen und britischen Freunden aus?«

Jetzt war die Verwirrung Kentuckys komplett. *Amerikanische und britische Freunde? Wovon redet der Generalfeldmarschall da?*

Von Lindenheim entgegnete mit einem Lächeln: »Nach dem Feuerwerk, das unsere amerikanischen Kameraden in Rosamond aufgezogen haben, hatte der Yankee-Präsident Truman – besonders nach dem Scheitern des deutschen Nuklearangriffs auf die Russen – die Öffentlichkeit natürlich hinter sich, als er an der Seite Englands in den Krieg eintrat und die amerikanische Wirtschaft auf Rüstung umstellen ließ.«

»Und wie viel von der amerikanischen Produktion wird an uns abfließen?«, hakte von Dankenfels nach.

---

[3] Die fünf größten Nordischen Flugzeugbauer.

»Wie auch bei der britischen Produktion und der des Nordischen Bundes in etwa fünfzig Prozent. General Electric, Boeing und Lockheed sind von unseren Leuten ebenso unterwandert wie Siemens, Thyssen und Messerschmidt. Die Auftraggeber in den Regierungen werden nicht einmal ahnen, dass sie für eine F86 beziehungsweise eine Ho 229 doppelt so viel ausgeben wie nötig. Die überschüssige Produktion wird dann über die Kastrup-, CIA- und Secret-Service-Stützpunkte zu unseren Werken transportiert.«

Werke, die von uns und der CIA mit Rüstungsproduktion beliefert werden? Der Feldwebel gab es auf, sich einen Reim auf das Gespräch zwischen dem ehemaligen und dem heutigen Kastrup-Kommandanten zu machen. Doch dann kamen die beiden Männer auf den Fund außerirdischer Technologie zu sprechen, den die Kastrup unterhalb des britischen Fort Charles im Süden des Sudans im Jahre 1925 gemacht hatte. Dabei schnappte Kentucky auch einige Informationen über die Außerirdischen auf, die britische und deutsche Wissenschaftler den sogenannten »Computern« der Fremden entlockt hatten. Und plötzlich lichtete sich der Schleier. Die Dinge machten auf einmal Sinn. Der Feldwebel wurde trotz seiner künstlichen Bräune blass, als er die Tragweite der Zusammenhänge erkannte.

Der Informationsaustausch zwischen den so gleichen Männern, wenn man vom Altersunterschied einmal absah, fokussierte sich auf die Verteilung der »überschüssigen« Produktion der Kriegsparteien auf die unterschiedlichen Werke. Kentucky hörte dafür Bezeichnungen wie G-III, T-I, M-VI oder L-II, die ihm natürlich nichts sagten.

»... dann wünsche ich Ihnen noch eine gute Reise zurück zu L-I, mein Koordinator«, hörte Arnulf von Dankenfels in seinem schneidigen Tonfall das Gespräch beenden. Der Feldmarschall erhob sich, was für die weiteren anwesenden Offiziere das Zeichen war, es ihm gleichzutun. Wiederum war es der

Feldwebel, der sich in seiner Verwirrung beeilen musste, rechtzeitig aufzustehen, um nicht unangenehm aufzufallen. Der mit »Koordinator« bezeichnete von Lindenheim verabschiedete die Männer lediglich mit einem freundlichen Lächeln.

Kentula trottete den vier Schwarzuniformierten etwas verloren hinterher. Tausende Gedanken wirbelten durch seinen Kopf – zu viele, um selbst von seinem weit über dem Durchschnitt begabten Gehirn verarbeitet werden zu können. Doch gegen alle Regeln mogelte er sich an den Offizieren vorbei, die mit von Dankenfels den gleichen Weg zurückschritten, den sie gekommen waren. Als er neben seinem obersten Vorgesetzten stand, konnte er die Frage nicht mehr zurückhalten: »Was ist Werk L-I?«

»L steht für Luna«, entgegnete von Dankenfels lakonisch.

»Luna« ist lateinisch für »Mond«!, dachte Kentucky, bevor sie die Rampe verließen, die zurück zu dem BMW Cabrio führte, das auf dem Betonplatz geparkt war. *Aber da sind doch erst vor wenigen Tagen unsere Astronauten der Donar-IX-Mission zum ersten Mal in der Menschheitsgeschichte gelandet. Ich verstehe gar nichts mehr.*

KAPITEL 1:
DIE SCHWARZE GEGENREVOLUTION

Kaiser Friedrich IV. hatte in den drei Stunden, in denen er sich Ruhe aufzwingen wollte, keinen Schlaf gefunden. War er der letzte deutsche Kaiser? Würden der Nordische Bund und mit ihm das Reich unter den Schlägen der Feinde zerbrechen? Es sah alles danach aus. Die sowjetischen Horden stürmten von Osten heran, und das Reich hatte, seiner Nuklearwaffen beraubt, nicht die Mittel, diese Flut von Millionen Soldaten und zigtausenden von Panzern aufzuhalten. Zu allem Überfluss war der französische König Karl XII. von einem sogenannten »demokratischen Revolutionsrat« entmachtet worden. Im Zuge dieses Umsturzes hatten die Revolutionäre den Austritt Frankreichs aus dem Nordischen Bund erklärt und waren an der Seite Englands, der USA und der Sowjetunion in den Krieg eingetreten. Diese offensichtlich von langer Hand geplante Aktion hatte erst den Angriff einer riesigen britischen Bomberflotte, die von Korsika aus gestartet war, auf das deutsche Kernwaffenentwicklungszentrum Nokwat im Süden Libyens ermöglicht. Zusätzlich sah sich der Nordische Bund durch den Seitenwechsel Frankreichs nun einem Zweifrontenkrieg gegenüber. Schlimmer hätte es nicht kommen können.

Der Kaiser machte sich furchtbare Vorwürfe, die Rüstung des Reiches zugunsten der Forschung und des Weltraumprogramms vernachlässigt zu haben. Zu sehr hatte er sich auf die trügerische Sicherheit verlassen, die die nukleare Bewaffnung seiner Streitkräfte ihm vermittelt hatte. Doch die vorhandenen Kernwaffen waren bei ihrem Einsatz gegen die Roten nicht detoniert, und neue konnten nach der Vernichtung von Nokwat auf absehbare Zeit nicht hergestellt werden. Es war zum Verrücktwerden.

Ein dumpfes Klopfen an der stabilen Eichentüre seines Privatgemachs im vierhundertundfünfzehn Meter hohen Schloss Hohenzollern, das die wichtigsten Staatsressorts und die Vertretungen der Königreiche des Nordischen Bundes beherbergte, vertrieb die düsteren Gedanken des Monarchen. Von einer Sekunde auf die andere hellwach, wuchtete sich der durchtrainierte Herrscher aus seinem Bett und las die Uhrzeit von einer kleinen Uhr auf seinem Nachttisch. Es war 06:00 Uhr an diesem ersten Sonntag des Zweiten Weltkrieges, dem 3. April 1949.

Mit einem lauten »Wegtreten!« ließ Friedrich die Ordonnanz vor der Türe wissen, dass er wach war. Dann nahm er im angrenzenden Bad erst einmal eine kalte Dusche, die die Müdigkeit aus seinen Gliedern vertrieb. Nachdem das Oberhaupt des Nordischen Bundes seine Morgentoilette beendet hatte, kleidete er sich in seine schmucklose blaue Uniform mit zwei Reihen silberner Knöpfe auf dem Gehrock und begab sich in den Konferenzraum 1, der sich wie seine Privatgemächer in der obersten Etage des Kaiserpalastes befand. Rund dreißig Offiziere hatten sich um den ovalen Eichentisch versammelt, die sich nun beim Eintreten des Kaisers erhoben und salutierten. Der Monarch mit dem nach oben gezwirbelten Oberlippenbart schaute zunächst in die ernsten Gesichter seiner höchsten Militärs und trat dann an eines der beiden vom Boden bis zur Decke reichenden Fenster. Das bis zum Horizont reichende Berlin mit seinen zahlreichen Prachtbauten machte Friedrich die ungeheure Verantwortung, die auf seinen breiten Schultern lastete, mit aller Deutlichkeit bewusst. Würden hier schon bald russische Panzer patrouillieren? Oder waren die Franzosen, Engländer und Amerikaner, die sich in kürzester Zeit im Westen formiert haben würden, schneller? Konnte der Untergang des Reiches überhaupt noch aufgehalten werden? Die vergangenen drei Jahrzehnte hatten den Ländern des Nordischen Bundes ein hohes Maß an Wohlstand, kultureller Entwicklung und technologischem Fortschritt beschert. Sollte dies alles umsonst gewesen sein und dem Chaos eines mörderischen Krieges anheimfallen?

Mit einem Ruck wandte sich der Herrscher von der vierhundert Meter unter ihm liegenden Metropole ab und musterte erneut seine Offiziere. Die Muskulatur seiner linken Wange zuckte leicht.

Nach einigen Sekunden des Schweigens eröffnete Friedrich die weiteren Planungen des Oberkommandos mit fester Stimme, wobei sein Oberlippenbart leicht zitterte: »Meine Herren, unsere einzige Chance, die Feinde aufzuhalten, bis unsere Rüstungsproduktion voll angelaufen ist, ist unsere Luftüberlegenheit. Doch genau diese wird durch den Kriegseintritt Frankreichs auf der Seite unserer Gegner gefährdet. Schließlich verfügt Frankreich als ehemaliges Mitglied des Nordischen Bundes über eine große Zahl moderner Flugzeuge der Hersteller Messerschmidt, Horten und Focke-Wulf. Zusätzlich unterhalten diese Hersteller mehrere Werke auf französischem Boden, in denen weitere Kampfflugzeuge hergestellt werden. Meine Herren«, wiederholte der Kaiser seine Anrede, »mit der Bedrohung durch Frankreich und die dort bald eintreffenden Engländer und Amerikaner im Rücken haben wir keine Chance, die Kommunisten im Osten aufzuhalten. Deshalb befehle ich alles, was nicht bereits an der Ostfront kämpft, nach Westen zu verlegen und die Invasion Frankreichs vorzubereiten.«

Bei den letzten Worten war Reichsmarschall von Grefe, der Oberkommandierende des Heeres, aufgesprungen. »Mein Kaiser!« Die Wangen des Offiziers hatten eine rote Färbung angenommen. »Ein solches Vorgehen würde den Untergang nur beschleunigen. Falls eine Invasion Frankreichs überhaupt gelingt, so würde diese Wochen, wenn nicht Monate dauern. In dieser Zeit hätten die Russen höchstwahrscheinlich Berlin, vielleicht sogar schon das Ruhrgebiet erobert. Unsere unzureichenden Kräfte im Osten wären nicht in der Lage, den Vormarsch der Sowjets signifikant zu bremsen. Was nützt uns auf der einen Seite die Besetzung Frankreichs, wenn wir auf der anderen Seite unsere gesamte Industriekapazität verlieren?«

Der Monarch hatte mit diesem Einwand gerechnet, wenn auch nicht in der von von Grefe vorgetragenen Schärfe. Friedrich faltete seine Hände auf dem Rücken, bevor er entgegnete: »Oberflächlich betrachtet haben sie Recht. Zwei Faktoren spielen jedoch meiner Meinung nach eine entscheidende Rolle. Erstens können wir durch unsere Strategie des koordinierten Rückzuges im Osten den Russen ernsthafte Verluste zufügen. Zusätzlich machen wir die Roten durch ständige Luftangriffe und durch die Anschläge unserer im Hinterland operierenden Kastrup-Verbände mürbe. Letztere werden darauf ausgerichtet sein, den Nachschub des Feindes empfindlich zu stören. Zweitens glaube ich nicht, dass die Invasion Frankreichs Wochen oder sogar Monate dauert. Die Franzosen haben, wie die anderen Völker des Nordischen Bundes auch, drei Jahrzehnte des Wohlstandes mit weitgehender persönlicher Freiheit erlebt. Deshalb stehen weite Teile der französischen Bevölkerung hinter ihrem König. Die alte Deutschenfeindlichkeit ist ebenfalls weitgehend verschwunden, weil wir nach dem gewonnenen Weltkrieg keinerlei Ansprüche an Frankreich stellten und seitdem ein freundschaftliches Verhältnis zu unserem westlichen Nachbarn pflegen. Ich gehe also davon aus, dass der gegenwärtige Umsturz eine von langer Hand geplante Aktion der Engländer und Amerikaner mithilfe einiger verräterischer Franzosen ist. Ich glaube jedoch nicht, dass der »Demokratische Revolutionsrat« die Rückendeckung des französischen Volkes hat. Folglich werden bei unserem Einmarsch in Frankreich eine große Zahl königstreuer Soldaten zu uns überlaufen, wodurch die demokratisch-französische Verteidigung, so hoffe ich zumindest, noch vor dem Eintreffen der britischen und amerikanischen Armeen zusammenbrechen wird.«

»Ich teile Ihre Einschätzung«, bekam der Kaiser Rückendeckung von Generalfeldmarschall von Dankenfels. Der schneidige Offizier mit der schneeweißen Bürstenhaarfrisur hatte sich nun ebenfalls erhoben, jedoch erheblich gemächlicher als der immer noch sichtlich aufgeregte von Grefe. In die Augen des Schwarzuniformierten trat ein unternehmungslustiges Funkeln, als er fortfuhr: »Ich befürworte jedoch nicht die Vorgehensweise, die Sie aus Ihrer Einschätzung ableiten, Majestät.«

Der Monarch, Freund einer offenen Diskussionskultur, entgegnete nichts. Es war klar, dass diesen Worten des Generalfeldmarschalls ein Gegenvorschlag folgen würde.

»Wir sollten eine ähnliche Aktion durchführen wie bei der Befreiung unserer Männer auf der Muroc Air Force Base in Kalifornien. Viertausend meiner Soldaten springen über dem französischen Regierungszentrum ab, besetzen es, befreien den König und nehmen den sogenannten Revolutionsrat gefangen. Ich habe bereits Kontakt zu Marschall Detraux aufgenommen, dem Kommandierenden der königlichen Leibgarde, die nach dem Vorbild der Kastrup organisiert wurde. Der General hat mir seine Unterstützung zugesagt, die Ordnung in Frankreich wiederherzustellen. Mein Kaiser, wir hätten durch diese Vorgehensweise die Chance, Frankreich in nur einem einzigen Tag ohne schwerwiegende Verluste wieder zu einem verlässlichen Bündnispartner zu machen.«

Friedrich enthielt sich wieder einer Entgegnung. Stattdessen fragte er mit einer ausholenden Handbewegung in die Runde: »Ihre Meinung?«

Von Grefe war der Erste, der nach dem Strohhalm griff, den von Dankenfels gereicht hatte. Der Oberkommandierende des Heeres sah durch den Vorschlag des Generalfeldmarschalls die Möglichkeit, die Verlegung der Truppen gen Osten fortzusetzen, um die Front dort wenigstens halbwegs stabilisieren zu können. Für den Reichsmarschall hatte es die oberste Priorität, den Sowjets ihren Vormarsch so schwierig wie nur möglich zu gestalten, um Zeit für die Rüstungsproduktionen zu gewinnen.

»Ich pflichte dem Kameraden bei«, ließ von Grefe verlauten. »Wir haben hier eine gewaltige Chance, im Westen für Ruhe zu sorgen, wobei das Risiko auf den möglichen Verlust von viertausend Mann begrenzt bleibt.«

Seine eigenen Worte ließen den Reichsmarschall kurz zusammenzucken, als ihm bewusst wurde, mit welcher Gleichgültigkeit er vor dem Hintergrund des Krieges von viertausend Menschenleben gesprochen hatte. Der Kaiser schien die Gedanken seines Marschalls gelesen zu haben und entgegnete: »Dieser Krieg wird wahrscheinlich Millionen von Toten fordern – eine Invasion Frankreichs sicherlich Hunderttausende. Die Chance, dies durch den Einsatz von viertausend Elitesoldaten zu verhindern, dürfen wir uns nicht entgehen lassen. Von Dankenfels – wann kann die Aktion starten?«

»Ich schlage heute Abend nach Einbruch der Dunkelheit vor. Ich muss zunächst veranlassen, dass die zwanzig T1[4] zusammen mit den Männern, die das Unternehmen auf der Muroc Air Force Base durchführten, von Island nach Schiphol[5] ver-

---

[4] Auf dem Bomber Horten B1 basierendes Transportflugzeug. Der Nurflügler ist durch eine Kohlenstoffbeschichtung für Radar praktisch unsichtbar.
[5] Großflughafen bei Amsterdam

legt werden. Zusätzlich bitte ich Reichsmarschall Brachem, mir ausreichend Geleitschutz zur Verfügung zu stellen, falls die aufständischen Franzosen unsere Aktion zu früh bemerken und uns Jagdflugzeuge entgegenschicken.«

Der hochgewachsene, für die Luftwaffe verantwortliche Reichsmarschall erhob sich nun ebenfalls. Sein vernarbtes Gesicht blieb ausdruckslos, als er anmerkte: »Ich habe gestern Abend zweihundertfünfzig Horten Ho 229 nach Schiphol verlegen lassen, falls die Engländer auf die Idee kommen sollten, unsere Industrie in den Benelux-Staaten und vor allem im Ruhrgebiet zu bombardieren. Nachdem die Tommys jedoch fast fünfzehnhundert Lancaster-Bomber über Nokwat verloren haben, dürften sie auf absehbare Zeit nicht zu weiteren Angriffen in der Lage sein, weshalb ich es verantworten kann, die Ho 229 für die wenigen Stunden des Geleitschutzes von Schiphol abzuziehen.«

Ein Lächeln zeichnete sich auf dem Gesicht des Kastrup-Chefs ab. Zweihundertfünfzig der modernsten Jagdflugzeuge der Welt, die wie die T1 über Tarneigenschaften verfügten, wirkten äußerst beruhigend auf den Elitesoldaten, der zusammen mit seinen Männern über Versailles abzuspringen gedachte.

*

Innerhalb von wenigen Tagen war es nun das zweite Mal, dass Leutnant Hans Rohwedder im Bauch einer T1 auf seinen Einsatz wartete. Beim ersten Mal hatte die Flugzeit von Island zum Einsatzgebiet, der Muroc Air Force Base in Kalifornien, noch sieben Stunden betragen. Doch dieser Flug von Amsterdam nach Paris würde weniger als eine Stunde dauern.

Rohwedder blickte in die Gesichter der zehn ihm gegenüber sitzenden Elitesoldaten. Ihre weißen Augäpfel standen in einem starken Kontrast zu den geschwärzten Köpfen unter den schwarzen Stahlhelmen. Die traditionell schwarzen Uniformen der Kastrup-Männer vervollständigten das für den geplanten Nachteinsatz optimale Äußere.

»Was hältst du von diesem Einsatz?«, fragte der Leutnant den ihm direkt gegenübersitzenden Feldwebel Olaf Zinkenstein, dessen überdimensionierte Nase dem Namen des Mannes alle Ehre machte. Der Angesprochene war der Stellevertreter Rohwedders und würde das Kommando über die ursprünglich zwanzig Männer der Einheit übernehmen, sofern dem Leutnant etwas zustieß.

»Halte ich für genau richtig«, entgegnete Zinkenstein mit seiner rauen, heiseren Stimme. »Wenn wir dem Franzosenkönig wieder zu seinem Thron verhelfen, haben wir im Westen erst einmal Ruhe. Es wird schon eine Zeit dauern, bis die Engländer und Amis ein Landungsunternehmen zustande bringen, und ohne Frankreich wird ihnen nichts anderes übrig bleiben, wenn die uns ans Fell wollen.«

»Richtig mag das ja sein«, hakte Rohwedder nach, »die Frage ist nur, ob viertausend Mann reichen, um eine Revolution zu ersticken.«

»Ach was – diese sogenannte Revolution ist ein von den Yankees oder Engländern inszeniertes Theater. Meine einzige Sorge ist, dass wir zu spät kommen, weil königstreue Truppen vor uns da waren und diese Komödie längst beendet haben«, wischte der Feldwebel die Bedenken seines Vorgesetzten beiseite.

Olaf ist ein unerschütterlicher Optimist, dachte der Leutnant. *Doch mein Bauch sagt mir, dass das Ganze nicht so einfach wird, wie er sich das vorstellt.*

Es war die aus den Lautsprechern der Mannschaftsräume der zwanzig T1 erschallende Stimme von Dankenfels', die Rohwedder aus seinen Gedanken herausriss. Auf den von der Decke herabhängenden Monitoren war nun Schloss Versailles von oben zu sehen. »Soldaten! Laut unseren Informanten wird König Karl XII. im oberen Stockwerk des Südflügels gefangen gehalten, und zwar genau hier.« Ein roter Punkt auf dem

Dach des Schlosses kennzeichnete die Stelle. »Unsere oberste Priorität ist die Befreiung des Königs im Handstreich, bevor unsere werten revolutionären Demokraten auf die Idee kommen, ihn unserem Zugriff zu entziehen, indem sie den guten Mann töten.«

Verhaltenes Gelächter erklang ob der Ausdrucksweise des Generalfeldmarschalls.

»Aus diesem Grunde landen die meisten unserer Einsatzgruppen in unmittelbarer Nähe des Südflügels. Auf den Monitoren werden nun die individuellen Treffpunkte unserer insgesamt zweihundert Einsatzgruppen zu je zwanzig Mann eingeblendet.«

Auf dem vor dem Leutnant an der Decke hängenden Bildschirm leuchtete ein weiterer Punkt in unmittelbarer Nähe zu demjenigen, der den Standort des Königs kennzeichnete, auf. Dies erinnerte Rohwedder an die schwierige Aufgabe, die seinen Männern und ihm gestellt worden war: Sie sollten ein Loch in das Dach des Schlosses sprengen und danach in einen Raum vorstoßen, der unmittelbar neben dem Gefängnis des Königs lag. Die dort sicherlich vorhandenen Wachen sollten »neutralisiert« werden, wie es der Vorgesetzte des Leutnants, Rittmeister von Ahlenfeld, so schön ausgedrückt hatte. Für Rohwedder war das Töten eines Gegners im Einsatz eine unumgängliche Notwendigkeit, um den Sieg zu erringen. Deshalb war er bereit, mit der Präzision einer seelenlosen Maschine zu kämpfen. Ob der Feind tot oder nur kampfunfähig war, interessierte den Leutnant nicht weiter – Hauptsache er war »neutralisiert«. Doch der Elitesoldat konnte nicht ahnen, wie stark die nun folgenden Ereignisse seine Einstellung zum Kampf erschüttern sollten.

*

Der französische König kochte vor Wut. Die Verräter hatten ihn nicht nur mithilfe ausländischer Kräfte entmachtet und gefangen genommen, nein, sie hatten ihn auch noch bis auf die Knochen blamiert. Karl XII. empfand tiefen Respekt vor Kaiser Friedrich IV., dem es nach seiner Ansicht gelungen war, mit dem Nordischen Bund das fortschrittlichste und kulturell am höchsten stehende Staatengebilde der Erde aufzubauen und zu stabilisieren. Niemals zuvor hatte sich die Bevölkerung Europas eines derartigen Wohlstands und eines derart hohen Bildungsniveaus erfreut.

Niemals hatte der deutsche Kaiser den Herrscher gegenüber Karl herausgekehrt. Die persönlichen Gespräche zwischen den beiden Monarchen waren stets auf einer partnerschaftlichen Ebene verlaufen. Friedrich hatte sich als ein guter Ratgeber erwiesen, der sich für die Stärke Frankreichs persönlich einsetzte. Umgekehrt hatte der Kaiser die Ratschläge Karls in seine Planungen einfließen lassen – es gab keine Spur mehr von der noch vor Jahrzehnten beschworenen »Erbfeindschaft« der beiden Nationen.

Doch wie stand der König nun vor dem von ihm geschätzten Oberhaupt des Nordischen Bundes da? Er hatte es nicht verhindern können, von einer Clique von Verrätern entmachtet zu werden – und schlimmer noch: Sie hatten, ohne dass er etwas davon mitbekommen hatte, offensichtlich Teile des Militärs unterwandert, denn ansonsten wäre ihre lächerliche »demokratische Revolution« längst von den königstreuen Generälen hinweggefegt worden.

Karl machte sich ungeheure Vorwürfe. Durch seine Nachlässigkeit sahen sich der Kaiser und mit ihm der Nordische Bund nun einem fatalen Zweifrontenkrieg gegenüber. Er musste unbedingt etwas unternehmen. Doch was sollte er in diesem kleinen Raum im stadtwärts gerichteten Südflügel des Schlosses schon tun? Die Wahl der Räumlichkeit für sein Gefängnis war übrigens die nächste Gehässigkeit der Revolutionäre. Dieser Teil von Schloss Versailles war den »Courtiers«, also den niederen Bediensteten des Hofstaates vorbehalten.

Der fast zwei Meter große Monarch erhob sich von seinem Stuhl, der zusammen mit dem davor stehenden Schreibtisch und einem in seinem Rücken stehenden Bett das einzige Mobiliar seines Gefängnisses bildete. Um ungestört nachdenken zu können, hatte Karl die kleine Schreibtischlampe ausgeschaltet gelassen. Lediglich das Licht der Sterne und des Mondes schien durch das schmale, hohe Fenster und wies ihm den Weg zu der massiven Holztüre, in die man in Gesichtshöhe ein rechteckiges Loch hineingesägt hatte.

Der drahtige König trat an die verunstaltete Tür. Seine hellblaue Uniform wirkte im fahlen Licht der Sterne grau. Selbst der seitlich von den Stiefeln bis an die Hüften verlaufende gelbe Streifen hob sich im Dämmerlicht kaum ab.

»Ich verlange Marschall Detraux zu sprechen«, rief das entmachtete Staatsoberhaupt der Franzosen durch das Rechteck.

»Du hast hier nichts zu verlangen«, kam die Antwort von einem der Wächter, die jedoch durch das Loch in der Türe nicht auszumachen waren.

Jetzt duzen mich diese Proleten auch noch!, dachte Karl erbost.

Es gab mit Sicherheit noch Truppenteile, die nicht von den Revolutionären unterwandert waren. Also spielte der König seinen letzten Trumpf aus: »Ich bin bereit, meinen Beitrag zur Wiederherstellung der Ordnung in Frankreich zu leisten. Rufen Sie den Generalstab zusammen. Ich werden den Soldaten befehlen, sich unter das Kommando des Revolutionsrates zu stellen.« Das war natürlich eine glatte Lüge, denn nichts lag dem Monarchen ferner, als die Kontrolle über das Militär freiwillig an die Verräter abzugeben. Deshalb fügte er, um sein Angebot glaubwürdiger klingen zu lassen, schnell hinzu: »Ich möchte um jeden Preis verhindern, dass Franzosen auf Franzosen schießen.« *Doch bei euch Clochards[6] würde ich da nur zu gerne eine Ausnahme machen,* fügte Karl gedanklich hinzu.

---

[6] Penner

Das durch die Öffnung in der Türe fallende Licht des dahinter liegenden Flures ließ die grünen Augen des Königs funkeln.

Falls einer der Wächter etwas auf das Angebot des Monarchen entgegnet hätte, so wäre die Antwort im Heulen der Sirenen untergegangen. Das durch das hohe Fenster eindringende Sternenlicht wurde durch ein helles Flackern ersetzt. Unzählige Lichtbahnen schossen in den Himmel. Sekunden später mischte sich das Donnern unaufhörlicher, teilweise miteinander verschmelzender Explosionen in den Lärm der Sirenen. Im Licht der Suchscheinwerfer erkannte der König in dem schmalen Sichtfeld, das ihm das Fenster seines Gefängnisses bot, mindestens ein Dutzend schwarzer Qualmwolken, die sich langsam am Himmel ausbreiteten.

Flak!, stellte Karl erschrocken fest. *Lässt Friedrich als Strafe für mein Versagen nun Paris und Versailles bombardieren?* Sofort verwarf er den Gedanken wieder. Der Kaiser war viel zu bedacht, um sich zu emotional motivierten Strafaktionen hinreißen zu lassen. Sein nächster, viel näherliegender Gedanke brachte ihn der Wahrheit schon viel näher. *Der Kaiser will mich befreien!* Das Herz Karls übersprang einen Schlag vor Freude, die dann jedoch sofort getrübt wurde. *Dann werden die Wärter nun versuchen mich zu töten, um mich nicht in die Hände der Befreier fallen zu lassen.*

*

Mit einem schrillen Pfeifen, das zu einem donnernden Rauschen wurde, öffnete sich die hintere Schleuse der Horten T1 und gab den Blick auf die vier dahinterliegenden Mannschaftsträume frei. Der in Flugrichtung linke beherbergte die zwanzig Soldaten Rohwedders und eine weitere, gleich starke Einheit unter Leutnant Steinke.

Die Männer Steinkes waren die Ersten, die in die Schwärze der Nacht hinaussprangen. Dann trat Rohwedder neben Zinkenstein an die zur Rampe gewordene Schleusenwand. Der leichte Unterdruck, den die nach hinten geöffnete T1 hinter sich herzog, zerrte an den Soldaten. Die Maschine flog in südwestlicher Richtung und befand sich nun direkt über Versailles. Die Kastrup-Soldaten hatten so einen herrlichen Überblick über das hell erleuchtete Paris, das die zwanzig Transportmaschinen zuvor überflogen hatten. Das pulsierende Leben der Großstadt stand in einem merkwürdigen Gegensatz zu dem lebensgefährlichen Auftrag, den die Männer zu erfüllen hatten.

Hans Rohwedder nickte seinem Stellvertreter kurz zu. Beide rannten über die geöffnete Schleuse und ließen sich bäuchlings fallen. Die weiteren Soldaten folgten ihrem Vorgesetzten ebenfalls in Zweiergruppen. Fünf Sekunden später war der Mannschaftsraum der T1 leer.

Der Leutnant sah im Licht der Sterne aus den anderen Nurflüglern weitere Ketten von dunklen Gestalten herabregnen. Doch dann wurde es schlagartig hell. Der Elitesoldat erkannte mehrere Flakscheinwerfer, rund um Schloss Versailles verteilt, die unter ihm aufleuchteten. Noch bevor die zwanzig Männer seiner Einheit einen Kreis bilden konnten, detonierten mehrere Flakgranaten in der Nähe der frei fallenden Elitesoldaten. Dann erfolgte eine heftige Explosion nur wenige Meter neben Rohwedder. Die Druckwelle ging ihm durch Mark und Bein und schleuderte ihn fort. Etliche Splitter schienen den Elitesoldaten getroffen zu haben, denn sein Körper schmerzte an zahlreichen Stellen höllisch. Doch die Explosion hatte etwas verändert, das Rohwedder erst bemerkte, als er wieder klar denken konnte. Um ihn herum entstanden dutzende schwarze Explosionswolken in gespenstischer Lautlosigkeit. Der ohrenbetäubende Lärm war vollständig verschwunden. *Ich habe mein Gehör verloren!,* schlussfolgerte Hans bestürzt.

Ein schwarzer Gleitschirm trieb auf ihn zu. In den Gurten hing der Torso Zinkensteins. Der Unterleib mit den Beinen fehlte völlig. Rohwedder glaubte im Stakkato der Explosionen erkennen zu können, wie ihn die gebrochenen Augen seines Stellvertreters anklagend anschauten. Niemals würde er diesen Anblick vergessen.

In dieser verdammten Lautlosigkeit, die alles nur noch schlimmer, unfassbarer machte, sah der Leutnant, wie die schwarzen Explosionswolken der Flakgranaten sich mit dem Blut der Kameraden um ihn herum mischten. Erst als die Elitesoldaten an ihren Gleitschirmen hängend daraus hervorstießen, waren die Verstümmelungen zu erkennen, die die Todeswolken eingefordert hatten. Verzerrte Gesichter mit zu stummen Schreien aufgerissenen Mündern wirbelten um Rohwedder herum.

Das ist anders als unsere Aktion in Kaliforniern!, erkannte Hans in diesen Sekunden. *Die Amis hatten nicht damit gerechnet, dass wir siebentausend Kilometer von unserem nächsten Stützpunkt entfernt unsere Kameraden befreien würden. Die Franzosen waren jedoch offensichtlich auf uns vorbereitet. Es ist ja auch nicht gerade abwegig, dass wir den Krieg im Westen durch die Befreiung des Königs beenden wollen.*

Schnell kamen die Rettung vor den Flakgranaten versprechenden Dächer des Schlosses näher. Doch auch diese Hoffnung löste sich im Mündungsfeuer mehrerer Maschinengewehrstellungen auf, die den Kastrup-Soldaten ihre tödlichen Projektile entgegenschickten. In seiner Verzweiflung löste Rohwedder seine Neunmillimeter-Maschinenpistole vom Waffengurt und zielte auf eines der feindlichen Mündungsfeuer. Ein Funkenregen offenbarte seine vom Schlossdach abprallenden Geschosse. Wie durch ein Wunder erstarb der feindliche Beschuss nach wenigen Sekunden. Kurz darauf setzte der Leutnant an dem Punkt auf, der seiner Einheit zugewiesen worden war. Sieben weitere Gleitschirme senkten sich wenige Meter von Hans entfernt auf das Dach des Südflügels des Versailler Schlosses.

Oh, mein Gott! Zwölf meiner Kameraden haben es nicht geschafft.

Doch die Befürchtungen des Leutnants sollten noch einmal weit übertroffen werden. Vier der Elitesoldaten blieben dort liegen, wo sie gelandet waren. Rohwedder konnte bei zweien nur noch den Tod feststellen. Die Landung auf dem Schlossdach hatten sie offensichtlich mit letzter Kraft zustande gebracht. Zwei weitere lebten zwar noch, waren jedoch so furchtbar zugerichtet, dass sie die nächste Stunde wohl ebenfalls nicht überleben würden. Hans verabreichte ihnen Morphiumspritzen, die jeder Soldat in einem Medizinkästchen an seinem Waffengürtel trug.

Immerhin waren noch zwei seiner Soldaten einigermaßen einsatzfähig und unterstützten ihren Vorgesetzen dabei, den Tod ihrer schwerstverwundeten Kameraden wenigstens so schmerzfrei wie möglich zu gestalten.

Gehören die zu meiner Einheit?, überlegte Rohwedder verwirrt, als er in die blutverschmierten Gesichter der zwei Männer blickte. *Wer ist das? Etwa Uwe und Meinolf?*

Einer der beiden sagte etwas, wie Hans an den Bewegungen der Lippen des Soldaten erkennen konnte. Die Worte wurden jedoch, wie jedes andere Geräusch auch, von der bedrückenden Lautlosigkeit geschluckt, die Rohwedder nach wie vor umfangen hielt. Mit beiden Zeigefingern deutete er auf seine Ohren und zuckte anschließend mit den Schultern, um seine Gefährten auf seine Taubheit aufmerksam zu machen.

Nachdem die zwei Sterbenden mit Schmerzmitteln versorgt waren, wurde das Adrenalin in den Adern des Leutnants langsam abgebaut. Dafür kamen die Schmerzen. Seine linke Hand pochte wie wild. Erst jetzt bemerkte Hans, dass ein Granatsplitter Handschuh und Hand komplett durchschlagen hatte. Ein Loch so groß wie eine Fünf-Reichsmark-Münze klaffte mitten auf der Handfläche. Die Beine sahen aus, als habe er dort einen Ausschlag, der es geschafft hatte, durch die Uniformhose zu dringen, denn sie war übersät mit dunkelroten Flecken getrockneten Blutes. Sein Oberkörper und Unterleib waren durch das schusssichere Gewebe des Kampfanzuges jedoch von eindringenden Granatsplittern verschont geblieben.

Du meine Güte, ich sehe ja aus wie die beiden anderen Überlebenden. Mit drei krankenhausreifen Soldaten sollen wir nun also die Wächter des Königs ausschalten, wofür zuvor zwanzig Mann im Vollbesitz ihrer geistigen und körperlichen Kräfte vorgesehen waren? Ich kann nicht mehr, dachte der Leutnant, als er wieder Zinkensteins verstümmelten Torso mit den gebrochen Augen vor seinem geistigen Auge sah. Er fühlte sich nur noch von Tod, Blut und Grausamkeit umgeben. Doch dann fassten vier Hände unter die Achselhöhlen des Kastrup-Offiziers und zogen ihn in die Höhe. Einer der Kameraden deutete auf das Schlossdach und formte mit den Lippen ein deutliches »Bumm!«, was er durch ein Auseinanderfahren seiner Hände unterstrich.

Rohwedder nickte nur. Ihm wurde bewusst, dass sein Gemütszustand, seine körperliche Verfassung und sogar sein Leben hinter den Zielen dieses Einsatzes zurücktreten mussten – eine Erkenntnis, die den Leutnant fast seine ganze Willenskraft kostete. Falls die Befreiung des Königs misslang, würde sein Versagen zunächst hunderttausende Menschen das Leben kosten und schließlich zum Zusammenbruch mit darauf folgender Fremdbesatzung des Reiches führen. Es gelang dem Elitesoldaten, seine Angst, seinen Abscheu und seine Schmerzen in den hintersten Winkel seines Bewusstseins zurückzudrängen. Er wurde nun tatsächlich zu dem, was er immer geglaubt hatte, längst zu sein: zu einer seelenlosen Kampfmaschine.

Nüchtern verwarf Hans den Gedanken, sich selbst eine Spritze Morphium gegen die Schmerzen zu verabreichen. *So schlimm sind die nun auch wieder nicht, und das Betäubungsmittel wird meine Reflexe verlangsamen.* Er konzentrierte sich weiter auf die mentale Eindämmung der rebellierenden Nerven in seinen Beinen und in der linken Hand, während er ein Päckchen Plastiksprengstoff von seinem Waffengürtel löste.

Rohwedder sah sich auf dem stadtwärts gerichteten Teil des Schlossdaches des Südflügels um und identifizierte die Stelle, die oberhalb des Flures vor dem Zimmer lag, in dem der König gefangen gehalten wurde, anhand eines markanten Kamins.

Der Leutnant drückte die Masse fest auf das Dach und löste einen Zünder aus seinem Gürtel. Er entfernte die Plastikkappe von der Elektrode und drückte letztere in den Sprengstoff. Einen an eine Eieruhr erinnernden Drehknopf stellte er auf dreißig Sekunden und rannte zurück zu seinen Kameraden, die bereits hinter einem der zahlreichen weiteren Kamine Deckung gesucht hatten. Wenig später ließ eine Explosion das Dach erzittern. Das war auch das Einzige, was Rohwedder davon mitbekam, denn hören konnte er noch immer nichts.

Sofort stürmten die drei Männer auf den Explosionsherd zu. Der sich langsam verziehende Qualm gab den Blick auf ein ausgefranstes, rund fünf Meter durchmessendes Loch frei.

*

König Karl XII. hatte sich seitlich neben die stabile Holztüre an die Wand gelehnt, wobei er das Flackern der Explosionen und die wandernden Strahlen der Flakscheinwerfer durch das schmale, hohe Fenster seines Gefängnisses beobachtete. Aus den Augenwinkeln bedachte er zusätzlich die Türe, die nach innen geöffnet werden würde, mit der ihr gebührenden Aufmerksamkeit.

Minuten vergingen. Unaufhörlich krachten Explosionen um und über dem historischen Schloss. Das Rattern von automatischen Waffen mischte sich in die Geräuschkulisse. Schließlich ließ eine gewaltige Detonation die Wand, an der der König lehnte, erbeben. Eine Druckwelle fegte durch das aus der Türe herausgesägte Loch ins Zimmer, doch die stabile Eichenplatte hielt stand.

Karl glaubte Schritte auf dem Flur zu hören. Die Türe wurde aufgestoßen. Herein trat ein in Zivil gekleideter Revolutionär, der eine Maschinenpistole im Anschlag hielt, den an die Wand gepressten Monarchen jedoch in den ersten Sekundenbruchteilen noch nicht entdeckt hatte.

Der Aristokrat hatte mit den bis zum Ende des achtzehnten Jahrhunderts regierenden, dekadenten französischen Königen nicht viel gemein. Als junger Mann war er, wie so viele andere junge Männer auch, vom Soldatentum, das Ruhm und Ehre versprach, fasziniert gewesen. Deshalb hatte er freiwillig zwei Jahre in der Leibgarde seines damals regierenden Vaters gedient und war dort von Marschall Detraux unter die Fittiche genommen worden. Auch nach dieser Zeit hatte sich der mittlerweile knapp fünfzigjährige König stets fit gehalten und seine Fähigkeiten in verschiedenen Kampfsportarten geübt. Dieses Training erlaubte es ihm, nun seine Handkante mit entsprechender Wirkung auf den Unterarm des Revolutionärs krachen zu lassen. Fast gleichzeitig traf seine Faust den Kinnwinkel des Mannes. Die Maschinenpistole fiel polternd auf den Parkettboden – eine Zehntelsekunde später folgte der Körper des Eindringlings.

Ein weiterer Revolutionär stand plötzlich im Türrahmen. Dann fielen Schüsse.

*

Rohwedder sah durch das Loch im Dach einen in Zivil gekleideten Mann mit angeschlagener Maschinenpistole in einem Türrahmen stehen. Vor dem mit dem Rücken zum Leutnant Stehenden lag ein ähnlich Gekleideter auf dem Boden des an den Flur grenzenden Zimmers. Vier weitere Revolutionäre stürmten heran und gelangten so in das Blickfeld des Leutnants.

Hans war versucht, einfach eine Handgranate hinabzuwerfen, doch dies hätte den König gefährdet, der sich wahrscheinlich in dem Raum befand, in dessen Türrahmen der Zivilist stand. Rohwedder folgerte im Bruchteil einer Sekunde, dass die Männer gekommen waren, um den König zu exekutieren. Er hob seine Maschinenpistole und feuerte dem halb ins Zimmer eingedrungenen Mann eine Salve in den Rücken. Dessen hinzugeeilte Mitverschwörer wurden dadurch natürlich auf die Elitesoldaten auf dem Dach aufmerksam und nahmen das ausgefranste Loch unter Beschuss. Doch bereits eine Sekunde später endete das Rattern der automatischen Waffen.

*

Der Revolutionär, der unvermittelt vor dem König auftauchte, als sich dieser nach der Waffe des von im Niedergeschlagenen bückte, setzte ein hämisches, grausames Grinsen auf. In aller Ruhe brachte er seine Maschinenpistole in Anschlag und zielte auf den Kopf des Monarchen. Doch dann schlug unvermittelt eine Salve Geschosse in den Rücken des Verräters, drang aus der Brust wieder aus und hämmerte in den Boden unmittelbar vor den Füßen des Königs. Durch die Wucht der Kugeln wurde der Mann an Karl vorbei in das Gefängnis katapultiert und blieb regungslos in der Mitte des Raumes liegen.

Erneut fielen Schüsse. Längst hatte der König die Maschinenpistole seines verhinderten Henkers aufgenommen und stürmte auf die Türe zum Flur zu. Vier Revolutionäre feuerten dort auf ein Loch in der Decke, das irgendjemand hineingesprengt hatte. Die Umstürzler schenkten ihre ganze Aufmerksamkeit dem Ergebnis der Detonation, weshalb sie den König, von dem sie keine Gefahr vermuteten, viel zu spät wahrnahmen. Denn ihre letzte Wahrnehmung des verhassten Monarchen bestand in einem Dauerfeuer, das ihnen der für dekadent gehaltene Aristokrat entgegenschickte. Eine Sekunde später lagen die vier Männer mit gebrochenen Augen am

Boden. Kurz darauf schob sich der Kopf eines Mannes mit schwarzem Helm und einer Mischung aus schwarzer Farbe und Blut verschmiertem Gesicht über den Rand des Loches in der Decke.

*

Hans lugte über den weggesprengten Teil des Daches. Er hatte zwar nicht gehört, dass das Feuer der Revolutionäre erstorben war, er sah jedoch keine weiteren Einschläge im ausgefransten Rand des Sprenglochs.

Unter ihm stand ein fast zwei Meter großer, hagerer Mann im Türrahmen und blickte neugierig mit leuchtend grünen Augen zu dem Elitesoldaten hinauf. Der in eine hellblaue Uniform mit an den Hosen seitlich eingearbeiteten gelben Streifen Gekleidete trug eine militärisch kurze, hellblonde Bürstenfrisur. Seine markanten Gesichtszüge mit der schmalen, länglichen Nase identifizierten ihn als den König von Frankreich.

Einer der beiden Kameraden, von dem sich Rohwedder mehr und mehr sicher war, dass unter der Kruste aus Blut, Schmutz und schwarzer Tarnfarbe Feldwebel Uwe Zebula steckte, warf ein Seil über den Rand des Loches und schlang es sich um die Hüften. Der Leutnant griff nach dem Seil, nachdem sein Kamerad einen festen Stand eingenommen hatte, und hangelte sich über den Rand hinab zu dem immer noch im Türrahmen wartenden Monarchen.

Unten angekommen schritt der Kastrup-Soldat, so würdevoll es seine körperliche Verfassung erlaubte, auf den französischen König zu und salutierte. Nachdem das Staatsoberhaupt zurückgegrüßt hatte, hob Rohwedder seine Maschinenpistole und legte auf den König an. Grenzenloses Erstaunen lag in den grünen Augen des Aristokraten, als die Waffe zu rattern begann. Haarscharf schossen die Kugeln an dem verdutzten Mann vorbei und schlugen in vier weitere Revolutionäre, die vor einem Sekundenbruchteil den Flur hinter dem König betreten hatten. Hans beendete das Feuer erst dann, als der Zustand der Gegner keinen Zweifel mehr daran ließ, dass sie nicht mehr zurückschießen konnten. Erleichterung ersetzte die Verblüffung im Gesicht Karls XII., als er sich umdrehte und die regungslosen Verräter erblickte.

»Wir müssen hier weg«, bedeutete der Elitesoldat dem verbündeten Monarchen auf Deutsch. Diese Sprache wurde in allen Ländern des Nordischen Bundes bereits in der Grundschule gelehrt. Ihre Beherrschung durch einen gebildeten Mann wie den französischen Monarchen galt als selbstverständlich.

»Wie lautet Ihr exakter Auftrag, Soldat?«, fragte der Herrscher über Frankreich und dessen weltweite Kolonien akzentfrei zurück.

Ohne ein Wort verstanden zu haben, konnte sich Hans die Frage seines Gegenübers denken. »Ausschalten der Wächter, dann Ihre Befreiung, Majestät, anschließend soll ich für Ihre Sicherheit sorgen, bis von Dankenfels die Aufständischen niedergekämpft hat. Ich schlage vor, wir suchen uns einen gut zu verteidigenden Platz hier auf dem Dach des Südflügels.«

»Oh, der Generalfeldmarschall hat sich persönlich bemüht?«

Wieder hatte der Elitesoldat nichts verstanden. Doch seine Sorgen, die er dem König im Zusammenhang mit von Dankenfels mitteilte, passten zufällig exakt zur Frage des Königs. »Ich hoffe der Generalfeldmarschall hat den Fallschirmsprung ebenfalls überlebt. Dies ist keinesfalls sicher, denn wir erlitten schwere Verluste durch Flakfeuer. Sobald Sie oben sind, lassen Sie sich ein Satellitentelefon geben. Der Soldat wird von Dankenfels anwählen, damit Sie ihm von Ihrer Befreiung berichten können.« Bei seinen Worten schlang der Leutnant dem König das immer noch aus der Öffnung in der Decke herabhängende Seil unter die Achselhöhlen und verband es zu einem Knoten vor dessen Brust. Nach einem Handzeichen Rohwedders zogen seine beiden Kameraden am oberen Ende und beförderten den Monarchen auf das Dach. Anschließend banden sie ihn los und warfen ihrem Vorgesetzten das Seil hinunter.

*

Generalfeldmarschall von Dankenfels machte sich schwere Vorwürfe. Seiner Schätzung nach waren achtzig Prozent seiner Soldaten entweder tot oder kampfunfähig. Er hatte seine Leute verheizt, weil er den Gegner unterschätzt hatte. Die Revolutionäre hatten sehr wohl damit gerechnet, dass der Kaiser die Befreiung des französischen Königs befehlen würde. Er war vor Kurzem von dem Monarchen auf seinem Satellitentelefon angerufen worden, sodass er wusste, dass zumindest der französische König wohlauf und zunächst in Freiheit war. Natürlich war auch den Revolutionären klar, dass ein solches Unternehmen kurzfristig nur mit Fallschirmtruppen durchgeführt werden konnte. Deshalb hatten die Aufständischen in den Schlossgärten eine große Zahl 8,8-cm-Flakkanonen aufgestellt. Den größten Teil seiner Männer hatte der Kastrup-Chef noch in der Luft, an ihren Fallschirmen hängend, durch die Wirkung von Granatsplittern verloren. Von Dankenfels selbst war an den Beinen und im Gesicht leicht verletzt worden.

Der Plan sah vor, mit viertausend Elitesoldaten und der Unterstützung des Überraschungseffekts das Schloss einzunehmen und die Revolutionäre zu entwaffnen. Die Überraschung war nicht gelungen, und statt viertausend Mann standen dem Generalfeldmarschall nur noch achthundert Krieger zur Verfügung, die sich noch halbwegs auf den Beinen halten konnten. Ein zügiges Niederwerfen der feindlichen Kräfte war unter diesen Bedingungen illusorisch.

Des Weiteren warf sich der Mann mit der kurzen, schneeweißen Bürstenhaarfrisur vor, selbst an diesem Unternehmen teilgenommen zu haben. Er stellte fest, dass er unbedingt an sich arbeiten musste, um nicht ständig seinem Abenteuerdurst nachzugeben. Als Oberbefehlshaber der Kastrup hatte er schließlich eine noch wichtigere Aufgabe zu erfüllen, als den Sieg für den Nordischen Bund zu erkämpfen: *Die Pläne der beiden Koordinatoren mit ihrer weltweiten Organisation, in der die Kastrup eine tragende Rolle spielt, sind erheblich wichtiger als der Ausgang dieses Krieges,* machte sich der Chef der Kaiserlichen Schutztruppe klar.

Nun saß der Generalfeldmarschall mit zweihundert Elitesoldaten auf dem Dach des Hauptteils des Schlosses, dem Corps de Logis, fest. Die vom Garten auf der einen und vom Königshof auf der anderen Seite geplanten Angriffe konnten wegen der geringen verbliebenen Zahl an einsatzfähigen Männern nicht mit Aussicht auf Erfolg durchgeführt werden. Das hatten die beiden Obersten, die die Angriffe durchführen sollten, ihrem Vorgesetzten unmissverständlich klar gemacht.

Von Dankenfels musste sich schnell etwas einfallen lassen, denn die kaiserlichen Horten Ho 229 konnten nicht ewig über dem Schloss kreisen, um feindliche Flugzeuge davon abzuhalten, die Kastrup-Soldaten in den Gärten und auf den Dächern des Schlosses wie die Hasen abzuschießen. Immerhin hatten einige der Jagdflugzeuge Luft-Boden-Raketen an Bord gehabt, mit denen sie die Flakstellungen und MG-Nester rund um das Schloss ausgeschaltet hatten.

Doch sobald die Nurflügler wegen Treibstoffmangel abdrehen mussten, würden die Kastrup-Soldaten am Boden chancenlos sein – wahrscheinlich schon früher, wenn die Revolutionäre Panzerverbände heranführten. Von Dankenfels hoffte, dass die Franzosen Hemmungen haben würden, schwere Waffen im Bereich des historischen Schlosses einzusetzen.

Der Generalfeldmarschall schaute in die Runde der ihn umgebenden Schwarzuniformierten. Durchweg angespannte, verkniffene Gesichter blickten ihn erwartungsvoll an.

»Wir brechen durch!«, befahl von Dankenfels. Innerhalb des Schlosses würden sie länger aushalten können als auf dem wenig Schutz bietenden Dach.

Mehrere Männer bereiteten Sprengladungen vor, die sie an verschiedenen Stellen platzierten. Die übrigen Soldaten suchten hinter Kaminen und Vorsprüngen Deckung.

Aus der Richtung des Schlossgartens drang das Dröhnen von Motoren und das unverkennbare Rasseln von Panzerketten zu den Männern auf dem Schlossdach.

Sofort holte der Generalfeldmarschall sein Satellitentelefon aus einer Tasche seiner Kampfkombination und wählte die Nummer von Oberst von Tannenberg, der unter günstigeren Umständen den Angriff von der Gartenseite auf das Corps de Logis durchgeführt hätte. Er und seine Männer waren durch die nahenden Panzer direkt bedroht.

»Oberst?«

»Ja, Generalfeldmarschall. Ich verstehe Sie gut.«

»Widerstand gegen die herannahenden Panzer ist sinnlos. Um weitere Verluste zu vermeiden, befehle ich Ihnen, sich den Franzosen zu ergeben.«

»Aber ...«

»Kein Aber. Dies ist ein Befehl! Ausführung!«

»Aber die Franzosen sind ...« Der Rest dessen, was der Oberst trotz unmissverständlichem Befehl sagen wollte, ging in mehreren im Abstand von Sekundenbruchteilen erfolgenden Explosionen unter, die mehrere Meter durchmessende Löcher in das Schlossdach sprengten. Von Dankenfels beendete das Gespräch, denn seine volle Aufmerksamkeit musste nun der Koordination des Eindringens ins Hauptgebäude des Schlosses gelten.

Die Schwarzuniformierten warfen sich an die zerfetzten Ränder der Löcher und zielten mit ihren Maschinenpistolen hinein – doch keine Spur von der erwarteten Gegenwehr der Aufständischen. Die Räumlichkeiten des obersten Stockwerks des Corps de Logis waren leer.

Seile wurden hinabgelassen, und die ersten Elitesoldaten machten sich auf den Weg in das Innere des Gebäudes.

Dann grollte das trockene Knallen von Kanonenfeuer zu den Kastrup-Soldaten herüber. *Tigerpanzer!,* stellte der Generalfeldmarschall fest. Der Klang der 8,8-cm-Kanonen war für den von der Panzerwaffe begeisterten erfahrenen Offizier unverkennbar. Die Tatsache an sich wunderte ihn nicht weiter, denn die Franzosen bauten diesen Typ schließlich seit Jahren in Lizenz. Umso mehr wunderte den Generalfeldmarschall, dass die Granaten unten in das Corps de Logis einschlugen. Doch einen Sekundenbruchteil später hatte er die Sachlage erfasst: Die herannahenden französischen Truppen waren Königstreue, die ihre deutschen Kameraden bei der Befreiung Karls XII. und der Wiederherstellung der alten Ordnung unterstützen wollten.

Das Herz des Kastrup-Kommandanten machte einen Freudensprung. Die Lage war nun nicht mehr hoffnungslos, sondern im Gegenteil sehr vielversprechend.

Immer mehr Elitesoldaten ließen sich an den Seilen hinab. Von Dankenfels betrat mit den letzten Männern den Parkettboden des obersten Stockwerkes. Nach wie vor trafen sie auf keinen Widerstand, als sich die Schwarzuniformierten auf den Weg ins mittlere Stockwerk machten. Von Dankenfels führte einen Trupp an, der direkt in die Spiegelgalerie vorstieß. Dort bot sich ihnen ein Bild der Verwüstung. Der einst prachtvolle barocke Raum lag in Trümmern, zwischen denen einige hundert Leichen hingestreckt waren und einige hundert weitere Männer sich vergeblich bemühten, die angreifenden Panzer mit Maschinenpistolen aufzuhalten. Doch einige verfügten über hochmoderne Panzerabwehrraketen, die sie ihrem Gegner heulend entgegenschickten. Der Generalfeldmarschall sah durch die nicht mehr vorhandenen Fenster der Galerie, wie drei der Tiger getroffen wurden.

Die Kastrup-Soldaten zögerten nicht, das Feuer in den Rücken der Aufständischen zu eröffnen. Zu Dutzenden fielen sie dem

Kugelhagel zum Opfer. Die Übriggebliebenen warfen ihre Waffen weg und hoben die Hände. Sie stellten sich so auf, dass die vom Schlossgarten vorrückenden Truppen ebenfalls mitbekamen, dass sich die Verräter ergaben. Aus den benachbarten Salons des Krieges und des Friedens waren noch einige Sekunden lang Schüsse zu hören, dann herrschte dort ebenfalls Stille.

Von Dankenfels befahl seinen Männern, die Gefangenen in den Schlossgarten zu treiben. Mit hinter dem Kopf verschränkten Händen nahmen die Revolutionäre dort Aufstellung, bis die rund fünfzig Tigerpanzer unmittelbar vor ihnen zum Stehen kamen. Aus ihrer Deckung trat Oberst Tannenberg mit seinen Soldaten zusammen mit mehreren hundert ebenfalls schwarz uniformierten Franzosen hervor. Die Luken in den Geschütztürmen der Panzer öffneten sich. Aus einer schaute ein Mann hervor, den der Generalfeldmarschall sehr gut kannte.

»Marschall Detraux!«, rief der Kastrup-Kommandant mit Freude und Begeisterung in der Stimme.

»Generalfeldmarschall von Dankenfels!«, entgegnete der Befehlshaber der Leibgarde des französischen Königs nicht minder erfreut. »Immer noch der Alte, immer mitten drin im Schlamassel!« Ein breites Grinsen zeichnete sich auf dem faltigen, markanten Gesicht des Marschalls ab, wobei seine dunkelblauen Augen vergnügt funkelten. »Konnten Sie den König befreien?« Mit geschmeidigen Bewegungen kletterte Detraux aus dem Geschützturm und baute sich vor seinem deutschen Pendant auf.

»Einige meiner Männer befinden sich zusammen mit Karl XII. auf dem Dach des Südflügels.« Von Dankenfels deutete in die Richtung. Von dort näherten sich zahlreiche Aufständische mit erhobenen Händen, die erkannt hatten, dass weiterer Widerstand zwecklos war.

»Oberst Pinault, Südflügel sichern!«, bellte der Marschall auf Französisch. Sofort machten sich mehrere Dutzend Schwarzuniformierte auf den Weg.

Insgesamt wurden fast zweitausend Revolutionäre auf der großen Rasenfläche vor dem Corps de Logis zusammengetrieben. Die meisten waren zivil gekleidet, einige trugen jedoch graue Uniformen der französischen Armee. Detraux befahl seinen Männern, mit dem Verhör gefangener Offiziere zu beginnen.

Näher kommendes Sirenengeheul kündigte eine ganze Armada von Rettungswagen an, die schon wenig später in den Gärten eintrafen. Die Sanitäter begannen sofort mit der Versorgung der Kastrup-Soldaten, von denen so gut wie keiner unverletzt war.

»Gab es keinen Widerstand regulärer Truppen, als Sie mit ihrer Panzerabteilung nach Versailles vorstießen?«, wollte von Dankenfels von Detraux wissen.

»Das war schon recht seltsam. Fünf Kilometer südwestlich von hier stießen wir auf zweihundert Panzer und mehrere tausend Mann der regulären Armee. Wir näherten uns, ohne das Feuer zu eröffnen. Lediglich drei Panzer der Armee schossen auf uns. Die anderen drehten demonstrativ ihre Geschütztürme in die andere Richtung. Wir vernichteten die drei Panzer und fuhren an dem Großaufgebot einfach vorbei. Einige der Soldaten winkten uns sogar zu. Ich vermute, dass es den Revolutionären gelungen ist, einige Generäle durch ihre eigenen Leute zu ersetzen. Wenn dem nicht so wäre, hätte die Armee den Aufstand längst niedergeschlagen. Auf der anderen Seite scheinen diese Generäle keine wirkliche Kontrolle über die Truppe zu haben. Deren Befehle werden offensichtlich von den meisten Soldaten einfach nicht befolgt. Nach meiner Einschätzung befindet sich das Militär zurzeit in einem führungslosen Zustand, was seine Passivität erklärt.«

»Verstehe«, entgegnete der Generalfeldmarschall. »Unter diesen Umständen sollte es dem König recht bald gelingen, die Kontrolle über die Verbände zurückzugewinnen.«

»Diese Einschätzung teile ich«, stimmte der Franzose zu. »Apropos König! Da! Schauen Sie!«

Von Dankenfels folgte mit seinem Blick dem ausgestreckten Arm seines Gesprächspartners. Karl XII. näherte sich in Begleitung von drei Schwarzuniformierten vom Südflügel her. In einem der Männer erkannte der Kastrup-Kommandant Leutnant Rohwedder, obwohl das Gesicht des Mannes blutverschmiert war und seine Uniform speziell an den Beinen in Fetzen herunterhing.

Der König steuerte direkt auf die beiden Oberkommandierenden der deutschen und französischen Elitetruppen zu. Als er nur noch wenige Meter entfernt war, salutierten die Marschälle. Der Monarch gab den Gruß zurück. Seine drei Begleiter salutierten ebenfalls.

»Meinen aufrichtigen Dank, meine Herren.« Die Stimme Karls klang tief bewegt. »Ihre Soldaten haben Unglaubliches geleistet.« Die grünen Augen des hageren Aristokraten suchten den Blickkontakt mit von Dankenfels. »Ich stehe tief in Ihrer Schuld.«

»Meine Männer und ich haben nur unsere Pflicht getan, Frankreich und letztlich auch Deutschland vor der Barbarei der Herrschaft des Pöbels zu bewahren«, gab der Generalfeldmarschall mit fester Überzeugung in der Stimme zurück. Der seitlich hinter dem Monarchen stehende Rohwedder zitterte leicht. Seine Augenlider zuckten. Von Dankenfels erkannte die Anzeichen totaler Erschöpfung.

»Sanitäter!« rief der Kastrup-Chef, trat neben den Leutnant und stützte ihn. König hin oder her, seine Männer, die er in dieses Todeskommando geschickt hatte, gingen erst einmal vor.

KAPITEL 2:
DIE MACHT IM OSTEN

Die Asiaten lächelten – wie fast immer – ihr freundliches, jedoch nichtssagendes Lächeln. Kaiser Friedrich IV. wünschte sich in diesem Moment, Gedanken lesen zu können, denn aus den Gesichtszügen der Japaner konnte er keinerlei zusätzliche Informationen gewinnen. Um keine Zeit zu verlieren, hatte der Kaiser diese Besprechung mit einem potenziellen Bundesgenossen gleich für 08:00 Uhr morgens am 4. April angesetzt.

»Sie bitten uns also, die Sowjetunion im Osten anzugreifen. Verstehe ich das richtig?« Nach seinen Worten war das Lächeln des japanischen Außenministers Yamakuri das gleiche wie zuvor.

Friedrich hielt die Frage des Japaners für vollkommen überflüssig, denn er glaubte sich klar ausgedrückt zu haben. »Wie ich bereits erläuterte, sind unsere Nuklearwaffen bei dem Versuch, die Rote Armee zurückzuschlagen, nicht detoniert. Wir sind aller Wahrscheinlichkeit nach nicht in der Lage, die Russen aufzuhalten, bis unsere auf Rüstung umgestellte Industrie genug Waffen produziert hat, damit wir den Kommunisten massiven Widerstand entgegensetzen können. Nur – wenn die Rote Armee bis dahin einen Großteil unserer Industriezentren erobert hat, waren unsere Anstrengungen umsonst. Ihr Angriff im Osten würde Stalin dazu zwingen, einen Teil seiner Truppen nach Sibirien zu verlegen. Dann hätten wir eine Chance.«

»Sie sehen also trotz ihrer technologischen Überlegenheit die Gefahr einer Niederlage?«, hakte Yamakuri nach. Die vier neben ihm sitzenden Diplomaten lächelten weiter, als ob ihr Vorgesetzter nach dem Befinden der werten Frau Gemahlin des Kaisers gefragt hätte.

So kommen wir nicht weiter. Ich muss deutlicher werden, stellte der Kaiser gedanklich fest.

»Ich sehe nicht nur die Gefahr einer Niederlage, ich halte sie sogar für unabwendbar.« Die Stimme des Herrschers über den Nordischen Bund hatte einen drohenden Unterton angenommen. »Wenn das Reich und mit ihm der Nordische Bund fällt, wird das japanische Kaiserreich das nächste sein, das von den Amerikanern, Russen und Engländern überrannt wird. Denken Sie nur an das Ölembargo, mit dem Amerika Japan in einen Krieg treiben wollte. Nur die Öllieferungen des Nordischen Bundes haben den Tenno und sein Volk vor einem verlustreichen Krieg bewahrt, den Japan, auf sich allein gestellt, sehr wahrscheinlich nicht hätte gewinnen können.«

»Nun – wenn wir die Sowjetunion von unseren ehemals chinesischen Besitztümern aus angreifen, werden wir uns auch sehr schnell einem Zweifrontenkrieg gegenübersehen. Oder glauben Sie, die Amerikaner werden sich die Gelegenheit entgehen lassen, uns zu überfallen?« Das Lächeln auf den Lippen des japanischen Außenministers war bei seinen letzten Worten tatsächlich verschwunden.

»Das Risiko besteht in der Tat«, stimmte Friedrich zu. Nun war er es, der lächelte, als er fortfuhr: »Doch wenn Sie dem Untergang des Nordischen Bundes tatenlos zusehen, werden Sie sich in wenigen Monaten ganz alleine der Bedrohung durch die monarchiefeindlichen Alliierten stellen müssen. Und glauben Sie mir, diese Bedrohung wird dann nicht hypothetischer Natur sein, sondern sehr real. Japan ist den Demokraten schon lange ein Dorn im Auge, und es gibt nur einen einzigen Grund, warum sie ihre schmutzigen Füße noch nicht auf japanisches Gebiet gestellt haben. Dieser Grund hat einen Namen. Er lautet: der Nordische Bund. Sowohl die Russen als auch die Engländer und Amerikaner wissen, dass wir Japan im Falle einer Aggression der Alliierten beistehen würden. Genau diesen Beistand erwarte ich nun umgekehrt von Japan.«

»Erwarten Sie unseren Beistand oder fordern Sie ihn?«

»Ich habe kein Interesse, mit Ihnen über Wortklaubereien zu diskutieren«, stellte der Kaiser sichtlich ungehalten klar. Sein Oberlippenbart zitterte, als er fortfuhr: »Sie haben mit dem Nordischen Bund stets einen treuen, verlässlichen Bündnispartner gehabt. Wenn Sie nun den Untergang dieses Partners zulassen, werden Sie selbst untergehen. Mehr habe ich nicht zu sagen.«

Der Monarch erhob sich und schickte sich an, den Konferenzraum im obersten Stockwerk des Kaiserpalastes zu verlassen. Er hatte den Japanern bewusst die Plätze am Tisch zugewiesen, die aus vierhundert Metern Höhe einen Überblick über das bis zum Horizont reichende Berlin mit seinen zahlreichen neubarocken Bauten ermöglichten. Die Japaner sollten unter dem Eindruck der schöpferischen Kraft, der Kultur und des Fortschritts der nordischen Völker stehen. Sie sollten erkennen, welch mächtigen Bundesgenossen sie dem Untergang preisgaben, sollten sie nicht auf die Forderung des Kaisers eingehen. Wie zur Festigung dieses psychologischen Details der Verhandlungen donnerten mehrere Dutzend Horten Ho 229 in Dreieckformationen über das morgendliche Berlin hinweg in Richtung Osten – ein mehr als beeindruckendes Schauspiel.

Friedrich hatte die Türe des Konferenzraumes schon fast erreicht. »Warten Sie«, hörte er die Stimme Yamakuris. »Ich wurde vom Tenno autorisiert, mit Ihnen über einen Kriegseintritt Japans zu verhandeln.«

Der Kaiser hatte sich wieder dem Außenminister zugewandt. »Was gibt es da zu verhandeln?«

»Dieser zweite Weltkrieg«, erläuterte der Japaner, »könnte durchaus mehrere Jahre dauern. Aus diesem Grunde möchte der Tenno Japan in die Lage versetzt sehen, sich auf lange Sicht angemessen verteidigen zu können. Deshalb bitten wir Sie, uns die Konstruktionsunterlagen ihrer Waffensysteme zur Verfügung zu stellen. Der Tenno denkt dabei speziell an Ihre Tarnkappenbomber und -jäger, an Ihre Kernreaktoren und Ihre Nuklearwaffen.«

Friedrich schaute Yamakuri direkt in die Augen. Keine Regung zeichnete sich in seiner Miene ab. »Das ist unmöglich. Diese Geheimnisse werden den Nordischen Bund niemals verlassen.«

»Das Kaiserreich Japan sieht sich in der Tat durch die materialistischen Demokratien und den dies noch auf die Spitze treibenden Kommunismus bedroht«, gab der Außenminister zurück. »Doch was ist mit den anderen Werten wie Ehre, Stolz, Disziplin und Opferbereitschaft? Es gibt nur noch den Nordischen Bund, der diese Werte mit dem Kaiserreich Japan teilt. Also warum wollen Sie meinem Land Ihre Errungenschaften vorenthalten? Warum wollen Sie meinem Volk den Beitritt in den Nordischen Bund verwehren? Wegen unserer Augen- und Haarfarbe? Glauben Sie, Äußerlichkeiten machen den Wert von Menschen aus?« Der Japaner war aufgestanden, hatte seine Stimme erhoben und sogar nicht versäumt, mit der Faust zur Unterstützung seiner Worte auf den massiven Eichentisch des Konferenzraumes zu schlagen.

Friedrich IV. war durch die Worte des Japaners mehr als verwirrt. *Beitritt zum Nordischen Bund verwehren? Der Außenminister wirft mir Rassismus gegenüber Japanern vor?*

»Verstehe ich Sie richtig?« Nun war es der Monarch, der damit die gleiche Frage gestellt hatte wie wenige Minuten zuvor Yamakuri. »Sie glauben, ich würde Ihrem Land den Anschluss an den Nordischen Bund verwehren, und das aus rassistischen Motiven?«

»Ja.«

Der Kaiser ließ einige Sekunden verstreichen und musterte die japanische Delegation. Das Lächeln war aus ihren Gesichtern verschwunden. Der Vorwurf des Japaners wäre unter normalen Umständen ein diplomatischer Affront gewesen. Friedrich ging darüber hinweg. Zu sehr begrüßte er es, dass nun endlich Klartext gesprochen wurde.

»Sie möchten also gerne dem Nordischen Bund beitreten?«

»Ja.«

»Sie sind sich darüber im Klaren, dass der Tenno in diesem Falle weiterhin bei inneren Angelegenheiten freie Hand hätte, außenpolitisch und militärisch jedoch meinem Oberkommando unterstehen würde?«

»Ja.«

Ein wenig wortkarg sind sie schon, diese Japaner, wenn sie eingeschnappt sind, schloss Friedrich. In seinem Inneren braute sich jedoch ein Gefühlssturm zusammen. Mit belegter Zunge fuhr er fort: »Es war mir nicht bewusst, dass das Japanische Kaiserreich die Aufnahme in den Nordischen Bund beabsichtigt. Ich darf Ihnen versichern, dass ich Menschen, Gruppen, Nationen und schließlich Rassen lediglich nach ihren Taten und nicht nach ihrem Äußeren beurteile. Was das japanische Volk anbelangt, so sind mir dessen schöpferische Kraft, sein Tatendrang, seine Tapferkeit, seine Intelligenz und seine Ehrlichkeit durchaus bewusst. Ich sehe keinen Grund, Ihrem Volk nicht den gleichen Wert beizumessen wie jedem anderen Volk des Nordischen Bundes auch. Wie gesagt, ich wusste nichts von Ihrem Begehren, in den Bund aufgenommen zu werden, doch ich möchte hiermit unzweifelhaft und eindeutig zum Ausdruck bringen, dass es mir eine große Ehre wäre, Japan in die Gemeinschaft der nordischen Monarchien aufzunehmen. Zusätzlich bin ich zutiefst bewegt, dass der Tenno meinen Urteil als Oberkommandierendem der Streitkräfte trotz der momentan misslichen Lage vertraut.«

»Soll das heißen, Japan wird in den Nordischen Bund aufgenommen?«, hakte Yamakuri nach.

»Selbstverständlich heißt es das!«, gab der Kaiser zurück.

»Dann darf ich Sie bitten, mir die entsprechenden Verträge von Ihrer Seite mitzugeben. Ich reise morgen zurück nach Japan.«

»Es gibt keine Verträge«, klärte der Herrscher über derzeit dreihundert und in naher Zukunft vierhundert Millionen Menschen seinen Gegenüber auf.

»Wie darf ich das verstehen?«

»Die Aufnahme in den Bund erfolgt durch ein einfaches Zeremoniell. Das Oberhaupt des aufgenommenen Staates gibt mir persönlich sein Wort, loyal zum Bund zu stehen, die außenpolitischen und militärischen Anweisungen des deutschen Kaisers zu befolgen, auch wenn er anderer Meinung ist, und sein Amt nur an jemanden weiterzugeben, der sein Wort gab, diese Verpflichtung weiterhin einzuhalten. Mehr ist für eine Aufnahme in den Bund nicht notwendig. Doch eine Gegenfrage: Warum beabsichtigt der Tenno, den außenpolitischen und militärischen Teil seiner Souveränität aufzugeben?«

»Nun enttäuschen Sie mich ein klein wenig«, entgegnete Yamakuri. »Sie haben doch selbst alle Gründe für unsere Motivation, in den Bund einzutreten, erwähnt. Natürlich ist uns klar, dass wir nicht als einzige Monarchie auf diesem Planeten überleben können. Nur ein starker Nordischer Bund kann die Herrschaft der Fähigen sichern. Nehmen wir Demokratie doch einmal wörtlich. Demnach könnte jemand, der noch nicht einmal für sich selbst sorgen kann, über die künftige Regierung mitbestimmen. So etwas kann nur zu kulturellem Rückschritt und gesellschaftlichem Zerfall führen. Die einzige Möglichkeit, unser Volk davor zu bewahren, ist der Beitritt zum Nordischen Bund.

Werden Sie nach dem gegebenen Wort des Tenno Ihre technologischen Geheimnisse an uns weitergeben?«

»Ja.« *Warum sich nicht der wortkargen Mentalität des neuen Bundesgenossen anpassen?*

»Nun, Eure Hoheit!« Diesmal war es kein nichtssagendes, sondern ein offenes, herzliches und Triumph ausdrückendes Lächeln, das sich auf dem Gesicht des japanischen Außenministers abzeichnete. »Wir haben fest damit gerechnet, dass Sie sich kooperativ zeigen würden.«

Friedrich fiel die Kinnlade herunter. Yamakuri hatte ein Spiel mit ihm gespielt, das seine Ursache in einem Wesenszug der japanischen Mentalität haben mochte, den das Oberhaupt des Nordischen Bundes bisher noch nicht kannte.

Doch der Außenminister setzte sogar noch eins drauf: »In der Erwartung, in Kürze nicht mehr ohne Rücksprache mit Ihnen über die japanischen Truppen frei verfügen zu können, hat sich der Tenno erlaubt, einen letzten Befehl zu geben: Ein großer Teil unserer Flotte bewegt sich auf den amerikanischen Stützpunkt Pearl Harbor auf Hawaii zu. In acht Stunden werden mehrere hundert Jagd- und Torpedobomber von den Flugdecks unserer Träger starten. Sie haben Befehl, die Pazifikflotte der Amerikaner anzugreifen und so weit wie möglich zu vernichten.«

Friedrich war bleich geworden. Diese Japaner waren wirklich Männer der Tat, das musste man ihnen lassen. Der Kaiser kam jedoch nicht zu einer Entgegnung, denn in dem Moment, als er dazu ansetzten wollte, klopfte es an die Tür des Konferenzraums.

»Herein!«, befahl der Kaiser. Ein Kastrup-Offizier trat ein, salutierte zackig und flüsterte dem Monarchen ins Ohr: »Von Dankenfels war erfolgreich. König Karl XII. ist befreit, und es deutet alles darauf hin, dass er die Kontrolle über das Militär zurückgewinnen wird. Unsere Truppen haben bei der Aktion jedoch schreckliche Verluste erlitten. Für weitere Auskünfte ist der Generalfeldmarschall über sein Satellitentelefon zu erreichen.«

Friedrich konnte sein Glück kaum fassen. Den fast sicheren Untergang der abendländischen Kultur vor Augen, hatten die Japaner den Wunsch ihres Beitrittes zum Bund geäußert, und die Gefahr eines Zweifrontenkriegs schien durch die Niederlage der Revolutionäre in Frankreich abgewendet. Zum ersten Mal seit Beginn des nun fünfzig Stunden dauernden zweiten Weltkrieges hegte der Kaiser Hoffnung.

Nachdem der Kastrup-Offizier den Konferenzraum wieder verlassen hatte, wandte sich der Herrscher über den Nordischen Bund wieder dem immer noch breit grinsenden Japaner zu. »Und was hätten Sie gemacht, wenn ich Ihnen die Aufnahme in den Nordischen Bund und damit die Preisgabe unserer Waffensysteme verweigert hätte?«

»Erstens haben wir diese Möglichkeit nicht ernsthaft in Erwägung gezogen. Der Tenno schätzt Sie als einen weisen und gerechten Herrscher ein, sonst würde er wohl kaum bereit sein, das japanische Militär Ihrem Oberkommando zu unterstellen. Doch falls Sie uns tatsächlich die Aufnahme verweigert hätten, wären wir trotzdem mit unserem Angriff auf Pearl Harbor in den Krieg eingetreten. Wir können unsere Kultur nur dadurch retten, dass wir den Nordischen Bund entlasten, wo wir können – ob er nun will oder nicht. Doch dem Tenno ist klar, dass der Übermacht der Alliierten am ehesten durch ein sorgfältig abgestimmtes Vorgehen unter einem gemeinsamen Oberkommando zu begegnen ist. Und selbstverständlich geht er davon aus, dass dies auch Ihnen klar ist.

Ich werde dem Tenno telegrafieren, dass er sich für die Zeremonie zur Aufnahme in den Nordischen Bund nach Berlin begeben soll.«

»Warten Sie! Dazu muss der Tenno russisches Gebiet überfliegen, was nicht ganz ungefährlich ist. Ich lasse ihm meine Dienstmaschine schicken. Es handelt sich um eine umgebaute Horten B1, die in zwanzig Kilometern Höhe, also unerreichbar für die sowjetischen Waffen, fliegen wird. Kurz nach Ihrem Angriff auf Pearl Harbor kann die HOHENZOLLERN, wie ich den Nurflügler taufen ließ, in Tokio sein.«

»Gut! Dann telegrafiere ich eben das.«

*

In der Nacht auf Dienstag hatte Friedrich immerhin drei Stunden Schlaf gefunden. Um 03:15 Uhr riss ihn jedoch ein energisches Klopfen aus dem Tiefschlaf. Der Monarch brauchte einige Sekunden, um sich zu orientieren. Mit Erschrecken stellte er fest, dass der Krieg doch kein böser Albtraum war.

»Ich bin wach!«, rief der Kaiser durch die geschlossene Türe seines Schlafgemaches.

»Der Tenno landet in fünfzig Minuten«, kam es von jenseits der Türe zurück.

»Sorgen Sie dafür, dass in zwanzig Minuten mein Wagen vor dem Eingang bereitsteht.«

Friedrich IV. nutzte die Zeit, ausgiebig zu duschen, wobei er zum Abschluss dreißig Sekunden lang eiskaltes Wasser über seinen müden Körper laufen ließ.

Durch die kalte Dusche halbwegs erfrischt, kleidete er sich an und begab sich zum vierhundert Meter tiefer liegenden Haupteingang des kaiserlichen Palastes. Auf dem Weg nach unten reflektierte er kurz die Informationen, die er noch unmittelbar vor seiner Nachtruhe über den Angriff der Japaner auf Pearl Harbor erhalten hatte. Die neuen Verbündeten hatten fast die gesamte Pazifikflotte der Amerikaner vernichtet, wobei sie selbst lediglich drei Flugzeuge verloren hatten. Einziger Wermutstropfen war, dass die fünf amerikanischen Träger zum Zeitpunkt des Angriffes nicht im Hafen gewesen waren. Es schien fast, als sei der Überraschungsschlag des Tennos für die Amerikaner doch nicht so überraschend wie geglaubt erfolgt. Nur – wenn die Amerikaner etwas gewusst hatten, warum hatten sie dann nicht ihre gesamte Flotte aus Pearl Harbor abgezogen? Um einen Kriegsgrund gegen Japan zu haben? *Falls meine Vermutung zutrifft, unterscheidet sich die Mentalität der US-Regierung ganz erheblich von der unsrigen,* stellte der Kaiser gedanklich fest. *Ich empfände es als ein ungeheueres Verbrechen, eigene Soldaten zu opfern, nur um vor meinem Volk einen Krieg rechtfertigen zu können.*

Unmittelbar vor dem auf den typisch barocken Säulen ruhenden Eingangsbereich des Kaiserpalastes wartete bereits die überlange schwarze Mercedeslimousine. Der kaiserliche Chauffeur hatte sich lässig gegen die Beifahrertüre gelehnt und nahm erschrocken Haltung an, als er den Monarchen aus dem Portal treten sah.

»Flughafen Tempelhof«, sagte der Herrscher für den Fall, dass der Chauffeur noch nicht über das Fahrtziel informiert worden war.

Friedrich nahm im geräumigen Fond des luxuriösen Fahrzeugs Platz. Der Zwölfzylinder, der soeben gestartet worden war, verursachte fast keine Geräusche in der Fahrgastzelle. Der Monarch schaltete das mit Wurzelholz verkleidete Funkgerät vor sich ein und erkundigte sich kurz nach dem Stand der Vorbereitungen für den Staatsempfang auf dem Flughafen. Alles lief nach Plan. Wie immer, wenn er sich durch das Stadtgebiet bewegte, fuhr der Herrscher über den Nordischen Bund ohne Eskorte. Wozu auch? Er war trotz des Ausbruchs des Krieges sehr beliebt bei der Bevölkerung. Ein Anschlag schien nicht im Bereich des Denkbaren. Dass feindliche ausländische Mächte ein Attentat auf ihn verübten, hielt Friedrich ebenfalls für unmöglich. Zu sehr vertraute er der Arbeit der Kastrup, der entsprechende Planungen sicherlich nicht verborgen geblieben wären.

Nachdenklich betrachtete der Kaiser das nächtliche Berlin. Die Lichter von Straßenlampen entlang der großzügigen Alleen, die beleuchteten Fenster der meist im neobarocken Stil gehaltenen Wolkenkratzer und die von Scheinwerfern angestrahlten Denkmäler der Hauptstadt huschten an ihm vorbei.

Wird diese wohl prächtigste Stadt dieser Erde, wie so viele andere auch, in wenigen Monaten oder gar Jahren verwüstet werden? In einer kurzen Vision sah Friedrich die Löcher von Maschinengewehren und Granatsplittern in den Fassaden, brennende Hochhäuser und von ihren Sockeln gestürzte Monumente deutscher Kultur. Energisch schüttelte er die furchtbaren Gedanken ab. *Das darf und werde ich nicht zulassen. Noch wütet dieser Krieg auf deutschem Boden. Wir werden alles dafür tun, den Vormarsch des Feindes lange genug aufzuhalten, um ihm mit ebenbürtigen Waffen entgegentreten zu können. Auch wenn die Sowjets über schier unerschöpfliche Reserven an Menschen und Material verfügen, so werden wir sie doch durch die beispiellose Kapazität unserer Industrie erdrücken. Hoffentlich bringt uns das Eingreifen der Japaner die nötige Zeit dazu. Und dann tragen wir den Kampf in das Herz Russlands.*

Langsam näherte sich der Mercedes dem Flughafen in dem von den Tempelrittern gegründeten Stadtteil Berlins. *Die Tempelritter gelten als ausgelöscht. Doch ihre Organisationsstrukturen und ihre Werte sind gegenwärtig lebendiger denn je; sie bilden die Grundlage der heute herrschenden Aristokratie, die jeden als Gleichen unter Gleichen aufnimmt, der Entsprechendes leistet.*

Vor einem Schlagbaum hielt der Chauffeur die Limousine schließlich an. Nach einer kurzen Überprüfung durch den Wachmann hob sich die Schranke und gab den Weg auf das Flughafengelände frei. In der Nähe des Hauptgebäudes waren mehrere Scheinwerfer aufgestellt worden, die diesen Bereich taghell ausleuchteten. Eine Kompanie der Kastrup in Gardeuniformen hatte bereits Aufstellung genommen, um den japanischen Tenno mit militärischen Ehren zu empfangen.

Der Kaiser wies den Fahrer an, das schwarze Luxusgefährt am Rande der durch die Scheinwerfer ausgeleuchteten Fläche zu parken. Der deutsche Außenminister Herbert von Singen war herbeigeeilt und öffnete die Türe des Fahrzeugs. Beim Aussteigen blickte Friedrich dem kahlköpfigen, etwas untersetzt wirkenden Mann in dessen nervös flackernde braune Augen. Der Monarch kannte seinen Außenminister gut genug, um dieser Nervosität keine Bedeutung beizumessen. Bei den Vorbereitungen wichtiger Staatsempfänge wirkte der perfektionistische von Singen immer etwas fahrig, wogegen er dann später, wenn es um die eigentlichen Verhandlungen ging, zu einem eiskalten Taktiker wurde. Wahrscheinlich war er der beste Diplomat des Reiches.

»Der Flug der HOHENZOLLERN verläuft nach wie vor planmäßig«, klärte von Singen seinen obersten Vorgesetzten auf. »Der Tenno wird in zehn Minuten, also um 04:05 Uhr, hier landen.«

Der Kaiser nickte lediglich kurz und steuerte eine Gruppe an, die sich vor den Kastrup-Soldaten eingefunden hatte. Sie bestand aus Beamten des Auswärtigen Amtes, den Mitarbeitern der japanischen Botschaft, unter denen er Yamakuri erkannte, und einigen Königen des Nordischen Bundes. Die Elitesoldaten im Hintergrund salutierten vor ihrem Staatsoberhaupt, während die Gespräche der Diplomaten und königlichen Hoheiten verstummten.

»Vielen Dank, dass Sie sich zu dieser frühen Stunde hier eingefunden haben«, begann der Kaiser, obwohl es natürlich eine Selbstverständlichkeit war, dass jeder, der dazu aufgefordert worden war, persönlich zum Empfang des Tennos erschien. Nur wenige kannten jedoch den Grund für den Besuch des japanischen Herrschers. Die meisten gingen davon aus, dass es vor dem Hintergrund des Krieges und des erst vor wenigen Stunden durchgeführten Angriffs der kombinierten japanischen See- und Luftstreitkräfte auf Pearl Harbor um die Abstimmung weiterer Aktionen Japans und des Nordischen Bundes ging.

Deshalb klärte Friedrich die Minister und Diplomaten über die tatsächlichen Hintergründe auf: »Nach einem kurzen Empfang hier auf dem Flughafen werden wir dem Tenno und seinem Stab kurz Gelegenheit geben, sich von dem langen Flug zu erholen. Um 06:00 Uhr findet dann im Thronsaal des Kaiserpalastes die Zeremonie des Beitritts Japans zum Nordischen Bund statt.« Eine Mischung aus ungläubigem Staunen und unverhohlener Freude dominierte die Gesichter der anwesenden Majestäten. Von der Wirtschaftskraft und der militärischen Stärke her gesehen rangierte Japan zwischen dem Deutschen Reich und Frankreich. Der Beitritt des Inselreichs bedeutete demnach eine erhebliche Erweiterung der Macht des Kaisers.

»Nach der Zeremonie«, fuhr Friedrich fort, »werden der Tenno und ich eine Presseerklärung vor internationalen Journalisten abgeben. Danach beabsichtige ich mit den Staatsoberhäuptern des Bundes und deren höchsten Militärs die weitere gemeinsame Strategie im Kampfe gegen die Feinde der Monarchie festzulegen. Bis dahin wird auch der französische König zusammen mit Marschall Detraux und Generalfeldmarschall von Dankenfels zu uns gestoßen sein.«

Im Nu war der Kaiser umringt von den Monarchen des Nordischen Bundes. Dutzende Fragen prasselten auf ihn ein. »Meine Herren! Bitte – wir werden die Dinge nach der Pressekonferenz in Ruhe besprechen. Nun sollten wir uns auf einen würdevollen Empfang unseres neuen Verbündeten konzentrieren.«

Wie zur Bestätigung seiner Worte erklang das langsam lauter werdende Donnern mächtiger Düsentriebwerke. Wie ein Raubsaurier aus grauer Vorzeit senkte sich die HOHENZOLLERN mit eingeschalteten Positionslichtern auf die Landebahn herab. Mit quietschenden Reifen setzte das Fahrwerk des riesigen Nurflüglers auf dem Asphalt auf. Zwei Minuten später hatte die umgebaute B1 ihre Parkposition nur wenige Meter vor den Wartenden eingenommen. Fauchend liefen die sechs Jumo-Triebwerke des größten Flugzeugtyps des Planeten aus. Aus dem Unterboden senkte sich eine Rampe herab, deren Innenseite mit Treppenstufen und einem Geländer versehen war.

Kaum hatte sie den Boden berührt, schritt der Tenno die Stufen hinab.

Der einsziebig große Japaner trug einen schlichten schwarzen Anzug mit weißem Hemd und schwarzweiß gemusterter Krawatte. Seine grauschwarzen Haare hatte er links gescheitelt. An den Seiten und am Hinterkopf waren sie fast weiß. Der Asiate strahlte Würde und Weisheit aus, während der deutsche Kaiser, der seinem Gast entgegenschritt, eher eine unbeugsame, jugendliche Tatkraft verströmte.

Als Friedrich dem zwei oder drei Jahrzehnte älteren Mann gegenüberstand und ihm die Hand reichte, beschlich ihn ein Gefühl der Scham. War er wirklich würdig, in Kürze höher als dieser weise, kluge Herrscher aus einer uralten Dynastie gestellt zu sein? Verdankte er dies nicht eher seinem Vater und seinem Volk, die das Deutsche Reich zum mächtigsten Staat dieser Erde gemacht hatten? Der Kaiser empfand, dass seine eigenen Taten in seiner bisherigen Regierungszeit die bald folgende Erweiterung seiner Machtfülle nicht rechtfertigten.

»Willkommen in Berlin, Tenno Heika[7]. Ich hoffe, Sie hatten einen angenehmen Flug?«

»Mit einem solch wunderbaren Flugzeug«, der Herrscher über das japanische Reich deutete nach oben auf die schwarze Unterseite der HOHENZOLLERN, »war der Flug keineswegs belastend, sondern eher erholsam.« Der Tenno sprach fast akzentfreies Deutsch, wie der Kaiser anerkennend feststellte.

»Er ist mir eine Ehre, Ihnen ein ähnliches Flugzeug schenken zu dürfen, wobei ich Sie bitte, uns Ihre Vorstellungen bezüglich der Inneneinrichtung mitzuteilen.«

»Es war nicht meine Absicht, mit meinem Lob des Flugzeuges Ihre großzügige Tat herauszufordern«, entgegnete der japanische Herrscher verlegen.

---

[7] Kaiserliche Majestät. Außer von seiner Familie wird der Tenno niemals mit seinem Namen angeredet.

»Das ist mir selbstverständlich bewusst. Es ist mir, wie bereits erwähnt, eine *Ehre*. Sie werden das Flugzeug gut gebrauchen können, denn wie es aussieht, werden wir uns in Zukunft weitaus häufiger sehen, was ich sehr begrüße.«

Der Tenno zeigte ein sympathisches, offenes Lächeln und gab den Händedruck des Deutschen zurück.

Mit einem Blick auf den Hofstaat und einige japanische Offiziere, die zwischenzeitlich ebenfalls das Flugzeug verlassen hatten, fügte Friedrich hinzu: »Ich habe für Sie und Ihre Begleitung einen Bereich des kaiserlichen Palastes herrichten lassen. Bitte folgen Sie mir.«

Der Kaiser und der Tenno schritten mit drei Dutzend japanischer Frauen und Männern durch ein Spalier, das die Kastrup-Kompanie gebildet hatte, bis sie die europäischen Monarchen und hohen Beamten erreicht hatten. Eine Blaskapelle spielte die japanische Nationalhymne, während der asiatische Herrscher mit seinen baldigen Bundesgenossen ein paar Worte austauschte.

Aus den Augenwinkeln bemerkte der Kaiser, wie von Singen jemandem, den er nicht sehen konnte, ein Zeichen gab. Sekunden später erschien ein Korso aus einem Dutzend schwarzer Mercedes-Limousinen, die von doppelt so vielen Kastrup-Soldaten auf Motorrädern begleitet wurden.

Die Gesellschaft teilte sich auf die Fahrzeuge auf, wobei Friedrich seinen japanischen Gast zu sich in seinen Dienstwagen bat. Zusätzlich stiegen noch von Singen, Yamakuri sowie der schwedische und niederländische König mit ein.

Der Autokorso folgte einer zuvor von von Singen festgelegten Route. Vorbei an monumentalen Bauten wie dem Triumphbogen, den man nach dem Weltkrieg errichtet hatte, dem Reichsstadion, das dreihunderttausend Menschen fasste, den Prunkbauten der technischen Universität, die erst vor zwei Jahren fertig gestellt worden waren, und dem dreihundertfünfzig Meter hohen, im barocken Stil gehaltenen Deutschen Kriegsmuseum gelangten sie zu dem beeindruckend hohen Kaiserpalast, der sowohl für die Freunde des Reiches wie auch für viele seiner Feinde als eines der schönsten Gebäude der Welt galt.

Friedrich begleitete seine Gäste hinauf in die zweitoberste Etage, die komplett für die japanische Delegation reserviert worden war. Von dort war die beeindruckende Aussicht über Berlin praktisch die gleiche wie aus den darüber liegenden Privatgemächern des Kaisers und seiner Frau Charlotte.

Nach einer kurzen Verabschiedung stieg der Herrscher über den Nordischen Bund die mit kunstvoll verzierten persischen Teppichen belegte Treppe ins obere Stockwerk empor. Vor der Eingangstüre zu seinen Privatgemächern wachten zwei Kastrup-Soldaten. Sie salutierten und gaben ihrem obersten Vorgesetzten den Weg in die Räumlichkeiten frei. Als der Kaiser die Klinke der massiven Eichentüre heruntergedrückte, bemerkte einer der Männer: »Ihre Majestät, die Kaiserin, ist vor wenigen Minuten eingetroffen und erwartet Sie.«

Friedrich nickte kurz und betrat den hinter der Eichentür liegenden Flur. Er freute sich auf Charlotte, die er in diesen Kriegszeiten recht selten sah. Sie verbrachte die Zeit überwiegend auf ihrem Landsitz, wohingegen der Kaiser meist im Palast weilte. Hier hatte er den direkten Kontakt zu seinen obersten Militärs und den an den Bund angeschlossenen Königreichen.

Die Kaiserin musste ihn gehört haben, denn sie trat aus ihrem Ankleidezimmer auf den Flur und lief ihm entgegen. Das Paar umarmte und küsste sich zärtlich. Charlotte wirkte wie immer reizend auf den Monarchen. Beim Volk erfreute sie sich großer Beliebtheit und wurde manchmal in Anlehnung an die »Kaiserin der Herzen« der alten Habsburger Monarchie die »Blonde Sissi« genannt.

Charlotte trug ein rotes Kostüm, dessen Rock ihr knapp über die Knie reichte und ihre zierlichen Beine betonte. Ihre schmale Taille, die feinen Gesichtszüge und ihre hüftlangen hellblonden Haare ließen sie eher wie einen Filmstar als wie die mächtigste Frau der Erde wirken.

Für die in einer knappen Stunde stattfindende historische Zeremonie hatte sie sich die Haare hochstecken lassen und trug darauf die filigrane, mit Diamanten besetzte goldene Krone der Kaiserin.

»Ich habe dich vermisst«, hauchte die Schönheit ihrem Mann ins Ohr. »Zukünftig möchte ich mehr Zeit hier im Palast verbringen, um näher bei dir zu sein – auch wenn du wahrscheinlich wenig Zeit für mich hast.«

»Es tut mir leid, aber die sich überstürzenden Ereignisse der letzten Wochen lassen mich einfach nicht zur Ruhe kommen. Es ist meine höchste Pflicht, den Nordischen Bund aus dieser Krise herauszuführen.«

»Bitte sei ganz ehrlich zu mir.« Ihre Stimme zitterte leicht. »Glaubst du, die Dinge werden sich noch zum Guten wenden? Können wir diesen furchtbaren Krieg gewinnen? Als deine Frau habe ich ein Recht darauf zu wissen, wie du darüber denkst.«

»Nachdem der französische König abgesetzt worden war und noch keine Aussicht auf Hilfe durch Japan bestanden hatte, erschien mir unsere Lage als aussichtslos. Doch die Kastrup und königstreue französische Truppen konnten die Revolution niederschlagen. König Karl regiert wieder über Frankreich und dürfte in Kürze, spätestens zur Lagebesprechung nach der Pressekonferenz, hier eintreffen. Japan ist mittlerweile auf unserer Seite in den Krieg eingetreten und wird sich unter meinen Oberbefehl stellen. Durch diese Wendungen haben wir eine Chance, die Russen aufzuhalten, bevor sie unsere Industriezentren überrennen. Die Übermacht der Sowjets ist gewaltig, weshalb unsere Chance gering ist. Doch ich glaube an den Mut und die Entschlossenheit unserer Soldaten. Deshalb bin ich von unserem Sieg wahrscheinlich ebenso überzeugt, wie Stalin, Churchill und Truman an ihren Sieg glauben.«

*

Der Thronsaal des Kaiserpalastes war festlich geschmückt. Die Wände wurden von Schilden geziert, die in den Farben der Mitgliedsstaaten lackiert worden waren. Das kaiserliche Paar hatte bereits auf dem Thron am Kopfende des fünfzig Meter langen und dreißig Meter breiten Saales Platz genommen. Senkrecht zur Stirnwand befand sich ein riesiger Tisch aus Mahagoniholz, der fast die gesamte Länge des Saales einnahm. An ihm saßen die königlichen Familien. Feine goldene Linien liefen am Tischrand entlang und bildeten in dessen Mitte mehrere Tatzenkreuze, die Hoheitszeichen des Nordischen Bundes.

Erwartungsvolle Stille herrschte, bis plötzlich die fünf Meter hohe, ebenfalls aus Mahagoni gefertigte Doppeltüre gegenüber der Stirnwand geöffnet wurde. Zehn Angehörige der Kastrup und die gleiche Anzahl japanischer Offiziere traten ein und bildeten ein Spalier. Auch die Japaner waren in schwarze Uniformen gekleidet. Würdevoll schritten der Tenno und seine Gemahlin hindurch. Der Herrscher des Inselreichs hatte seine Unterarme rechtwinklig nach vorne gestreckt. Auf seinen nach oben weisenden Handflächen trug er ein japanisches Schwert, das in einer schwarz glänzenden Scheide steckte. Nachdem der Tenno den Thron fast erreicht hatte, erhob sich der Kaiser und stieg drei Stufen zu dem Japaner hinab. Der verbeugte sich und streckte seine Arme mit dem Schwert aus. Friedrich legte die Waffe nun seinerseits auf die Handflächen, wobei er sich ebenfalls verbeugte.

»Hiermit übergebe ich dem deutschen Kaiser durch dieses Schwert die Befehlsgewalt über die japanischen Streitkräfte.« Bei seinen auf Deutsch gesprochenen Worten hatte sich der Tenno wieder aufgerichtet und seine Hände unter dem Schwert weggezogen, während Friedrich in seiner vorgebeugten Position verharrte und die elegante Waffe nun alleine hielt. »Ich gelobe mich den militärischen und außenpolitischen Entscheidungen des Kaisers zu fügen und mein Amt nur an einen solchen Nachfolger weiterzugeben, der diese meine Verpflichtung fortführt.«

Nun richtete sich auch Friedrich auf, immer noch das Schwert auf seinen Handflächen tragend. »Und ich gelobe, gleichsam die Interessen des japanischen Volkes zu vertreten, wie ich im Interesse meines eigenen Volkes handele. Niemals werde ich ein Volk des Nordischen Bundes gegenüber dem deutschen benachteiligen.«

Diese wenigen Sätze besiegelten einen Bund, der auf Ehre anstatt auf Verträgen beruhte.

Der Tenno und der Kaiser wandten sich den anderen Monarchen zu. Diese erhoben sich von ihren Plätzen.

»Gott mit uns!«, rief Friedrich.

»Gott mit uns!«, skandierten die Könige, allen voran der neben dem Kaiser stehende Tenno.

*

Die anschließende Pressekonferenz im Ballsaal um 08:00 Uhr war erwartungsgemäß verlaufen. Die anwesenden Journalisten des Nordischen Bundes hatten sich gegenseitig mit Hochrufen auf das neue Mitglied der Staatengemeinschaft übertroffen, von dessen großer wirtschaftlicher und militärischer Stärke sie sich eine Wende in diesem Angriffskrieg der Alliierten versprachen. Die russischen, britischen und amerikanischen Presseleute hatten den Beitritt Japans meist mit unbewegten Mienen hingenommen. Sie hatten in der neuen Machtfülle des deutschen Kaisers natürlich eine Gefahr für den prognostizierten schnellen Sieg des Stalin-Truman-Churchill-Paktes gesehen.

Danach hatten sich die Monarchen wieder in den Thronsaal zurückgezogen, wo schon die höchsten Militärs des Bundes auf sie warteten. Nachdem alle Platz genommen hatten, nickte

Friedrich dem Tenno kurz zu. Es war vereinbart worden, dass der japanische Herrscher zur Einstimmung in die gemeinsamen Planungen zunächst die politisch-militärische Situation aus seiner Sicht schilderte.

»Meine Freunde«, begann das Oberhaupt des Inselreiches, »um den Vormarsch der Roten Armee gen Westen zu verlangsamen, ist es zwingend notwendig, dass meine Truppen eine zweite Front an der chinesisch-russischen Grenze eröffnen. Nur so können wir Stalin zwingen, einen Teil seiner Armeen nach Osten zu werfen. Armeen, die ihm im Westen fehlen werden.

Unser Angriff auf Pearl Harbor war ein Präventivschlag. Denn selbstverständlich war uns klar, dass die Amerikaner und Briten unseren baldigen Einmarsch in die Sowjetunion zum Anlass nehmen würden, ihrerseits eine zweite Front gegen uns zu bilden. Aus diesem Grunde sahen wir eine realistische Möglichkeit darin, diese zweite Front durch die weitgehende Vernichtung der amerikanischen Pazifikflotte von vornherein zu schwächen. Dieses Vorhaben ist uns leider nur teilweise geglückt, da sich die amerikanischen Flugzeugträger zum Zeitpunkt unseres Angriffs nicht in Pearl Harbor befanden. Trotzdem sehe ich die japanische Marine auf absehbare Zeit dazu in der Lage, die stark geschwächte Flotte des Feindes so weit in Schach zu halten, dass Landungen alliierter Truppen auf unseren Inseln in naher Zukunft nicht möglich sein werden.

Aus diesem Grunde schlage ich vor, dass wir im Pazifik zunächst von weiteren Angriffen auf amerikanisches oder britisches Gebiet absehen. Stattdessen sollten wir uns auf den Landkrieg gegen die Sowjetunion konzentrieren. Ich habe bereits vor einer Woche die Verlagerung eines großen Teils meiner Landstreitkräfte an die sowjetische Grenze befohlen. Dieser Truppenaufmarsch wird in einer Woche abgeschlossen sein, worauf, den entsprechenden Befehl des Kaisers vorausgesetzt, die Invasion folgen wird.

Mein Land hat sich in den vergangenen Jahrzehnten stark um den Ausbau seiner See- und Luftstreitkräfte bemüht. Deshalb ließ sich eine entsprechende Vernachlässigung unserer Bodentruppen leider nicht vermeiden. Die sowjetischen Rüstungsanstrengungen verliefen jedoch genau in diese Richtung, mit dem Ergebnis, dass speziell ihre T-34- und IS-2-Panzer unseren Modellen überlegen sind. Aus diesem Grunde erbitte ich die Aushändigung der Konstruktionspläne für die Maus-, Tiger- und Panther-Panzer und deren Produktionsanlagen. Zusätzlich bitte ich um die entsprechende Schulung der japanischen Soldaten, Ingenieure und Arbeiter.«

Nun ruhte der Blick des Tennos auf dem deutschen Kaiser. Dieser erhob sich ebenfalls und entgegnete: »Wie ich bereits Ihrem Außenminister versicherte, erhält Japan als neues Mitglied Zugriff auf alle Errungenschaften des Nordischen Bundes inklusive den Produktionsunterlagen unserer Panzer, unserer Flugzeuge und der nuklearen Bewaffnung. Zusätzlich werden wir Sie in alle militärischen Geheimnisse einweihen. Eines davon möchte ich bereits jetzt lüften: Wir haben eine neue Waffengattung entwickelt, die wir Kampfläufer nennen. Einhundertachtzehn Prototypen existieren bereits, und die Massenproduktion ist angelaufen. Am Montag der übernächsten Woche werden fünfhundert dieser neuen Waffensysteme an unsere Truppen ausgeliefert. Neben den Plänen zu ihrer Herstellung stelle ich Ihnen einhundert dieser Kampfläufer zur Verfügung. Wir werden die Maschinen in Begleitung einer Gruppe Spezialisten, die Ihre Leute schult, schnellstmöglich mit unseren Horten T1 nach China bringen. Idealerweise arbeiten diese Waffensysteme im Verbund mit unseren neuartigen Landkreuzern. Von diesen existiert bisher allerdings erst ein einziges Modell, und ich sehe keine Möglichkeit, wie wir ein solches Ungetüm nach China schaffen könnten. Diese Riesenpanzer werden Ihnen wohl erst dann zur Verfügung stehen, wenn Sie selbst nach unseren Plänen welche hergestellt haben.«

Nach diesen Worten prasselten die Fragen des japanischen Herrschers und seiner Generäle auf den Kaiser ein. Natürlich wollten sie mehr über die Details der Landkreuzer und Kampfläufer erfahren.

In diesem Moment wurde die Doppeltüre des Thronsaals geöffnet, und der französische König Karl XII. trat neben Marschall Detraux und Generalfeldmarschall von Dankenfels ein.

Die Blicke aller Anwesenden richteten sich auf die drei Männer.

»Ich bitte meine Verspätung zu entschuldigen, doch das durch die gescheiterte Revolution entstandene Chaos verzögerte meine Abreise«, sprach der König in die Stille und streckte zur Unterstreichung seiner Worte die Handflächen nach oben.

»Mein lieber Karl! Dafür haben wir vollstes Verständnis und freuen uns, Sie wieder bei uns zu haben. Verspätet oder nicht – Hauptsache, Sie sind wohlbehalten wieder hier«, beschwichtigte Friedrich. Dann forderte er von Dankenfels auf: »Generalfeldmarschall! Sie kommen gerade richtig. Unsere japanischen Freunde möchten mehr über die Kampfläufer und Landkreuzer wissen. Ich darf Sie bitten, ihre Fragen zu beantworten, schließlich waren Sie an der Entwicklung dieser Waffen beteiligt und kennen daher jedes Detail.«

Lächelnd näherte sich der Schwarzuniformierte mit dem schneeweißen Bürstenschnitt dem Bereich des riesigen Tisches, an dem die Japaner saßen. »Bitte stellen Sie Ihre Fragen«, forderte er die neuen Verbündeten auf. Sein Lächeln wurde zu einem Grinsen, das keinen Zweifel darüber ließ, dass der Kastrup-Chef in seinem Element war, wenn es um Kampfläufer und Landkreuzer ging.

*

Winston Churchill genoss seinen Frühstückskaffee in seinem Arbeitszimmer und hielt eine der Noten, die ihm eine Ordonnanz vor wenigen Minuten gebracht hatte, in seiner rechten Hand. Ein Lächeln umspielte seine Züge. Die Revolutionäre in Frankreich waren also gescheitert. Nichts Anderes hatte der Premierminister erwartet. Am gestrigen Montag hatte der französische König mithilfe von Verbänden seiner Leibgarde, deutschen Kastrup-Soldaten und Einheiten der regulären Armee der Grande Nation die öffentliche Ordnung wiederhergestellt. Der unbedeutende Widerstand versprengter Revolutionäre war schnell niedergeschlagen worden.

Natürlich wäre es schön gewesen, wenn sich das französische Volk gegen seine Unterdrücker gewendet hätte und der Allianz für Freiheit und Demokratie beigetreten wäre. Doch Churchill war klug genug, dies von Anfang an nicht erwartet zu haben. Zu sehr hatten die Aristokraten die Völker auf dem Kontinent mit Wohlstand und fragwürdigem Fortschritt eingelullt. Im Vergleich zu ihren maßlosen, dekadenten Vorgängern hatte sie tatsächlich dazugelernt – diese selbstherrliche, arrogante Elite.

Gleichgültig nahm das Oberhaupt der britischen Regierung die nächste Note von dem Stapel auf dem aus Mahagoniholz gefertigten Schreibtisch. Seine Gesichtszüge entgleisten. Der japanische Tenno und der deutsche Kaiser hatten den Beitritt Japans zum Nordischen Bund in einer Presseerklärung vor hunderten Journalisten verkündet. Die Meldung trug das Datum Dienstag, den 5. April 1949, 09:00 Uhr MEZ[8]. Churchill blickte kurz auf seine Armbanduhr. Es war 09:00 Uhr UTC, demnach war die Meldung eine Stunde alt.

Wie konnte das sein? Der absolutistische Herrscher Japans ordnete sich freiwillig dem deutschen Kaiser unter? Churchill hatte die Aristokraten stets als selbstverliebte Dummköpfe eingeschätzt, die eher alles andere abgeben würden als ihre Macht. Hatte es die Allianz mit ihrer Operation »Thunder-

---

[8] Mitteleuropäische Zeit

strike« zu weit getrieben, weshalb sich nun die Monarchen weltweit unter das Kommando des deutschen Kaisers stellten?

Als er die nächste Meldung zwischen Daumen und Zeigefinger der rechten Hand nahm, ließ er aus seiner Linken die Kaffeetasse auf den Parkettboden fallen. Die Tasse zersplitterte, und die dunkle Flüssigkeit breitete sich über den ebenso dunklen Holzboden aus.

»Ordonnanz!«, schrie der fettleibige Politiker aus Leibeskräften. Keine drei Sekunden später wurde die schwere Eichentür seines Büros ein kleines Stück aufgeschoben, und ein verunsichert dreinblickender junger Mann erschien im Türspalt.

»Warum zur Hölle hat mich niemand geweckt?«, bellte Churchill dem jungen Mann aufgebracht entgegen. »In der vergangenen Nacht haben die Japse Pearl Harbor bombardiert und den größten Teil der amerikanischen Pazifikflotte versenkt, während ich hier in aller Seelenruhe schlief! Lassen Sie sofort eine Verbindung zu Präsident Truman auf mein Telefon stellen.«

Der Kopf des jungen Mannes verschwand unverzüglich, und die Türe fiel knarrend ins Schloss.

Egal!, dachte der britische Premierminister, während er auf das Gespräch mit dem amerikanischen Präsidenten wartete. *Weitere relevante Monarchien außer der japanischen, die es zu befreien gilt, gibt es nicht. Dann machen wir das eben in einem Abwasch und greifen Japan nicht erst nach dem Zusammenbruch des Nordischen Bundes an. Sobald diese Nationen niedergeworfen sind, folgt auch dort der zum Souverän erhobene Prolet den Vorgaben der Medien und gerät in die Steuer- und Zinsknechtschaft der wirklichen Herrscher – ein viel wirkungsvolleres System als die auf einem irrationalen Obrigkeitsglauben basierenden Monarchien.*

Churchill ließ den genialen »Jahrhundertplan« Revue passieren. Spekulationsgewinne kamen seinen »politischen Freunden« zugute, Verluste würden durch »Finanzspritzen« der Staaten aus den Steuerzahlungen des vermeintlichen Souveräns beglichen werden. Was war attraktiver als ein Spiel, bei dem man nicht verlieren konnte? Wofür lohnte es sich mehr zu kämpfen, als dieses Spiel auf die ganze Welt auszudehnen?

Das Klingeln des Telefons auf seinem Schreibtisch riss ihn aus seinen Gedanken.

KAPITEL 3:
STALINS BOMBEN

Es roch muffig in dem kleinen Büro des ehemaligen Großhandelsgebäudes. Seit mehr als drei Tagen saß Malte Müller tagsüber auf dem unbequemen einfachen Holzstuhl vor dem für seine Tätigkeit viel zu hohen, nicht minder einfachen Tisch aus dem gleichen Material. Der Wissenschaftler nutzte die Zeit, um seine Autobiografie »Mein Leben als Pazifist« zu schreiben.

Hin und wieder erhob sich der Mathematiker von den wenig luxuriösen Möbelstücken und trat an das Fenster des schmalen Raumes. Er blickte auf den Roten Platz mit dem in der Nähe des ehemaligen Großhandelsgebäudes vor Jahrhunderten errichteten Lobnoje Mesto. Das tribünenartige Gebäude war vor ziemlich genau vierhundert Jahren zum ersten Mal erwähnt worden und damit rund achtmal älter als das vom sowjetischen Militär seit Jahrzehnten vereinnahmte Großhandelsgebäude.

Der Rote Platz war für Müller ein Symbol für den Sieg des Volkes über Ausbeutung und Unterdrückung. Seit seiner Jugend, als er den ehrenhaften Kampf seines Vaters gegen das kaiserliche Unrechtsregime in seiner ganzen Tragweite verstanden hatte, hatte er den Wunsch gehegt, diesen geschichtsträchtigen Ort einmal mit eigenen Augen zu sehen.

Seit drei Tagen war dieser Wunsch in Erfüllung gegangen. Der sowjetische Geheimdienst hatte ihn nach Moskau verfrachtet und in unmittelbarer Nähe des Kremls untergebracht. Es sollte schließlich ein Gespräch zwischen ihm und Generalsekretär Stalin stattfinden, der sich in diesen schwierigen Zeiten in dem wie eine Festung wirkenden Regierungskomplex aufhielt.

Doch genießen konnte Malte den Blick auf den für ihn so bedeutsamen Ort nicht. In seiner Vorstellung strahlten der Kreml und der Rote Platz eine Aura aus, die die Stärke des Sozialismus und des mit ihm angebrochenen neuen Zeitalters transportieren würde.

Diese romantischen Vorstellungen waren zerplatzt wie eine Seifenblase. Müller fühlte sich in dem karg eingerichteten Büro wie ein Gefangener. Ihm war untersagt worden, das ehemalige Großhandelshaus zu verlassen, bis man ihn zu einem Gespräch mit dem Generalsekretär abholen würde.

Wenigstens mein Zimmer darf ich verlassen, um am Ende des Flurs die Toilette aufzusuchen, dachte der Kybernetiker verbittert. Der Wissenschaftler wusste nicht, inwieweit er überwacht wurde. Möglicherweise konnte er das Gebäude sogar unbemerkt verlassen – er wollte es jedoch nicht darauf ankommen lassen.

Am Abend des 6. April war es schließlich soweit. Müller wollte sich nach der Lektüre eines interessanten Buches über Psychologie gerade auf der schmalen Liege, die die Bezeichnung »Bett« nicht wirklich verdiente, zur Ruhe legen, als es an die Tür klopfte, die dann einen Sekundenbruchteil später auch schon geöffnet wurde. Im Rahmen stand ein hochgewachsener, breitschultriger Mann mit grünen Augen. Sein wadenlanger schwarzer Ledermantel verdeckte einen Teil seiner schwarzen Stiefel.

Haben die Sowjets jetzt auch eine Kastrup?, überlegte der Wissenschaftler mit einem Höchstmaß an Zynismus.

»Mein Name ist Juri Tomakow, Oberst des NKGB[9]«, verkündete der Breitschultrige mit einem freundlichen Lächeln, das in einem krassen Gegensatz zu der in den Augen Müllers ziemlich martialisch anmutenden Kleidung stand. »Es ist meine Aufgabe, Sie zu Generalsekretär Stalin zu bringen, der Sie in einer halben Stunde erwartet.«

Na endlich! Der schmächtige Kybernetiker gab das Lächeln zurück, doch weniger aus Freundlichkeit als aus einer tiefen Erleichterung, die ihn durchflutete. *Das tatenlose Warten hat ein Ende.*

Der Oberst nickte kurz, drehte sich um und betrat den Flur. Er hatte keine Zweifel, dass Müller ihm folgen würde. Erst im Treppenhaus wandte er sich dem Wissenschaftler zu und wartete, bis dieser neben ihm stand. Dann schritten die beiden so unterschiedlichen Männer die großzügige Treppe hinunter. Beim Verlassen des Gebäudes blickte ein Wachmann kurz auf, senkte aber sogleich wieder den Blick, als er den Obersten erkannte. Über den Roten Platz ging es weiter zum Kreml. Auch an der Festungsmauer ließen die dortigen Wachen den NKGB-Offizier mit seinem Begleiter ohne Kontrollen passieren.

Tomakow steuerte auf ein dreistöckiges, im frühklassizistischen Stil errichtetes Gebäude zu, dessen mittlerer, mit Säulen verzierter Teil von einer Kuppel gekrönt wurde.

Der Senatspalast, stellte Malte in Gedanken fest. *Gleich werde ich dem Führer der internationalen Arbeiterschaft gegenüberstehen.* Natürlich war ihm nicht bewusst, dass dieser »Führer« ein gewissenloser, grausamer Diktator war, obwohl sein Vertrauen in die kommunistische Regierung in den letzten Tagen durchaus gelitten hatte. Noch weniger war ihm selbstverständlich bewusst, dass in einer Parallelwelt das Wort »Führer« von einem anderen Diktator besetzt wurde, der in jener Ebene der Existenz der größte Widersacher Stalins war.

---

[9] Vorläufer des KGB

Der kleine, schmächtige, in einen braunen Anzug gekleidete und neben dem stattlichen Offizier etwas verloren wirkende Wissenschaftler neigte in den Augenblicken seines Lebens, die er für bedeutsam hielt, zum Philosophieren. *Ist es mein Schicksal, der Arbeiterschaft zu den Mitteln verholfen zu haben, sich von der Aristokratie zu befreien? Hatte ich überhaupt eine Wahl, oder sind meine zukünftigen Handlungen durch den gegenwärtigen Zustand meines Körpers und meiner Umwelt vorbestimmt? Gibt es nach der Quantenmechanik nicht eine gewisse Wahrscheinlichkeit für alle möglichen Zustände ...?*

Müller hatte den Gang durch den Senatspalast überhaupt nicht bewusst wahrgenommen. Zu sehr war er in Gedanken versunken gewesen. Deshalb erschrak er regelrecht, als Tomakow an eine stabile Eichentür klopfte. Hätte der Oberst zwei Sekunden damit gewartet, hätte sich eine Idee im Kopfe des Mathematikers entwickelt. Eine Idee, die er in wenigen Stunden hätte niederschreiben können. Eine Idee, die die Physikergemeinde in Aufruhr versetzt hätte: die Vielweltentheorie. In einigen dieser Welten war der Schritt des Obersten etwas weniger forsch gewesen. Dort galt Müller tatsächlich später als der Begründer dieser Theorie. Hier jedoch war dem Mathematiker ein gänzlich anderes Schicksal beschert.

Die Tür wurde von innen geöffnet. Ein Mann in brauner Uniform mit den Abzeichen eines Leutnants wurde sichtbar. Hinter ihm befand sich ein im klassischen Stil eingerichteter Raum mit einem großen, goldbeschlagenen Tisch, um den herum mehrere Uniformierte standen – und Stalin.

»... wenn die Japse tatsächlich ihre Truppen an unserer chinesischen Grenze aufmarschieren lassen, zeigen wir ihnen mit ein paar tausend Panzern, wie man einen Blitzkrieg führt. Sie sehen doch, wie gut das im Westen funktioniert. Nach vier Tagen Krieg stehen wir mit unseren Angriffskeilen schon einhundertfünfzig Kilometer tief auf deutschem Gebiet. Im Norden und Süden etwas mehr, in der Mitte etwas weniger.«

Malte erkannte eine Weltkarte auf dem Tisch. Die darum herum stehenden Offiziere waren ausnahmslos Generäle. Einer von ihnen ergriff das Wort: »Unser Vormarsch im Westen geht deshalb so schnell vonstatten, weil wir mit einer großen Übermacht angreifen und sich die verdammten Deutschen nicht zum Kampf stellen. Stattdessen fügen sie uns durch eine Taktik, die sie ›koordinierten Rückzug‹ nennen, schmerzhafte Verluste zu. Die Taktik des Feindes wird durch die höhere Feuerkraft ihrer Tiger- und Maus-Panzer im Vergleich zu unseren T-34 ermöglicht. Hinzu kommt ihre verdammte Luftüberlegenheit. Wir brauchen die quantitative Überlegenheit der Bodentruppen, damit unser Vormarsch nicht ins Stocken kommt. Deshalb können wir es uns nicht leisten, wertvolle Verbände nach Sibirien ...«

»Jetzt reicht es aber!« Stalin schnaubte vor Wut. »Ich habe Boris Uschnikow für die Lieferverzögerung unserer neuen Boden-Luft-Raketen bereits erschießen lassen. Sein Nachfolger wird nicht so schlampig vorgehen. In wenigen Tagen haben wir die Raketen an der Front und um unsere wichtigsten Rüstungszentren verteilt. Dann ist die deutsche Luftüberlegenheit Geschichte. Dann werden unsere Bomber Jagd auf die zurückweichenden feindlichen Verbände machen. Dann wird der ›koordinierte Rückzug‹ zu einem ›kopflosen Rückzug‹. Genossen, der Krieg im Westen ist so gut wie gewonnen. Wir dürfen jetzt nicht die Japse in unserem Rücken stark machen. Im Gegenteil, wir sollten uns ein gehöriges Stück vom Kuchen abschneiden, bevor die Amis sich in Asien breitmachen.«

»Bitte vergessen Sie die Industriekapazität des Nordischen Bundes nicht. In drei Monaten werden unsere Feinde mehr Waffen produzieren als wir. Unsere quantitative Überlegenheit wird dann nach und nach ins Gegenteil umschlagen ...«, wandte ein anderer General ein, wurde aber ebenfalls vom Generalsekretär schroff unterbrochen.

»Glauben Sie, ich hätte die Säuberungen in der Armee durchführen lassen, um mich jetzt im Ernstfall nicht nur mit den Deutschen, sondern auch noch mit einem Debattierclub, der sich Oberkommando der Roten Armee nennt, herumzuärgern?« Der angesprochene General wurde blass bei den Worten des Diktators. Wie durch Watte hörte er diesen fortfahren: »In drei Monaten mache ich Urlaub in Berlin und wohne der Hinrichtung des deutschen Kaisers bei.«

Ich dachte, die Säuberung wäre nichts als kaiserliche Propaganda, um den Kommunismus zu diskreditieren! Erneut erhielt das Weltbild Müllers einen schweren Schlag.

Keiner der höchsten sowjetischen Militärs wagte noch zu widersprechen. Zu sehr war ihnen die Zeit des »Großen Terrors«, eine besonders intensive Phase der Säuberung, in den Jahren 1936-38 in Erinnerung.

Einer der Offiziere sah seine Chance, ein paar Punkte bei dem Diktator gutzumachen: »Der Generalsekretär hat recht. Der Krieg im Westen ist nicht mehr zu verlieren.« Dann blickte er zu dem deutschen Wissenschaftler, der neben dem NKGB-Obersten in drei Meter Entfernung von dem luxuriösen Planungstisch stand. »Unser deutscher Freund hat schließlich dafür gesorgt, dass uns das Kaiserreich freundlicherweise dreißig Fusionsbomben zur Verfügung gestellt hat. Ich denke nicht, dass die Rüstungsproduktion des Nordischen Bundes noch eine Gefahr für uns darstellen wird, nachdem wir ihre Industriezentren damit eingeäschert haben.«

Der Offizier konnte nicht ahnen, welchen Schaden er speziell mit seiner letzten Bemerkung angerichtet hatte.

Die Rote Armee will die Bomben nicht gegen das kaiserliche Militär, sondern gegen Rüstungszentren, also Großstädte – das heißt gegen die Zivilbevölkerung! – einsetzen. Malte stellte gedanklich das Wahrwerden seiner schlimmsten Befürchtungen fest. *Ich werde die Akitivierungscodes für mich behalten!*

Der Diktator neigte dazu, Opportunismus zu belohnen. Diese Neigung teilte er mit allen meinungsunterdrückenden Systemen, unabhängig davon, unter welchem Deckmäntelchen sich die jeweilige Diktatur verbarg. Freudestrahlend ging er zu besagtem General und ergriff dessen Hände. »Es tut gut zu sehen, dass nicht alle meine Offiziere im Krieg die Nerven verlieren. Manchen ihrer Kollegen scheint offensichtlich die Fähigkeit zur realistischen Einschätzung der Situation vor lauter Angst abhanden gekommen zu sein. Die Deutschen werden jedoch diejenigen sein, die lernen, was Angst ist, wenn ihre Großstädte im nuklearen Feuer untergehen.« Mit seinen pathetischen Worten wollte Stalin implizieren, dass jeder, der ihm widersprach, ein Feigling war. Er erreichte jedoch, dass dem deutschen Wissenschaftler der letzte Zweifel an seinen Befürchtungen schwand.

Immer noch freundlich lächelnd ging der Mann mit dem wulstigen Oberlippenbart und den nach hinten gekämmten dunkelblonden Haaren auf Müller zu. Erneut ergriff er mit beiden Händen die seines Gegenübers. »Sie sind also der Held, der uns vor der Bedrohung durch die deutschen Nuklearwaffen befreite und damit den Sieg der internationalen Arbeiterschaft über Ausbeutung und Imperialismus einleitete. Sie werden in Zukunft als Volksheld eine bedeutende Stellung bei uns einnehmen.

Es ist uns gelungen, alle dreißig Atomwaffen zu bergen und an einen sicheren Ort zu bringen. Ich möchte Sie nun bitten, Genosse Müller, Oberst Tomakow dorthin zu begleiten, um die Waffen einsatzbereit zu machen. Damit versetzen Sie uns endgültig in die Lage, das Joch der Monarchien weltweit abzuschütteln und dem Arbeiter und Bauern zu seiner verdienten Herrschaft zu verhelfen.«

Ja, nachdem dutzende Millionen Arbeiter und Bauern durch die nuklearen Explosionen ermordet wurden, dachte Malte verbittert. Ihm war klar, dass das Aussprechen seiner Gedanken seinen Tod bedeutet hätte. Deshalb log er: »Die Nuklearwaffen können nicht wieder aktiviert werden. Ich habe die Blockade der Bomben so konstruiert, damit die Deutschen keine Möglichkeit hatten, die Sperrung rückgängig zu machen, falls sie meine Umprogrammierung entdeckt hätten.«

Stalin hatte sich vor dem Gespräch mit dem Verräter am Kaiserreich natürlich bei seinen Wissenschaftlern über die technischen Hintergründe – zumindest laienhaft – des Codierungssystems der Nuklearwaffen erkundigt. Man hatte dem Diktator zu verstehen gegeben, dass die Blockierung der Waffen durch einen Code auf jeden Fall wieder aufgehoben werden konnte. Man wisse eben nur nicht wie, weil man den entsprechenden Code nicht kannte. Die Bauteile der Bomben waren durch die Umprogrammierung schließlich nicht verändert worden, folglich konnten sie durch eine entsprechende Neuprogrammierung wieder in einen funktionsfähigen Zustand gebracht werden. Trotz seines Wissens lächelte der Generalsekretär weiterhin und ließ auch die Hände des Deutschen nicht los. »Wenn das so ist, dann bitte ich Sie, zumindest ein paar Fragen unserer Wissenschaftler zu beantworten.« An den Obersten gewandt fuhr er fort: »Bitte bringen Sie unseren Freund zur Befragung.« Erst jetzt ließ Stalin die Hände des Mathematikers los.

Malte fiel ein Stein vom Herzen. Offensichtlich hatte der Diktator seine Lüge geschluckt. Den Wissenschaftlern würde er alles Mögliche über die Funktionsweise der Nuklearwaffen verraten – nur eben nicht den Code.

Oberst Tomakow war weniger erleichtert. Er hatte durch die Worte Stalins den Auftrag erhalten, den schmächtigen Deutschen zu einer »Befragung« zu führen. Nur wer ein ausgesprochener Sadist war, konnte Gefallen an einem solchen Befehl finden.

*

»Unsere Wissenschaftler befinden sich am streng geheimen Aufbewahrungsort der Atomwaffen«, hatte ihm der Oberst erklärt. Deshalb hegte Müller keinen Verdacht, als Tomakow ihm draußen auf dem Innenhof des Senatspalastes eröffnete, dass sie nun gemeinsam zu jenem Ort reisen würden.

»Holen Sie Ihre Sachen! Ich lasse uns derweil ein Fahrzeug rufen.« Die Stimme des Obersten klang freundlich – keine Spur eines Befehlstons.

Malte ging zurück in das ehemalige Großhandelsgebäude und holte seine kleine Reisetasche, die er vor seinem Aufbruch aus Deutschland auf dem Postweg verschickt hatte. Zurück auf dem Roten Platz fand er Tomakow am Steuer eines schicken, dunkelgrünen Cabriolets wieder.

Ein BMW!, staunte der Wissenschaftler. *Die Genossen scheinen durchaus Wert auf kapitalistische Statussymbole zu legen.* Durch seine Erlebnisse in Hermannsburg und wegen der Ausführungen Stalins hatte sich in Müller eine tiefe Abneigung gegen die Sowjets entwickelt. Er war zwar nach wie vor überzeugter Kommunist, hielt die autoritäre Art, auf die der Kommunismus hier verwirklicht worden war, jedoch für grundsätzlich falsch.

Trotz seiner Ressentiments gegenüber dem System lächelte er dem Obersten freundlich zu, als er auf der Beifahrerseite einsteigen wollte.

»Warten Sie!«, empfahl der Oberst. »Auf dem Rücksitz liegen ein Mantel und eine Fellmütze. Ziehen Sie die über, denn wir werden rund drei Stunden unterwegs sein. Das wäre ohne die Sachen eine ziemlich kühle Angelegenheit.«

Der Kybernetiker kam der Aufforderung nach und setzte sich auf den Beifahrersitz. Sofort startete Tomakow den sonor klingenden Motor und ließ den Luxuswagen langsam über den Roten Platz rollen.

Bereits eine halbe Stunde später hatten die beiden Männer die Stadtgrenze Moskaus hinter sich gelassen. Auf die Frage Müllers, wohin die Reise ging, hatte der Oberst geantwortet: »Zu einem Geheimlabor, dreißig Kilometer nordwestlich von Vladimir, das rund zweihundert Kilometer in östlicher Richtung liegt. Dort kümmert sich ein ganzer Stab von Wissenschaftlern um die dreißig erbeuteten Bomben.«

Ansonsten unterhielten sich der Rotarmist und der Zivilist über Belanglosigkeiten. Das war dem Wissenschaftler auch mehr als recht, denn im Hinterkopf arbeitete er bereits an einem Plan, Russland zu verlassen. *Nach Deutschland kann ich nicht zurück. Also werde ich versuchen, mich nach Amerika durchzuschlagen.*

*

»Wir wissen, wohin Stalin unsere Bomben bringen ließ!« Generalfeldmarschall von Dankenfels hatte den Konferenzraum im Kaiserpalast betreten und war sofort zur Sache gekommen.

Kaiser Friedrich IV. erhob sich von seinem Sessel. Der Monarch wirkte angespannt und übernächtigt. Fragend blickte er dem Oberkommandierenden der Kastrup entgegen. Der salutierte erst einmal, bevor er fortfuhr: »Die Nuklearwaffen befinden sich in einem unterirdischen Labor in der Nähe von Vladimir, wenige hundert Kilometer östlich von Moskau. Wir kennen die genauen Koordinaten.«

»Was schlagen Sie vor?« Der Herrscher über den Nordischen Bund schaute dem Schwarzuniformierten direkt in die Augen.

»Ein Kommandounternehmen wäre im Prinzip möglich. Die Vorbereitung würde jedoch Zeit kosten, die wir wahrscheinlich nicht haben.« Der Generalfeldmarschall verzog die Mundwinkel und hob leicht die Schultern und Augenbrauen, womit er sein Missfallen ausdrückte, die Vernichtung der Bomben nicht schnell genug mit seinen Elitesoldaten durchführen zu können. Nach einer kurzen Pause enthüllte er die seiner Meinung nach optimale Vorgehensweise: »Wir sollten ein paar B1 mit den neuartigen Marschflugkörpern nach Vladimir schicken. Durch satellitengestützte Navigation sollten die das Labor mit hinreichender Präzision treffen können, um es mitsamt den Bomben zu vernichten.«

Der einsneunzig große Oberkommandierende der Luftwaffe, Reichsmarschall Brachem, erhob sich nun ebenfalls. Sein vernarbtes Gesicht zeigte keine Regung. »Das könnte funktionieren«, pflichtete er dem Generalfeldmarschall bei. »Wir haben zwar erst ein gutes Dutzend Prototypen dieser Fernwaffen, aber die sollten reichen. Haben Sie Informationen darüber, wie tief sich das Labor unter der Erdoberfläche befindet und wie dick die umgebenden Betonwände sind?«

»Gegen einen Angriff mit konventionellen Bomben ist der Komplex gut geschützt. Der oberirdische Eingangsbereich und die mit der Erdoberfläche eine Ebene bildende Decke bestehen aus drei Meter dickem Stahlbeton«, klärte von Dankenfels den Luftwaffenchef auf.

»Diese Betonstärke dürfte für unsere Marschflugkörper nicht reichen«, stellte Brachem fest, womit der Einsatz so gut wie beschlossen war. Lediglich der Kaiser, auf dem nun die Blicke seiner höchsten Militärs ruhten, musste noch zustimmen.

»Woher wissen wir, ob unser Angriff die Fusionsbomben auch tatsächlich vernichtet hat?«, fragte der Monarch.

»Da machen Sie sich mal keine Sorgen, Majestät. Das werden uns meine Agenten schon wenige Stunden nach dem Bombardement melden«, versicherte von Dankenfels in seiner üblichen, vor Selbstbewusstsein strotzenden Art.

*

Die 3. Gruppe des 5. Bombergeschwaders war vom Stützpunkt Thorag bei Hermannsburg zum Militärflughafen »Arminius« bei Warschau verlegt worden. Der Grund für diese Verlegung war einfach: Thorag war mittlerweile von der Roten Armee besetzt. Die Luftwaffe hatte den Stützpunkt vor dem Eintreffen der Sowjets vollständig geräumt und die Startbahnen zum Abschied durch einen Bombenhagel unbrauchbar gemacht.

Rittmeister Wilhelm von Timmer dachte mit Schaudern an jene Minuten zurück, in denen seine Staffel den eigenen Stützpunkt bombardiert hatte. Für ihn war diese Vorgehensweise ein Zeichen der Ohnmacht des Nordischen Militärs, den voranstürmenden Russen Einhalt gebieten zu können. *Ist das, was die Generäle einen »kontrollierten« oder »koordinierten Rückzug« nennen, nicht eher eine Kapitulation in Raten? Glauben die wirklich daran, die Rote Armee im späteren Verlauf dieses Krieges aufhalten zu können? Aber immerhin zahlt es sich nun aus, dass der alte Kaiser Wilhelm III. den Russen im Rahmen des Friedens von 1917 die Ukraine, Weißrussland und die baltischen Staaten wegnahm. Jetzt haben die Russen bis nach Berlin noch ein gutes Stückchen vor sich.*

Von Timmer hatte wie in den Nächten davor schlecht geschlafen. Zu sehr sorgte er sich um den Fortbestand des Reiches, das für ihn Kultur und Fortschritt wie keine andere Nation repräsentierte.

Nur in seine Unterhose und einen Druckverband um seine Rippen gekleidet trat der durchtrainierte Bomberpilot an das kleine Fenster seine Zimmers in den Offiziersunterkünften des Arminius-Stützpunktes. Er beobachtete den rötlichen Lichtschein der Sonne, die sich langsam über den Horizont schob, um einen weiteren Tag in diesem grausamen Krieg anzukündigen.

Für welche armen Schweine an der Front wird dieser Sonnenaufgang wohl der letzte sein? Welche Ziele werde ich wohl heute anfliegen?

Als ob ihm eine geheimnisvolle Macht seine letzte Frage beantworten wollte, erfüllte plötzlich ein auf- und abschwellendes Signal, das »Einsatzbesprechung im Casino« bedeutete, das Gebäude, in dem die Männer der 1. Staffel untergebracht waren.

Der Rittmeister beeilte sich mit der Morgentoilette und kleidete sich in seine dunkelblaue Fliegerkombination. Seinen

Helm wusste er auf dem Pilotensitz der ERNST VON HOEPPNER, die in ihrem Hangar schon auf den nächsten Einsatz wartete. Die Bomberstaffeln hatten in den letzten Tagen pausenlos Angriffe gegen die vorrückenden Russen geflogen. Die Überlegenheit der Nordischen Luftwaffe war nach Ansicht von Timmers bislang die einzige Möglichkeit gewesen, dem Feind schmerzhafte Nadelstiche zu versetzen. Ob diese Stiche ausreichen würden, um den Gegner in den kommenden Wochen so weit mürbe zu machen, dass sich ihm das Heer mit Aussicht auf Erfolg stellen konnte, blieb abzuwarten.

Im Laufschritt verließ Wilhelm das dreistöckige, grau verputzte Gebäude, überquerte eine schmale Straße und betrat einen großzügig dimensionierten Flachbau mit gläserner Fassade.

Vor einem auf einem Podest errichteten Rednerpult erkannte der Rittmeister General Echternach, der sich mit zwei Soldaten unterhielt. Das geräumige Casino füllte sich zügig. Wenige Sekunden später waren alle zweiundsiebzig Mann der Staffel anwesend.

Der General unterbrach seine Unterhaltung und stieg auf das Podest, wodurch seine zwei Meter große Gestalt noch beeindruckender wirkte.

»Kameraden!«, nutzte Echternach die Anrede, die sich auch zwischen Offizieren und einfachen Soldaten eingebürgert hatte. »Vor« – der General schaute kurz auf seine Uhr – »siebzehn Minuten habe ich von Reichsmarschall Brachem den kaiserlichen Befehl erhalten, einen Bunkerkomplex, dreißig Kilometer von der russischen Stadt Vladimir entfernt, zu bombardieren. In dieser unterirdischen Anlage befinden sich die dreißig Atombomben, von denen auch Sie, meine Herren, neun abwarfen und die, wie wir alle wissen, nicht detonierten. Ihre Aufgabe wird es sein, dem Feind dieses ungeheure Machtmittel wieder zu entreißen. Dazu werden Ihre B1 zurzeit mit den neuartigen Marschflugkörpern des Typs ›Nordwind‹ aufmunitioniert. Sie brauchen nichts weiter zu tun, als diese unbemannten Flugkörper in ihren Bombenschächten bis auf einhundert Kilometer an das Ziel heranzubringen und dann abzuwerfen. Mittels Satellitenpeilung treffen die Nordwind ihr Ziel anschließend mit einer Genauigkeit von wenigen Metern. Ich bitte nun um Fragen.«

Der Rittmeister meldete sich als Erster. »Haben die Marschflugkörper genug Durchschlagskraft, um den Bunker zu knacken und – zweite Frage – wann geht's los?«

»Die Wände des Bunkers bei Vladimir sind gut drei Meter dick. Die Nordwind würden noch doppelt so dicken Beton durchschlagen. Und los geht es in zwanzig Minuten, wenn die Aufmunitionierung Ihrer neun B1 abgeschlossen ist. Weitere Fragen?« Als keine mehr gestellt wurden, wünschte der General: »Viel Glück, Kameraden. Die Bedrohung, die von den dreißig Fusionsbomben ausgeht, ist viel gravierender als die Bedrohung durch die quantitative Überlegenheit des Feindes. Letzterer können wir möglicherweise Herr werden, wenn wir genug Zeit gewinnen. Doch wenn der Iwan die Bomben einsatzfähig macht, ist es aus. Dann bomben die uns in die Steinzeit zurück.«

*

Die Straßen außerhalb Moskaus waren schlecht. Oftmals rumpelte der BMW mit einer Wucht durch tiefe Schlaglöcher, die Zweifel in Müller aufkommen ließ, dass das Fahrwerk diesen Belastungen ohne Schäden zu nehmen gewachsen war. Auch der Zustand der Straßen war für Malte ein weiterer Hinweis darauf, dass in diesem Land der Kommunismus nicht korrekt verwirklicht worden war.

»Nur noch wenige Minuten, dann sind wir da«, informierte der Oberst seinen Fahrgast, der, nach seinem Gesichtsausdruck zu urteilen, die Fahrt alles andere als genoss.

Dann bog Tomakow auch schon von der leidlich asphaltierten Straße in einen Feldweg ab, dessen schlammiger Boden nicht mehr als zwanzig Stundenkilometer erlaubte. Pfützen spritzten unaufhörlich hoch und würden eine Grundreinigung des Luxusgefährts nach Abschluss dieser Tour unerlässlich machen. Felder wechselten sich mit Waldstücken ab, bis der dunkelgrüne Wagen schließlich vor einem Schlagbaum zum Stehen kam. Ein in eine braune Uniform gekleideter Wachsoldat näherte sich dem Fahrzeug und forderte die Papiere des Obersten. Nach einer kurzen Durchsicht salutierte der Soldat und meldete: »Ihr Gast wird bereits erwartet. Fahren Sie bitte direkt bis zum Bunkereingang vor.«

Tomakow legte den ersten Gang ein, nachdem sich der Schlagbaum auf einen Wink des Soldaten geöffnet hatte. Als sie an dem Wärterhäuschen vorbeifuhren, erkannte Malte einen zweiten Wachmann, der vor einer Kurbel saß, mit der er zuvor die Schranke geöffnet hatte. Auf dem Gelände standen zwei große dunkelbraune Hallen. Dazwischen führte eine Rampe rund zehn Meter hinab zu einem massiven Stahlschott, das in die Bunkerwände eingelassen worden war. Es war etwa acht Meter breit und fünf hoch.

Vor dem Schott warteten zwei Zivilisten. Der eine trug einen dunkelblauen, der andere einen dunkelbraunen Anzug. Beide hatten farblich passende Hüte aufgesetzt. Der Wissenschaftler und der Oberst des NKGB stiegen aus. Die beiden Zivilisten salutierten. Dann meinte der mit dem dunkelblauen Anzug: »Das also ist dieser deutsche Wunderknabe, der dem Kaiser in die Suppe gespuckt hat.« Dabei setzte er ein breites Grinsen unterhalb seiner knolligen Nase auf.

»Ja, das ist er«, bestätigte Tomakow, gab das Grinsen aber nicht zurück. »Ich verlange, dass der Mann gut behandelt wird.«

»Wir haben unsere Befehle direkt vom Genossen Stalin«, entgegnete der Mann in Dunkelbraun. Seine hellblauen Augen funkelten. »Nach diesen Befehlen wird der Deutsche selbstverständlich gut behandelt – sofern er kooperiert.«

Es fühlte sich an, als ob sich kleine Eiskristalle in den Adern Maltes bildeten. Wollten die sowjetischen Wissenschaftler doch mehr von ihm als einige allgemeine Auskünfte über die Funktionsweise der Fusionsbomben?

In den Augen des Obersten glaubte Müller so etwas wie Bedauern zu erkennen, als dieser sagte: »Dann mache ich mich mal wieder auf den Weg.«

»Sie bleiben nicht hier?«, hakte der Kybernetiker nach. Deutlich war die Angst in seiner Stimme zu hören, verbunden mit dem unausgesprochenen Wunsch, mit zurück nach Moskau zu fahren.

»Nein, auf mich warten neue Aufgaben in der Hauptstadt.« Tomakow reichte dem Wissenschaftler die Hand. »Alles Gute! Vielleicht sieht man sich ja mal wieder.«

Müller ergriff die Hand des Mannes wie ein Ertrinkender einen Strohhalm, doch sie wurde ihm schon Sekunden später wieder entzogen. Bevor er sich abwandte, trat noch einmal das Bedauern in die Augen des sowjetischen Offiziers. Dann stieg er in das Cabriolet und startete den Motor.

»Bitte folgen Sie uns«, schnarrte der Zivilist mit der Knollennase. »Mein Name ist Juri Gernikow und das«, er deutete auf seinen Kollegen mit dem braunen Anzug, »ist Andrej Soltin. Wir sind Agenten des NKGB und haben die Aufgabe, die Forschungen an den sichergestellten Nuklearwaffen zu organisieren.«

In dem riesigen Stahlschott war eine Türe aus gleichem Material eingebaut. Auf sie schritt der Agent zu und öffnete sie. Einladend strich er mit der rechten Hand durch die Luft und deutete ins Innere.

Malte trat ein. Mehrere Dutzend Männer und Frauen in weißen Kitteln liefen durch den rund zweihundert Meter tiefen und ebenso breiten Raum. Die überall aufragenden Regale – dazwischen eine Vielzahl elektronischer Geräte – machten einen unaufgeräumten Eindruck. An der linken Wand erkannte der Wissenschaftler mehrere Türen. Auf eine davon steuerte Gernikow zu.

»Kommen Sie, kommen Sie. Wir werden bereits erwartet.«

Durch eine einfache Holztür gelangten die drei Männer in einen ebenso einfach eingerichteten Besprechungsraum mit einem schmucklosen Holztisch und zwölf Stühlen. Vier davon waren bereits von Kittelträgern besetzt. Der NKGB-Agent stellte die vier Wissenschaftler, drei Männer und eine Frau, vor, doch Malte war viel zu aufgeregt, um sich die Namen merken zu können. Ihm schwante nichts Gutes.

»Bitte, nehmen Sie doch Platz«, forderte Gernikow den Deutschen auf.

Müller setzte sich an den Tisch und blickte in die ernsten Gesichter der vier »Kollegen«. Die Frau, Malte schätzte sie so um die vierzig, blickte ihn aus grauen Augen kalt an. Sie trug eine dunkelblonde Kurzhaarfrisur, und ihre harten Gesichtszüge verrieten, dass man sich ihr besser nicht in den Weg stellte.

Übergangslos begann die Russin das Gespräch: »Wie lautet der Code zur Aktivierung der Kernwaffen?«

»Es gibt keinen solchen Code«, log der Kybernetiker, »mein Spezialcode hat die Bomben nachhaltig deaktiviert und damit unbrauchbar gemacht. Das ist alles.«

»Erzählen Sie keinen Unsinn!« Die Vierzigjährige war aufgesprungen. Der Ton in ihrer Stimme duldete keinen Widerspruch. »Selbst wenn Sie keine Möglichkeit in den Programmcode eingebaut hätten, die Bomben wieder zu aktivieren, so könnten Sie das Programm doch derart umschreiben, dass die Blockade aufgehoben würde.«

Diese Frau *wirkte* nicht nur gefährlich, offensichtlich *war* sie es auch. Malte erkannte, dass er der Wissenschaftlerin, die offensichtlich einiges von Informatik verstand, nicht so einfach etwas vormachen konnte.

»Wenn man den Programmcode verändert, detonieren die konventionellen Sprengsätze der Bomben, ohne eine Nuklearexplosion auszulösen«, startete Malte einen neuen Versuch, die Wahrheit zu verschleiern.

»So kommen wir nicht weiter«, stellte das resolute Mannsweib fest und nickte den beiden Agenten auffordernd zu.

Unvermittelt krachte eine Faust auf die rechte Wange des Deutschen. Gernikow hatte ansatzlos im Sitzen zugeschlagen. Der Oberkörper des Deutschen wurde zur Seite gerissen. Fast wäre der schmächtige Mann vom Stuhl gefallen. Sterne tanzten vor Maltes Augen. Das Blut rauschte in seinen Ohren.

»Wir können noch viel unfreundlicher werden, wenn Sie die verdammten Bomben nicht aktivieren«, kommentierte die Grauäugige die Misshandlung.

Doch Müller war zwar schwächlich, aber er stand für seine Überzeugungen ein und war gewiss kein Feigling. Er hasste das Kaiserreich, das ihm seinen Vater genommen hatte, und nun hasste er mit gleicher Inbrunst diesen primitiven Abschaum, der sein Ideal, den Kommunismus, durch seine Unfähigkeit besudelte. Niemals würde er diesen von einem skrupellosen Diktator angeführten Narren dreißig funktionsfähige Kernwaffen in die Hände geben.

Verächtlich spukte er Blut auf den Holztisch. Wahrscheinlich war seine rechte Wange im Mundraum durch den Schlag eingerissen.

»Wie ich schon sagte: Ich habe keinen Aktivierungscode eingebaut, und den Programmcode habe ich so gesichert, dass euch die Bomben um die Ohren fliegen, sobald ihr daran herumfummelt.«

»Das haben wir längst ausprobiert! Muss ich Ihnen erst zeigen, dass ich den Programmcode bereits manipuliert habe, ohne dass uns irgendetwas um die Ohren geflogen ist?«, geiferte dass Mannsweib. Erneut nickte sie dem Agenten zu, und erneut krachte dem Kybernetiker ein Schlag gegen die rechte Wange. Nachdem die tanzenden Sterne sich langsam auflösten, stellte Malte fest, dass sich diesmal nicht nur Blut in seinem

Mundraum befand. Der Schlag hatte ihm zwei oder drei Backenzähne herausgebrochen. Der schmächtige Wissenschaftler sprang auf und spukte der Russin Blut und Zähne entgegen. Ein roter Streifen zog sich nun von ihrer linken Stirn über die Nase bis auf die rechte Wange. Vier Arme rissen den Deutschen zurück auf seinen Stuhl. Seine Hände wurden ihm mit Handschellen hinter der Rückenlehne gefesselt. Rüde wurde der Stuhl vom Tisch weg gegen die dahinter liegende Wand gezerrt. Gernikow holte ein Messer aus seinem Jackett hervor, während Soltin den Kopf des Wissenschaftlers festhielt. Die Russin grinste hämisch, während sie sich Müllers Blut mit einem Taschentuch aus dem Gesicht wischte.

Malte schaute in die verzerrte Grimasse des Agenten mit der Knollennase, der ihm das Messer unmittelbar vor das Gesicht hielt.

»Ich schneide dir zuerst dein linkes Auge heraus, dann das rechte. Und auch danach habe ich noch endlose Möglichkeiten deine letzten Tage zu einer für dich endlosen Qual werden zu lassen. Zum letzten Mal: Mach die verdammten Atombomben scharf. Wenn du kooperierst, hat Stalin dir ein Leben innerhalb der sowjetischen Elite mit allen damit verbundenen Annehmlichkeiten versprochen. Und eines kann ich dir versichern: Die Elite lebt wirklich nicht schlecht.«

Eine Elite! Und das nennen diese Schweine Kommunismus! Die besudeln eine großartige Idee mit ihrer Raff- und Machtgier. Angewidert versuchte der Wissenschaftler seinen Kopf zur Seite zu drehen, was ihm durch den festen Griff des hinter ihm stehenden Soltin jedoch nicht gelang. Plötzlich fiel dem Kybernetiker wieder sein Vater ein, der für die edlen Ziele der Arbeiterschaft ermordet worden war. Sollte er das Schicksal seines Vaters teilen? Gefoltert und ermordet durch die Hände ausgerechnet von jenen, die sich Kommunisten nannten? *Nein! Es gibt eine Alternative zu einem unwürdigen Tod, herbeigeführt durch diese Verräter an der Arbeiterklasse!*

»Ich kooperiere«, presste Malte zwischen den Zähnen hervor.

Das verzerrte Gesicht des vor ihm stehenden Agenten entspannte sich von einer Sekunde auf die andere. »Wenn du versuchst, uns zu verarschen, werde ich deinen qualvollen Tod um einige Wochen hinauszögern«, stellte Gernikow mit völlig unbewegter Stimme fest. In diesem Tonfall hätte der Agent ebenso gut ein Kochrezept preisgeben können. Nun lächelte das Mannsweib, dem immer noch Spuren von Müllers Blut auf dem Gesicht klebten.

»Folgen Sie mir!«, befahl die Frau auf Deutsch. Durch ihren russischen Akzent wirkte ihre Stimme noch kälter und härter als zuvor.

Der Wissenschaftler wurde von dem immer noch hinter ihm stehenden Soltin unsanft auf die Beine gerissen. Die beiden Agenten hakten sich unter die mit Handschellen auf den Rücken gefesselten Arme des Deutschen und schoben ihn hinter der Russin her. Durch die Halle mit den wahllos verstreuten Regalen und elektronischen Geräten ging es weiter zu einem dunkelbraunen Holztor, das die Größe einer Scheunentüre hatte. Einer der drei Weißbekittelten, die auch schon bei der »Besprechung« dabei gewesen waren, schob das Tor auf. Dahinter kam ein Raum zum Vorschein, der in etwa genauso groß wie der eben durchquerte war. Doch hier herrschte kein Chaos. Fein säuberlich waren mehrere Schaltschränke aufgebaut, die durch dicke Kabel miteinander verbunden waren. Weitere Kabel führten auf die andere Seite des Raumes und endeten in dreißig zylindrischen Stahlbehältern, jeder eineinhalb Meter durchmessend und fünf Meter lang.

Die Fusionsbomben!, erkannte der Wissenschaftler sofort. Doch da war noch etwas anderes, das ihn fast genau so stark beunruhigte: In den Schaltschränken taten mehrere Zuse-Rechner ihren Dienst.

»Woher haben Sie die Geräte?«, fragte Malte die Russin.

»Halt's Maul!«, gab das Mannsweib schroff zurück. »Du bist

hier um Fragen zu beantworten, nicht um welche zu stellen. Also legen wir mal gleich los: Ich habe den Quellcode aus den Sprengsätzen ausgelesen. Da es sich um Maschinensprache handelt, ist es fast unmöglich für jemanden, der den Programmcode nicht selbst geschrieben hat, herauszubekommen, was genau der bewirkt. Kommen Sie her!«

Interessant, wie die Schlampe dauernd vom »Du« zum »Sie« wechselt.

Die Russin baute sich vor einem der Schaltschränke auf, der unter anderem einen Bildschirm und eine Tastatur beherbergte. Durchnummerierte, kryptische Befehlssätze prangten auf dem Schirm, die jedem Uneingeweihten unverständlich bleiben mussten.

»Hören Sie! Lassen Sie uns nun wie vernünftige Menschen zusammenarbeiten«, begann Müller seinen Plan in die Tat umzusetzen. »Ich habe mit ansehen müssen, wie in Hermannsburg unschuldige Zivilisten zu Tausenden getötet wurden. Stalin selbst hat mir unzweideutig erklärt, dass er die Bomben gegen deutsche Großstädte einzusetzen beabsichtigt. Ich musste feststellen, dass hier in der Sowjetunion eine Elite regiert, die sich nicht von der deutschen Aristokratie unterscheidet. Können Sie sich vorstellen, dass ich als überzeugter Kommunist – warum sonst hätte ich die Bomben des Kaisers ausschalten sollen? – durch die Zustände hier regelrecht schockiert war?« So weit der wahrheitsgetreue Teil von Maltes Ausführungen. »Doch ich verstehe, dass in Zeiten der Bedrohung durch imperialistische Kräfte Disziplin, Stärke und eine Führung notwendig ist, die die Herrschaft der Arbeiterklasse rücksichtslos durchzusetzen bereit ist. Falls es das Schicksal des deutschen Volkes ist, für den Sturz der Aristokratie große Opfer zu bringen, so sind diese Opfer gerecht – schließlich hätte sich das Volk schon vor langer Zeit Männern wie meinem Vater anschließen müssen, um die Obrigkeit hinwegzufegen.« So weit der weniger wahrheitsgetreue Teil der Ausführungen. Der Wissenschaftler sah die einzige Möglichkeit glaubwürdig zu wirken und damit ein Mindestmaß an Vertrauen zu gewinnen, indem er Wahrheit und Lüge geschickt miteinander verwob.

Das Mannsweib hatte ihn aussprechen lassen. Die beiden Agenten und die übrigen drei Wissenschaftler schwiegen ebenfalls. Prüfend schaute die Russin dem Kybernetiker in die Augen. »Also gut! Was müssen wir tun, um die Nuklearwaffen zu aktivieren?«

»Sie können nichts tun. Ich muss den Programmcode modifizieren und anschließend den Aktivierungscode eingeben.«

»Dann machen Sie das!« Mit einem Wink veranlasste die Russin Gernikow, dem Deutschen die Handschellen abzunehmen.

»Überträgt dieser Rechner hier meine Änderungen auf alle dreißig Bomben gleichzeitig?«

»Ja!«

Malte begann, den Programmcode zu durchforsten. Das tat er eigentlich, um herauszufinden, ob die Russen schon etwas daran geändert hatten. Doch die ersten paar hundert Programmzeilen erkannte er eindeutig als seine eigenen wieder. Er brauchte nun nur den Aktivierungscode einzugeben, um die Blockade zu beseitigen. Doch beim weiteren Stöbern in den Programmzeilen fand er einen ganzen Abschnitt, der nicht von ihm war.

Jemand hat zusätzliche Zeilen eingefügt! Intuitiv erfasste der Informatiker, dass diese Änderungen nicht von den Russen stammten. Er dachte sich in die Maschinensprache, die für Laien wie ein wirrer Zeichensalat wirkte, mit höchster Konzentration hinein. Dann erkannte er, dass diese Zeilen genau auf den Teil referenzierten, den er als Hintertür eingebaut hatte, um die Nuklearwaffen mit einem Zeichenschlüssel zu deaktivieren – und sie mit einem anderen Schlüssel wieder aktivieren zu können.

Nach wenigen Minuten – das Mannsweib tippte schon nervös mit den Fingern gegen den Schaltschrank – erkannte Malte die Bedeutung der zusätzlichen Programmzeichen: Sein ursprünglicher Aktivierungscode würde die Kernwaffen nicht, wie beabsichtigt, scharfschalten, sondern es würde sofort eine nukleare Detonation ausgelöst werden.

Da waren verdammt gute Leute am Werk!, stellte der Wissenschaftler gedanklich fest. *Die haben nicht nur meinen Programmcode durchschaut, sondern auch noch ein paar höllische Zeilen eingefügt, die mir nicht aufgefallen wären, wenn ich das Programm nicht noch einmal detailliert untersucht hätte.*

»Ich darf jetzt keinen Fehler machen!« Der Kybernetiker drehte sich nach den hinter ihm stehenden Männern um. Die seitlich am Schaltschrank lehnende Russin beachtete er überhaupt nicht. »Es macht mich nervös, wenn jemand hinter mir steht. Bitte stellen Sie sich wie Ihre Kollegin an die Seite.«

Die Männer kamen der Aufforderung nach, was für Malte den Vorteil hatte, dass er nun alle in seinem Blickfeld hatte.

»So – ich gebe nun den Aktivierungscode ein«, klärte er das gebannt seine Arbeiten verfolgende Publikum auf.

Rasend schnell glitten seine Finger über die Tasten, bis der kryptische Code vollständig auf dem Bildschirm leuchtete. Noch einmal ließ der Informatiker seinen Blick darüber gleiten, um einen Tippfehler auszuschließen. Dann legte er den Zeigefinger auf die Eingabetaste. Ein leichter Druck würde genügen, um den Aktivierungscode, der von den Unbekannten zum Zündcode gemacht worden war, an die Fusionsbomben zu übertragen. Dreißigmal eine Megatonne Sprengkraft würden innerhalb des Bruchteils einer Sekunde freigesetzt werden.

Wenn ich nun die Eingabetaste drücke, werden die Arschlöcher hier noch nicht einmal mitbekommen, dass ich gewonnen habe. Ihre Körper werden schneller verdampfen, als dass ihre Nervensysteme ihren verkommenen Gehirnen mitteilen können, dass ich Sie gelinkt habe.

Ohne seinen Finger von der Eingabetaste zu nehmen, setzte Malte ein diabolisches Grinsen auf. »Ich freue mich, Ihnen mitteilen zu können, dass Sie nur noch wenige Sekunden zu leben haben. Leider kann ich nicht vermeiden, dass Ihr Tod vollkommen schmerzlos sein wird.«

»Was wollen Sie damit erreichen? Wenn Sie kooperieren, führen Sie ein Leben wie Gott in Frankreich.« Erschrecken zeichnete sich auf den harten Zügen des Mannsweibs ab.

»Ich möchte nichts weiter, als dass Sie wissen, dass Sie gleich sterben und dass Sie mich unterschätzt haben. Es lebe die kommunistische Internationale! Und jetzt stirbt, ihr Verräter an einer großartigen Idee! Sterbt, dreckiges Pack!«

Aus dem Augenwinkel sah Malte einen der Agenten auf ihn zustürzen. Er lächelte, während er die Eingabetaste niederdrückte.

*

Das Rauschen der Triebwerke war kaum wahrzunehmen. Erstens liefen die sechs Jumo-Aggregate nicht unter Volllast, und zweitens trugen die Soldaten an Bord der ERNST VON HOEPPNER ihre Pilotenhelme mit den integrierten Kopfhörern.

»Einhundertfünfzig Kilometer bis zum Ziel. Noch drei Minuten bis zum Abwurf der Marschflugkörper«, verkündete Rittmeister von Timmer über die Staffelfrequenz. Sein Kopilot, Robert Meier, grinste dabei über das ganze Gesicht.

»Was belustigt Dich so?«, fragte der durchtrainierte Staffelführer. Seine stahlblauen Augen musterten den etwas untersetzten, stets gut gelaunten Kameraden.

»Ich halte diese ›Nordwind‹ für eine unglaubliche Erfindung. Das sind die ersten Exemplare, die ausgeliefert wurden. Was glaubst du, was wir bei einer Massenfertigung in Zukunft damit alles anstellen können? Dieser Stalin wird nicht mehr wissen, wo er sich noch verkriechen kann.«

»Nun mal halblang«, bremste der Rittmeister die Euphorie seines Freundes. »Die elektronischen Bauteile für die präzise

Zielführung sind extrem schwierig herzustellen und das auch nur mit einem großen funktionsunfähigen Ausschuss. Es wird noch Jahre dauern, bis wir die Dinger in Serie produzieren. Wahrscheinlich ist dieser Krieg bis dahin längst vorbei.«

»Na gut«, ließ Meier nicht locker, »aber bis dahin können wir so wie jetzt, die Nordwind an Stellen einsetzen, wo es dem Feind am meisten wehtut.«

»Da hast du natürlich Recht. Speziell eine bessere Verwendung als bei unserem Einsatz hier könnte ich mir nicht vorstellen: die Befreiung des Reiches von einer nuklearen Bedrohung durch die Sowjets.«

Der Kopilot nickte beipflichtend und wollte gerade etwas hinzufügen, als weit vor der B1 die Wolkendecke in einem hellen Licht erstrahlte. Der für seine Reaktionsschnelligkeit bekannte Rittmeister schrie über die Staffelfrequenz: »Augen schließen! Nukleare Explosion voraus.«

Die Männer folgten dem Befehl ihres Kommandanten und sahen daher nicht, wie die Wolkendecke mehr als einhundert Kilometer vor ihnen durch die Faust eines Titanen aufgerissen wurde. Nun strahlte das Licht hunderte Male heller und hätte jedem, der hineingeschaut hätte, die Netzhaut verbrannt. Ein Glutball erhob sich majestätisch langsam durch das Loch in der Wolkendecke. Je höher er stieg, umso schwächer wurde das gleißende Licht. Wenige Sekunden später konnten die Männer ihre Augen wieder öffnen. Vor ihnen stand eine gigantische, glühende Pilzwolke, die sich immer weiter in den Himmel reckte. Zuckende Blitze entluden sich in der Oberfläche des Pilzes.

»Entfernungsmessung und dann abdrehen!«, befahl von Timmer. »Hier gibt es für uns nichts mehr zu tun. Jemand hat uns die Arbeit abgenommen. Kurs auf Arminius!«

Die neun in Dreiecksformation fliegenden Horten mit der Ernst von Hoeppner an der Spitze wendeten in einer engen Einhundertachtziggradrechtskurve zurück nach Westen. Die

Auswertung der Messung der Entfernung zur Explosion wurde soeben auf den Bildschirmen in den Pilotenkanzeln aller B1 dargestellt.

Wilhelm wählte die Übertragungsfrequenz für Satellitenkommunikation.

»Adler 1 an Adlerhorst. Erbitte Verbindung zu General Echternach.«

»Verstanden, Adler 1. Der General wird benachrichtigt«, kam es aus den Helmlautsprechern des Rittmeisters.

Es dauerte nicht mehr als zwei Minuten, bis Echternach am anderen Ende der Satellitenverbindung war.

»Einsatz erfolgreich?«, fragte der Kommandierende des Arminius-Stützpunktes knapp.

»Wir haben unsere Nordwind nicht eingesetzt. Kurz bevor wir den Abwurfpunkt erreichten, ereignete sich im Zielgebiet eine ungeheure nukleare Explosion, deren Ursache wir nicht kennen. Wir haben gewendet und befinden uns auf dem Rückflug.«

»Sind Sie sicher, dass sich die Explosion exakt bei den Koordinaten der sowjetischen Bunkeranlage ereignet hat?«

»Ziemlich sicher, General. Es handelte sich um eine Bodendetonation genau in Flugrichtung. Zusammen mit einer Entfernungsmessung ergaben sich im Rahmen der Messgenauigkeit die Koordinaten des Bunkersystems.«

»Damit hat der Kaiser nun eine große Sorge weniger«, konstatierte Echternach. »Fliegen Sie das Alternativziel an!«

»Welches Alternativziel?«, fragte Wilhelm verwirrt zurück.

»Die Koordinaten werden soeben an die Bordrechner der B1 Ihrer Staffel übertragen«, gab der General wenig auskunftsfreudig zurück.

»Darf ich fragen, um welches Alternativziel es sich handelt?«

»Dürfen Sie, dürfen Sie, mein lieber Rittmeister.« Die weiteren Ausführungen des Generals sorgten speziell bei Meier für Begeisterung, der sich genau eine solche Anwendung der Marschflugkörper vorgestellt hatte.

*

»Noch drei Minuten bis zum Abwurf der Nordwind«, verkündete von Timmer zum zweiten Mal an diesem Tag.

»Unter uns stoßen MiG-15 durch die Wolkendecke«, verkündete Raketenschütze Frohnlinde über die Bordkommunikation.

»Sollen sie doch«, kommentierte Robert Meier gelassen. »Die kommen ja doch nicht bis zu uns rauf.« Die Gipfelhöhe der sowjetischen Jäger lag einige Kilometer unterhalb der zwanzig Kilometer hoch fliegenden B1. Träge flossen die Minuten dahin, während die Männer ein paar Dutzend der wendigen Jäger tief unter ihnen beobachteten.

»Abwurf in zehn, neun, acht ...« Bei »null« fielen neun zylindrische Körper mit spitzem Bug aus den Bombenschächten der B1. Sofort klappten die flugstabilisierenden Tragflächen auf. Dann zündeten die Jumo-Triebwerke der Nordwinds und brachten die fliegenden Bomben auf eine Geschwindigkeit von dreitausend Kilometern in der Stunde.

*

Oberst Tomakow hatte das Letzte aus dem schnellen BMW-Cabriolet herausgeholt. Ohne Rücksicht hatte er den Wagen über die mit Schlaglöchern übersäte Piste gescheucht, wobei er Straßenschäden so gut wie möglich ausgewichen war. Selbst in der Innenstadt von Moskau hatte er die Geschwindigkeit kaum reduziert. Er hatte in wenigen Minuten ein Treffen mit einigen seiner Agenten im ehemaligen Großhandelsgebäude. Diese versteckt arbeitenden Männer waren im Regierungsumfeld des Osmanischen Reiches tätig gewesen, das mit dem Nordischen Bund seit dem ersten Weltkrieg eng befreundet war.

Seine Agenten hatten von streng vertraulichen Informationen gesprochen, die sie ihm nur persönlich überreichen konnten. Und Stalin persönlich war ihm mit seinem Befehl, diesen Müller zum Laborkomplex zu fahren, dazwischengekommen und hatte damit seinen Zeitplan gehörig durcheinandergebracht.

Kurz dachte Tomakow an den deutschen Wissenschaftler. Er war eigentlich ein netter Kerl gewesen. Schade um ihn. Die beiden Schläger Gernikow und Soltin würden mittlerweile sicherlich alle Informationen aus ihm herausgeprügelt haben – sofern sie es nur bei Prügel belassen hatten.

Erst als er sich dem Roten Platz näherte, drosselte der Oberst die Geschwindigkeit. Er parkte direkt vor dem im russisch-historischen Stil erbauten Gebäude neben der Lobnoje Mesto und stellte den Motor ab.

Ein Wachsoldat des ehemaligen Großhandelsgebäudes kam auf ihn zugerannt. Ein wenig außer Atem berichtete der Mann: »Haben Sie schon gehört, Oberst, wenige Kilometer von Vladimir entfernt ist eine Atombombe explodiert. Die Deutschen haben also doch noch welche. Wahrscheinlich werfen sie die nächste auf Moskau.« Nackte Angst stand im Gesicht des Soldaten.

Der Oberst brauchte Sekundenbruchteile, um sich zusammenzureimen, dass die Bomben des Laborkomplexes aus unerklärlichen Gründen detoniert waren, dass die Deutschen also keineswegs über weitere Nuklearwaffen verfügten – Russland nun wohl aber auch nicht mehr.

Der Oberst wollte gerade ansetzen, den Wachsoldaten zu beruhigen und ihm etwas von sowjetischen Kernwaffentests zu erzählen, als es mehrere Male innerhalb von Sekundenbruchteilen aufblitzte. Es folgte ein ungeheurer Knall, der allerdings ebenfalls nur einen kurzen Moment dauerte, dann löste sich das ehemalige Großhandelsgebäude unmittelbar vor Tomakow in Abermillionen Bruchstücke auf. Das Ganze geschah mit einer gespenstischen Lautlosigkeit und wie in Zeitlupe. Glassplitter und Gesteinsbrocken schossen dem Oberst entgegen. Dem Wachsoldaten neben ihm wurde von einem Stück Glas der Kopf abgetrennt. Tomakow spürte mehrere Treffer an den Beinen, der Brust und den Schultern, während ihm die Druckwelle den Atem raubte und ihn weit auf den Roten Platz hinaus schleuderte.

Der NKGB-Offizier kam auf dem Rücken liegend zur Ruhe. Der Himmel über ihm war voll von Gestein, Holzbalken und unidentifizierbaren Trümmern, die den Wolken entgegenstrebten. Der Verstand des Obersten weigerte sich, diese Bilder als die Wirklichkeit anzuerkennen. Er wandte den Kopf und blickte Richtung Kreml. Auch dort das gleiche Bild. Dort, wo einst die geschichtsträchtigen, stolzen Bauten gestanden hatten, blähten sich graue Staubwolken, und Gebäudereste spritzten in die tief hängenden Wolken.

Doch dann kamen die Trümmer zurück. Deutlich sah der Offizier einen manndicken Holzbalken auf sich zurasen. Nur wenige Zentimeter neben seinem Kopf schlug er auf, federte wieder in die Höhe und krachte mehrere Meter von dem Oberst entfernt erneut auf den Boden. Mit diesem Krachen schwand die Taubheit des Obersten. Wie aus weiter Ferne konnte Tomakow nun das Nachgrollen der Explosionen und das Prasseln der Trümmerstücke wahrnehmen. Gesteinsbrocken, die seinen Körper zuvor getroffen hatten, waren von ihm nur als dumpfer Aufprall wahrgenommen worden. Doch zusammen mit seinem Gehör kam auch die Empfindsamkeit seiner anderen Sinne zurück. Je lauter der Soldat die Geräusche um sich herum hören konnte, umso schmerzhafter wurden die Treffer des Schutts, der ihn nach und nach bedeckte.

Wenige Sekunden später ebbte das Hölleninferno ab, bis schließlich eine unheimliche Ruhe einkehrte. Tomakow hatte seine Augen vor Schmerz geschlossen, doch als er sie nun wieder öffnen wollte, drang ihm brennender Staub zwischen die Lider. Er versuchte sich den Dreck aus den Augen zu wischen, doch der Oberst musste feststellen, dass seine Arme festsaßen. Er zerrte und wand sich, bis er seine Hände unter den Geröllmassen hervorziehen und seine Augen von der zentimeterdicken Schicht befreien konnte.

Mein Gott, der Kreml ist bombardiert worden. Stalin und die Mitglieder des Oberkommandos müssen sich dort befunden haben!

Nachdem Tomakow den Schutt von seinem Oberkörper geräumt hatte, richtete er sich auf. Stechender Schmerz schoss ihm dabei durch den Rücken. *Offensichtlich eine Folge meines Aufpralls auf dem Platz. Es ist ein Wunder, dass ich noch lebe.* Auf seinen Beinen lagen noch einige kopfgroße Geröllstücke, die aber darauf gerollt anstatt gefallen zu sein schienen, denn der NKGB-Offizier hatte keine Mühe und kaum Schmerzen, seine Beine darunter hervorzuziehen. Schließlich stand der Soldat zitternd und schwankend auf den Schuttmassen und blickte Richtung Kreml. Staubwolken umgaben die Trümmer der einst so stolzen Bauwerke.

Ich muss zum Senatspalast. Vielleicht hat dort jemand überlebt.

Mehr stolpernd als gehend machte sich der Oberst auf den Weg. Hin und wieder ragten Arme, Beine oder Köpfe mit leblosen, gebrochenen Augen aus dem Schutt und machten Tomakow das ganze Ausmaß der Katastrophe bewusst. Gedämpft klingende Hilferufe waren zu hören. Als er weiter in die Staubwolken des Regierungszentrums vordrang, schälten sich Gestalten aus dem Dunst, die mit bloßen Händen dabei waren, Überlebende von den Gesteinsmassen zu befreien.

Der Geheimdienstoffizier beachtete sie nicht und schlug weiter die Richtung ein, in der er den Senatspalast wusste. Er brauchte ganze zehn Minuten, um einen Schuttberg zu erreichen, der wahrscheinlich einmal dieser Palast gewesen war. Auch hier waren Männer dabei, Trümmerstücke mit bloßen Händen fortzuräumen. Ein Dutzend geborgene Leichen war am

Fuße des Geröllbergs aufgeschichtet. Tomakow ging näher heran und erkannte mehrere Generäle des Oberkommandos. Den Generalsekretär fand er jedoch nicht unter den Toten.

Plötzlich berührte ihn jemand an der Schulter. Ruckartig drehte sich der Oberst um und blickte in das blutverschmierte Gesicht eines Mannes, dessen grauweiße, streng nach hinten gekämmte Haare auf der Kopfhaupt klebten und dessen Schnurbart mit verkrustetem Blut durchsetzt war.

»Soldat! Packen Sie mit an!«, forderte der einen halben Kopf kleinere Mann in einem Ton, der keinen Zweifel ließ, dass dieser Mann Befehle zu geben gewohnt war.

»Generalsekretär Stalin! Sie leben!«, platzte es aus Tomakow hervor, der seinen obersten Chef erst anhand der Stimme erkannt hatte.

»Offensichtlich! Wir müssen so viele Genossen wie möglich freigraben, bis die Einsatzkräfte hier sind. Viele Überlebende werden ansonsten ersticken. Also los!«

*

Zufrieden lauschte Kaiser Friedrich IV. den Ausführungen seines Luftwaffenchefs.

»Die von den Russen erbeuteten Nuklearwaffen sind aus bisher ungeklärten Gründen detoniert, weshalb wir unsere extrem teuren ›Nordwind‹ ihrem eigentlichen Einsatzzweck zuführen konnten: einem Präzisionsschlag gegen das feindliche Regierungszentrum«, beendete Reichsmarschall Brachem seine Rede.

Neben dem Kaiser hatten die Marschälle von Grefe und von Dankenfels die Erläuterungen des Oberkommandierenden der Luftwaffe verfolgt. Lediglich Großadmiral Honnerlage fehlte als einziges Mitglied des Oberkommandos bei dieser Besprechung.

Die Engländer und Amerikaner konzentrierten ihre Flotten im Nordatlantik, was auf einen Angriff auf Island hindeutete.

Natürlich erforderte die Verteidigung dieser strategisch so bedeutsamen Insel die ganze Aufmerksamkeit des Marine-Chefs vor Ort.

Von Dankenfels lächelte still in sich hinein. *Die Nuklearwaffen sind hochgegangen, weil meine Leute den Programmcode modifiziert haben. Müller hat versucht, seinen Aktivierungscode einzugeben und dann hat's geknallt.* Auch der Generalfeldmarschall konnte nicht wissen, dass der deutsche Kybernetiker keineswegs *versucht* hatte, den Aktivierungscode einzugeben, sondern dass dies eine *bewusste* Entscheidung des Mannes gewesen war, der Deutschland zunächst verraten, dann aber mit seinem Leben dafür gebürgt hatte, dass diese ultimativen Waffen nicht in die Hände von Barbaren fielen.

»Der achte April war ein guter Tag für uns«, ergriff nun der Kaiser das Wort. »Ich hoffe, dass unser direkter Schlag gegen den Kreml die sowjetische Militärmaschinerie enthauptet hat. Gibt es schon Erkenntnisse darüber, ob Stalin den Angriff überlebt hat?« Der Blick des Kaisers wanderte zum Kastrup-Kommandanten.

»Der Angriff ist erst vor zwanzig Stunden durchgeführt worden. Im Zentrum Moskaus herrscht das totale Chaos. Meine Agenten vor Ort brauchen noch ein paar Stunden, bis sich der Staub – im wahrsten Sinne des Wortes – einigermaßen gelegt hat.«

Der Monarch wandte sich von Grefe zu: »Geht der Vormarsch der Roten Armee ungebremst weiter, oder lassen sich erste Anzeichen fehlender Koordination erkennen?«

»Nein. Die Russen dringen ungebremst weiter vor«, entgegnete der Reichsmarschall mit schneidiger Stimme, die sehr gut zu seinen an den Seiten und am Hinterkopf militärisch kurz rasierten Haaren passte.

»Das ist allerdings ein Indiz dafür, dass Stalin unseren Angriff überlebt hat«, ergänzte von Dankenfels. »Die strategischen Befehle gibt ausschließlich der Generalsekretär. Die Generäle seines Oberkommandos sind lediglich Befehlsempfänger und damit leicht austauschbar. Und die Kommandierenden an der Front, die die taktischen Entscheidungen treffen, wurden von unserem Schlag nicht getroffen. Folglich ist es nicht abwegig, aus dem ungebremsten Vormarsch auf das Überleben Stalins zu schließen.«

Der Kaiser nickte kurz und richtete seine nächste Frage wieder an von Grefe: »Wo stehen die Russen jetzt?«

»Der Angriffskeil ganz im Norden auf finnischem Territorium ist ins Stocken gekommen. Die Finnen leisten heldenhaften Widerstand. Lappeenranta ist nach wie vor heiß umkämpft. Im Baltikum stehen die Russen kurz vor Reval und Riga. Wir haben dort einfach zu wenige Truppen, um die Eroberung dieser Städte verhindern zu können. Deshalb zieht sich unsere dritte Armee nach Süden zurück. Der sowjetische Angriffskeil bei Bongard[10] ist nach Süden abgeschwenkt und marschiert auf Wilhelmsburg[11] zu. Unsere 5. Armee befindet sich auf dem Rückzug dorthin. Im Süden treiben die Roten mit ihrem stärksten Angriffskeil unsere 6. Armee auf Lindenheim[12] zu. Wenn das so weitergeht, bekommen wir hier im Kaiserpalast in zwei oder drei Monaten Besuch von ein paar Rotarmisten.«

---

[10] ehemals Gomel
[11] ehemals Kiew
[12] benannt nach dem verschollen geglaubten ehemaligen Kastrup-Chef. Der Name der Stadt lautete vormals Jekaterinoslaw (übersetzt: »Zum Ruhme Katharinas«), bis sie nach der deutschen Annexion der Ukraine den neuen Namen »Lindenheim« erhielt. In Ihrer Parallelwelt, liebe Leser, wurde die Stadt am 20. Juli 1926 in »Dnjepropetrowsk« umbenannt.

KAPITEL 4:
DIE SCHLACHT UM LINDENHEIM

Ein tiefes Heulen orgelte über die Landschaft hinweg. Es wiederholte sich im Sekundentakt. Dann überlagerten ohrenbetäubende Explosionen jedes andere Geräusch. Wände barsten, Scheiben und Dachziegel flogen umher.

Was machen wir hier?, überlegte Major Burgstein. *Futter für die Raketen der Stalin-Orgeln?* Gebannt starrte der Offizier durch die aus Panzerglas gefertigte Frontscheibe seines Schützenpanzers auf die triste, hügelige Steppenlandschaft, die durch die tief hängende Wolkendecke auch nicht unbedingt einladender wirkte.

Der Major hatte seine sechzehn Tiger-Panzer und fünf Maus nun seit mehreren Tagen im Rückzug nach Südwesten bewegt. Das schmeckte ihm überhaupt nicht. Die Russen drangen immer weiter auf deutsches Gebiet vor, und der obersten Heeresleitung schien dazu nichts anderes einzufallen als der sogenannte »koordinierte Rückzug«.

Warum nur, zermarterte sich der überzeugte Monarchist das Gehirn, *haben wir die Horden nicht längst mit unseren Nuklearwaffen aufgehalten? Welche Gründe es dafür gibt, weiß ich nicht, doch ich möchte mich diesen Proleten stellen – ich bin es leid zurückzuweichen.*

Erneut heulte eine Welle Geschosse über die Köpfe der Männer in ihren Tiger-, Maus- und Schützenpanzern hinweg.

Doch während die Raketen der Stalin-Orgeln in die Gebäude der nordöstlichen Außenbezirke Lindenheims einschlugen, bellte der Major in das Mikrofon des Funkgerätes seines Schützenpanzers: »Panzerangriff abwarten!«

Es war immer dasselbe: Die Russen brachten ihre Artillerie in Stellung und beharkten damit ihren zurückweichenden Gegner. Die Panzerverbände der Sowjets stießen kurz danach vor, gefolgt von Infanterie, die das eroberte Gelände sicherte.

Die deutschen Panzer richteten ihre Kanonen auf eine Hügelkette der vor ihnen liegenden Steppenlandschaft aus, die rund einen Kilometer von ihrem Standort entfernt war. Eine ideale Schussdistanz, denn die sowjetischen T-34 konnten die Panzerung der Tiger auf diese Entfernung nicht durchdringen – und die der Maus schon gar nicht. Die 8,8- bzw. 12,8-cm-Geschütze der Deutschen wirkten jedoch bei diesem Gefechtsabstand vernichtend auf die T-34.

Auf diesen Umstand ausgerichtet war das Konzept des »koordinierten Rückzugs« der deutschen Armeeführung. Die Tiger und Maus schossen solange feindliche Panzer ab, bis diese nahe genug heran waren, um ihnen selbst gefährlich werden zu können. Dann erst traten sie den Rückzug an.

Mit dieser Taktik hatten die Panzer des Majors bereits achtundsechzig feindliche T-34 abgeschossen. Die Schäden, die sie selbst dabei erlitten hatten, waren jedes Mal problemlos repariert worden.

Endlich ebbte das markerschütternde Heulen der von den Russen »Katjuscha« genannten und auf Lastwagen montierten Raketenwerfer ab.

Dann werden die T-34 wohl gleich auftauchen, war sich Burgstein sicher. Es war eine Marotte von ihm, kurz vor dem Gefecht seinen Stahlhelm zurechtzurücken. Danach blickte er vom Beifahrersitz seines Sd.Kfz 251/11[13] nach vorne. Seine einundzwanzig Panzer standen in einer Reihe auf einem Feld vor den ersten Gebäuden Lindenheims, die durch den Artilleriebeschuss bereits arg in Mitleidenschaft gezogen worden waren. Das schwach durch die dichte Wolkendecke dringende Tageslicht dieses 10. April tauchte den Ort der Vernichtung in eine düstere, Unheil verkündende Atmosphäre.

Der Major blickte kurz hinüber zu dem am Steuer des Sonderkraftfahrzeugs sitzenden Leutnant Emstel. Der erst zweiundzwanzigjährige Soldat hatte die Lippen fest zusammengekniffen und spähte mit seinen stahlblauen Augen an den weiter vorne stehenden deutschen Panzern vorbei zu jener Hügelkette, auf der die russischen Panzer in Kürze mit hoher Wahrscheinlichkeit erscheinen würden.

»Da sind sie!«, stieß der Leutnant hervor.

Burgstein wandte seinen Blick wieder nach vorne. Er kniff die Augen zu Schlitzen, stülpte die Lippen ein wenig vor und schaute durch sein Fernglas, wobei er die beiden Ellenbogen auf das Armaturenbrett des Schützenpanzers stützte. Zunächst kamen die Türme der gegnerischen Panzer hinter den höchsten Punkten der Hügel zum Vorschein. Schließlich wurden die Kettenfahrzeuge komplett sichtbar – es waren mindestens fünfzig.

Die einundzwanzig deutschen Kanonen feuerten innerhalb der gleichen Sekunde. Es klang wie der Feuerstoß aus dem Maschinengewehr eines Titanen. Doch hier stimmte etwas nicht. Die feindlichen Panzer waren deutlich größer und wirkten gedrungener als die T-34. Acht der feindlichen Kolosse wurden vernichtend getroffen. Aus sechs von ihnen quoll dunkler Qualm hervor, zwei waren explodiert. Fünf weitere hatten jedoch Treffer im Bereich des vorderen Teils der Wanne erhalten – allerdings ohne auch nur die geringste Wirkung zu zeigen. Eine Sekunde später stoppten die Sowjets und richteten

---

[13] Gepanzertes Halbketten-Sonderkraftfahrzeug

ihre Kanonen aus. Dann folgte die Antwort auf die Salve der Deutschen. Burgstein sah das Mündungsfeuer aus über vierzig feindlichen Geschützen. Noch bevor das Donnern der Kanonen beim Major eintraf, schlugen die gegnerischen Granaten bei seinen Panzern ein. Drei Tigern wurde der Turm weggerissen, zwei weitere standen in Flammen. Zwei Maus waren ebenfalls getroffen worden, doch bei ihnen hatte der Beschuss keinerlei Wirkung gezeigt.

Das müssen die neuen IS-2[14]-Panzer der Sowjets sein, war Burgstein sofort klar. »Alle Tiger sofort Rückzug!«, schrie er in das auf Gruppenfrequenz geschaltete Funkgerät.

Elf der nach den Raubkatzen benannten Kettenfahrzeuge ruckten an und näherten sich rückwärts fahrend Lindenheim. Die mit einer gehörigen Portion Ironie nach der Lieblingsbeute von Katzen benannten fünf Stahlkolosse blieben jedoch auf ihrem Standort und feuerten die nächste Salve ab. Fünf IS-2 gingen in Flammen und schwarzem Rauch auf. Unmittelbar darauf feuerten die elf Tigerpanzer trotz ihrer Rückwärtsfahrt und vernichteten zwei weitere Gegner.

Die nächste Salve der Sowjets war alleine auf die zurückweichenden Tiger gerichtet. Drei weitere dieser schweren Panzer wurden mit verheerender Wirkung getroffen. Die acht verbliebenen suchten sich Deckung zwischen den teilweise schwer beschädigten Gebäuden am Stadtrand von Lindenheim.

Nachdem die fünf Maus vier weitere Gegner vernichtet hatte, befahl der Major, dass auch sie sich zurückzogen, denn die feindlichen IS-2 kamen bedrohlich nahe heran.

In den folgenden Minuten zogen sich die deutschen Panzer auf zwei parallel zueinander verlaufenden Alleen tiefer in die Großstadt zurück, während die Russen die zuvor von den Deutschen gehaltenen nordöstlichen Außenbezirke in Besitz nahmen. Zu einem Schusswechsel kam es nur dann, wenn sich

---

[14] Iossip (= Josef) Stalin

ein russischer Panzer auf eine der beiden Alleen vorwagte. Der Oberst verlor bei diesem Straßenkampf einen weiteren Tiger, den die Sowjets mit fünf abgeschossenen IS-2 bezahlen mussten. Burgstein ließ seine Panzer in eine Querstraße abbiegen, die die beiden Alleen verband. Seinen Schützenpanzer positionierte er an der Ecke der Kreuzung, sodass er die Querstraße und eine der Alleen in beiden Richtungen im Blick hatte.

Dann kehrte Ruhe ein. Der Major nahm sich die Zeit, sein Funkgerät auf die Frequenz des Generalstabs der 6. Armee einzustellen, der er mit seiner Panzergruppe angehörte.

»Major Burgstein hier!«, sprach er ruhig in das Mikrofon.

»Oberst Dunkel, Generalstab«, kam die prompte Antwort.

»Wir sind in ein schweres Rückzugsgefecht mit sowjetischen IS-2 verwickelt worden. Habe acht Tiger verloren. Fünfundzwanzig IS-2 konnten vernichtet werden. Es scheint, als würden die Russen nicht nachsetzen.«

»Ähnliche Angriffe der Roten laufen auch im Norden, Osten und Nordwesten«, klärte der Oberst den Major über die Gesamtlage auf. »General Lüttich befiehlt ab jetzt nicht weiter zurückzuweichen. Der Feind soll im Häuserkampf bezwungen werden. Wir schicken Ihnen dazu mit Panzerabwehrraketen bewaffnete Infanterie.«

»Verstanden! Stellung halten!«, bestätigte Burgstein und unterbrach die Verbindung.

»Das gibt es doch nicht«, wandte er sich an Leutnant Emstel. »Seit acht Tagen dürfen wir uns keinem Gefecht stellen und ausgerechnet jetzt, wo wir zum ersten Mal schwere Verluste erlitten haben, sollen wir nicht weiter zurückweichen.«

Dem Major war der ständige Rückzug zwar zuwider, doch als er nun endlich kam, der Haltebefehl, hatte er ein verdammt ungutes Gefühl im Magen.

»Da! Unsere Infanterie rückt an«, meldete Leutnant Kohaus, der von der Ladefläche des Sonderkraftfahrzeugs einen guten Überblick hatte. Burgstein sah mehrere Dutzend Lastwagen, die sich auf der Allee aus dem Stadtzentrum kommend seinem Standort näherten. Die tarnfarbenen Mannschaftswagen bogen in die Querstraße ein, in der die Panzer Burgsteins warteten. Hunderte Soldaten sprangen von den Ladeflächen. Zweiergruppen trugen schwere Maschinengewehre oder Kisten, die Munition oder die neuartigen Panzerabwehrraketen enthielten, die nach dem mythologischen Schwert »Excalibur« genannt worden waren.

Ein hochgewachsener, breitschultriger Soldat näherte sich dem Schützenpanzer des Majors, der daraufhin die Beifahrertüre öffnete. Der Soldat knallte die Absätze seiner schwarzen Stiefel zusammen und legte die Rechte grüßend an seinen Helm.

»Hauptmann von Ahlen. Melde mich mit fünfhundertsechsundsiebzig Mann zur Stelle. Hier die Befehle von General Lüttich.« Der Offizier griff in die Innentasche seines Uniformrocks und zog einen Umschlag hervor.

Der Major stieg aus dem Schützenpanzer, grüßte zurück und nahm den Umschlag entgegen. Er zog ein gefaltetes Stück Papier heraus, das neben der unverkennbaren Unterschrift des Generals die knappe Anweisung enthielt:

FEINDLICHE KRÄFTE IM NORDOSTEN ZWISCHEN DER FÜNFTEN UND SECHSTEN ALLEE UNTER ALLEN UMSTÄNDEN AM WEITEREN VORDRINGEN HINDERN. JEDER METER DEUTSCHEN BODENS IST ZU HALTEN.

Erneut beschlich den Major ein ungutes Gefühl. Speziell im Häuserkampf konnte er die überlegene Feuerkraft seiner Panzer kaum ausspielen.

»Besetzen Sie die Gebäude im Kreuzungsbereich mit Ihren Männern«, befahl Burgstein dem Hauptmann. Der bellte ein paar Befehle, woraufhin sich die Soldaten teilten und zur einen Hälfte die vierstöckigen Eckgebäude ab der unmittelbar angrenzenden Sechsten Allee besetzten, während sich die andere Hälfte über die Querstraße auf den Weg machte, die entsprechenden Bauten an der Kreuzung zur Fünften Allee aufzusuchen.

Mehrere Stunden warteten die Soldaten in ihren Deckungen und in den Panzern auf den Vormarsch der Russen. Doch nichts geschah. Lediglich das gelegentliche Grollen ferner Geschütze oder das sporadische Rattern von Maschinengewehren war zu hören. Das Ausbleiben des Vorstoßes der Roten Armee, der selten zu vernehmende Gefechtslärm aus anderen Stadtteilen, die dichten schwarzen Wolken und das düstere Licht, in das die Stadt getaucht war, erzeugten eine unwirklich erscheinende Szenerie, die an den Nerven der Soldaten zerrte.

*

Das BMW 005-A-Düsentriebwerk der Henschel HS 132 erzeugte ein gleichmäßiges, kraftvolles Fauchen. In dreitausend Metern Höhe flog die Maschine des Rittmeisters über die dichte Wolkendecke an der Spitze der anderen vier Henschel seiner Staffel.

»Du meine Güte, wie sollen wir in dieser Suppe unsere Ziele finden?«, meckerte Walter Drechsler.

»Indem wir die Zielkoordinaten von den Bodentruppen General Lüttichs erhalten«, entgegnete David von Blankenau. Natürlich war sich der mit dreiundzwanzig Jahren außergewöhnlich junge Rittmeister darüber im Klaren, dass diese Methode der Zielführung seinen Kameraden bekannt war. Ebenso klar war, dass die fünf Maschinen bei einer nur vierhundert Meter über dem Gelände hängenden Wolkendecke keine Sturzkampfeinsätze auf feindliche Panzer fliegen konnten, weshalb man auf die übliche achtzehnhundert Kilo schwere Bombe unter dem Rumpf verzichtet hatte.

Doch das war auch nicht der primäre Sinn ihres Einsatzes. Sie sollten mit ihren durch den Fahrtwind angetriebenen Sirenen die feindliche Infanterie in Angst und Schrecken versetzen. Mit den beiden unter den Tragflächen angebrachten Rotationskanonen wollten die Sturzkampfpiloten dafür sorgen, dass die von dem Sirenengeheul verursachte Angst der Rotarmisten nicht unbegründet bleiben sollte. Anstatt der üblichen Bombe trugen die Sturzkampfbomber bis an ihre Beladungsgrenze 2-cm-Munition für die Rotationskanonen.

»Zielkoordinaten erreicht! Unter die Wolkendecke vorstoßen und erst kurz vorher Sirenen einschalten!«, befahl der als jüngster Soldat des Reiches mit dem Pour le Mérite ausgezeichnete Rittmeister. Diesen höchsten militärischen Orden hatte er dafür erhalten, dass er mit einer einzigen Bombe einen sowjetischen Flugzeugträger bei der Seeschlacht um Island versenkt hatte. Dieser Treffer war alles andere als ein Glückstreffer gewesen. Der junge von Blankenau hatte trotz feindlicher Jäger im Nacken seine Bombe genau auf diejenige Stelle des feindlichen Trägers platziert, unter der er die Munitionskammern des Riesenschiffs wusste.

Ein Stuka nach dem anderen kippte über die linke Tragfläche weg und raste im Sturzflug in die dichten Wolken. Als der Höhenmesser noch fünfhundert Meter über Grund anzeigte, schalteten die fünf Piloten ihre Sirenen ein. Für die am Boden zwischen den Panzern auf die deutschen Stellungen zustürmenden Rotarmisten mussten die Sirenen wie das Heulen des Höllenhundes Kerberos klingen, der sie damit am Tor zur Unterwelt begrüßte.

Vor den Augen des Rittmeisters lichtete sich der Schleier der dunklen Wolken und wurde durch eine Landschaft aus Feldern und vereinzelten Baumgruppen ersetzt, auf der hunderte Panzer und zehntausende Soldaten in eine Richtung stürmten. Mit brachialer Gewalt zog der Rittmeister seine Maschine in die Horizontale. Die auftretenden Andruckkräfte wurden durch seine liegende Position gemildert. Sofort drückte er die beiden roten Knöpfe für die Rotationskanonen. Zwei mal einhundertfünfzig Schuss pro Sekunde rasten auf den Feind zu. Unter den Flugbahnen der fünf Henschel warfen sich tausende Rotarmisten zu Boden. Vor sich sah von Blankenau zwei Linien aus hochspritzender Erde, die sich vor ihm herzogen. Er korrigierte den Kurs leicht und ließ die Geschossbahnen auf einen der Panzer zulaufen. Hunderte Funken entstanden auf der Panzerung, als der Rittmeister das Ziel ganze zwei Sekunden im Visier behielt. Natürlich wusste der Pilot, dass seine Zweizentimetergeschosse die Panzerung eines T-34, geschweige denn eines IS-2, nicht durchschlagen konnten. Doch es war immerhin möglich, die Panzerketten soweit zu zerstören, dass der Gegner nicht weiterfahren konnte, was ihn zu einer leichten Beute der deutschen Panzerabwehr machte.

Wenige Sekunden später waren die fünf Maschinen über das feindliche Aufmarschgebiet hinweggedonnert. Sie schalteten die Sirenen aus und ließen ihre Henschel senkrecht in die Höhe steigen, um wieder in der Wolkendecke zu verschwinden. In zwei Kilometern Höhe war die Fahrt bei fehlendem Schub aufgebraucht. Die Piloten ließen ihre Stukas einfach wegkippen und gingen erneut in den Sturzflug. Wieder durchstießen sie mit eingeschalteten Sirenen die Wolkendecke und verbreiteten unter den Russen Schrecken und Tod, diesmal von der anderen Seite kommend. Diese Prozedur wiederholte die Staffel von Blankenaus immer wieder, bis ihre Rotationskanonen leergeschossen waren.

»Zur Basis zurückkehren!«, befahl der Rittmeister und fügte hinzu: »Ich sehe mich hier noch mal ein wenig um.«

Die vier Henschel drehten ab und der Träger des Pour le Mérite nahm Kurs in die Richtung, in der die Russen voranstürmten. Unter ihm warfen sie sich wieder zu hunderten auf den Boden, obwohl seine Rotationskanonen überhaupt nicht in Aktion traten. Dann überflog er die deutschen Stellungen, die angetreten waren, den aus Nordwesten gegen Lindenheim anstürmenden Feind aufzuhalten. Einige der Kameraden winkten ihm sogar zu, als er in nur dreihundert Metern Höhe über ihre Köpfe hinwegdonnerte. David kamen jedoch ernste Zweifel, ob die deutschen Verteidiger in der Lage sein würden, die zahlenmäßig weit überlegenen Russen aufzuhalten.

Wenige Kilometer weiter bot sich ihm das gleiche Bild, nur in umgekehrter Reihenfolge. Zuerst sah er deutsche Truppen, dann überflog er ein Gebiet mit hunderten heranstürmenden sowjetischen Panzern, die von zehntausenden Soldaten zu Fuß begleitet wurden. Nun befand er sich im Südwesten von Lindenheim. Er zog die Maschine in eine sanfte Linkskurve und überflog so den Stadtrand in östliche Richtung. Überall zogen die Russen Infanterie, Artillerie und Panzergruppen zusammen, ohne jedoch über die Außenbezirke tiefer in die Großstadt einzudringen.

Mit den Angriffen im Westen will der Iwan die Stadt abschneiden und damit die ganze 6. Armee einkesseln, stellte von Blankenau bestürzt fest.

Während der Rittmeister Lindenheim umrundete, wählte er die Frequenz des Behelfsflughafens, der seiner Staffel sowie sechs weiteren fünfzig Kilometer westlich von Lindenheim als Basis diente. Nachdem die Verbindung zustande gekommen war, hörte er aus seinen Helmlautsprechern: »Oberst von Gutendorf, bitte sprechen Sie, Rittmeister.«

Es war schon etwas ungewöhnlich, dass der Oberst gleich selbst am Funkgerät war. Offensichtlich braute sich einiges zusammen. Deshalb beeilte sich David, seine Beobachtungen weiterzugeben: »Die Roten bauen ihre Stellungen rund um Lindenheim aus. Ihre Angriffe im Nord- und Südwesten haben offensichtlich den Sinn, die 6. Armee vom Nachschub abzuschneiden. Wenn die sich nicht schleunigst zurückziehen, ist der Kessel geschlossen.«

»Ihre Beobachtungen decken sich mit den Berichten unserer Bodentruppen. Die Russen haben rund um Lindenheim darauf verzichtet, mit massiven Verbänden tiefer in die Stadt vorzudringen. Stattdessen stoßen sie mit dem Gros ihrer Panzertruppen gegen unsere westlichen Flanken vor. Ich werde General Lüttich zusätzlich über Ihre Beobachtungen informieren. Kommen Sie zurück zur Basis.«

Noch einmal donnerte von Blankenau im Tiefflug über den nordwestlichen Angriffskeil der Roten Armee hinweg, schaltete seine Sirene ein und hatte ein diebisches Vergnügen dabei, als er sah, wie sich die gegnerischen Soldaten vor ihm in den feuchten Boden der Felder warfen. Schließlich konnten sie nicht wissen, dass er längst leergeschossen war.

*

Unglauben stand in den Augen Lüttichs, als die neuesten Berichte von der Front bei ihm aufliefen. Ein Oberst seines Generalstabs nach dem anderen platzte in den Planungsraum, den er im Kellergeschoss eines Warenhauses im Zentrum von Lindenheim hatte einrichten lassen.

»Die Russen dringen nicht weiter in die Stadt ein, dafür hat ein Großteil ihrer Truppen die Stadt umgangen und greift unsere Flanken im Westen an«, lautete das Credo ihrer Meldungen.

»Wie konnte das passieren?«, tobte der General. Seine wie bei seinem Vorbild Reichsmarschall von Grefe zur Seite gekämmten Haare hingen ihm nun wirr in die Stirn. »Wie konnten sich die Russen an der Stadt vorbeischleichen, ohne dass wir etwas davon mitbekamen?«

»Die Wolken hängen in den letzten Tagen sehr tief und bilden eine geschlossene Decke. Das hat unsere Aufklärung massiv behindert«, antwortete Oberst von Delmenhorst, ein schneidiger Offizier mit graugrünen Augen und jederzeit tadellos sitzender Uniform.

Der General stützte sich auf den großen Planungstisch, auf dem eine großmaßstäbliche Karte von Lindenheim ausgebreitet war. Der Oberkommandierende der 6. Armee schüttelte den Kopf. Seine markanten Gesichtszüge wirkten eingefallen. »Bisher haben die Sowjets immer auf breiter Front angegriffen und ihre Überzahl ausgespielt, um zu versuchen, uns einfach zu überrennen. Ich war das ständige Zurückweichen leid und wollte die Rote Armee endlich einmal zur Schlacht stellen. Dazu schien mir ein für den Feind verlustreicher Häuserkampf genau das Richtige. Dabei ist der Angreifer nämlich immer im Nachteil. Nur so können wir den Vormarsch des Feindes aufhalten, um dem Reich Zeit zu verschaffen, genug Waffen zu produzieren.«

»Nun – das Angreifen auf breiter Front hat der Roten Armee durch unsere Strategie des »koordinierten Rückzuges« bisher empfindliche Verluste beschert«, entgegnete Oberst von Delmenhorst. »Dass die gegnerischen Generäle das nicht lustig fanden, versteht sich von selbst. Folglich haben sie sich eine Strategie ausgedacht, unsere Truppen bei für uns ungünstigen Verhältnissen wie der geschlossenen Wolkendecke einfach zu umgehen und ihnen so einen »koordinierten Rückzug« unmöglich zu machen. Ich empfehle dringend, die Armee aus der Stadt abzuziehen und unsere Truppen an den westlichen Flanken zu unterstützen, bis wir uns nach Westen abgesetzt haben. Wir laufen ansonsten Gefahr, eingekesselt zu werden.«

Ruckartig richtete sich der General von dem Planungstisch auf. »Meine Herren, ich befehle den Rückzug aus der Stadt nach Westen. Die dort eintreffenden Reservetruppen sollen unsere Flanken verstärken und sich zurückziehen, sobald die letzten Einheiten die Stadt durch den Westkorridor verlassen haben. Bitte geben Sie die entsprechenden Befehle.«

Die Obristen beeilten sich den Planungsraum zu verlassen, um in den angrenzenden Räumen ihre Truppen über Funk zu informieren.

*

»Kommen Sie her, Major!«, rief Leutnant Emstel seinem Kommandanten zu, der soeben die Befestigungen im unteren Stockwerk eines Hauses an der Kreuzung zur Sechsten Allee inspizierte.

Burgstein sprintete zurück zu seinem Schützenpanzer und setzte sich auf den Beifahrersitz. »Major Burgstein hier!«, sprach er in das Funkgerät, auf das der Leutnant wortlos gedeutet hatte.

»Oberst von Delmenhorst spricht!«, kam es aus dem Lautsprecher. »Rückzug nach Westen! Die Stadt droht eingekesselt zu werden. Beeilen Sie sich, denn unsere Truppen an der nördlichen und südlichen Flanke stehen in verlustreichem Abwehrkampf. Es brennt, Herr Major!«

»Verstanden!«, gab der Major zurück und beendete die Verbindung.

»Lassen Sie Ihre Männer aufsitzen!«, rief er dem zufällig vorbeieilenden Hauptmann von Ahlen zu.

»Was?«, entgegnete dieser verdutzt. »Wir sind fast fertig mit dem Ausbau unserer Verteidigungsstellungen, und jetzt sollen wir hier weg?«

»Ganz recht! Der Iwan droht einen Ring um die Stadt zu schließen. Wir brauchen nun alle verfügbaren Kräfte, um das zu verhindern. Los, machen Sie schon!«

Von Ahlen stürmte los und Burgstein informierte seine Männer in den Panzern. Mit einer Disziplin, für die deutsche Truppen berühmt waren, räumten die Soldaten die Stellungen, packten Waffen und Munition auf die Lastwagen und begaben sich auf die Pritschen. Die Truppentransporter bogen als erste auf die Fünfte beziehungsweise Sechste Allee in Richtung Dnjepr-Brücke ab. Letztere mussten sie überqueren, um auf die westliche Seite Lindenheims zu gelangen. Die Panzer folgten und deckten mit nach hinten gedrehten Türmen den Rückzug. Je näher sie der Brücke kamen, desto mehr Verbände reihten sich in den Marsch gen Westen. Als sie schließlich im Westteil der Stadt angekommen waren, hatten sich bereits Kolonnen von mehreren hundert Panzern und einer tausendfachen Zahl an Soldaten auf den Ausfallstraßen zum Stadtrand gebildet.

Immer lauter wurde das Donnern der Geschütze. Weiter vorn schien eine erbitterte Schlacht im Gange zu sein. Schließlich sah der Major nach einer Biegung auf der Ausfallstraße die ersten Granateinschläge, die den Boden trichterförmig in die Höhe spritzen ließen. Und er sah noch etwas anderes: deutsche Infanteristen, Panzer und Soldaten, die in die Stadt eindrangen! Dies konnte nur bedeuten, dass die Flanken zusammengebrochen waren und die Sowjets den Ring um die Stadt geschlossen hatten. Wie zur Bestätigung kam die Stimme von Oberst von Delmenhorst aus dem Lautsprecher seines Funkgerätes. »An alle Einheiten! Die Russen haben den Kessel im Westen geschlossen. Ein Ausbruchsversuch an dieser Stelle macht keinen Sinn, weil der Iwan dort einen Großteil seiner Kräfte versammelt hat. Versuchen Sie, Ihre ursprünglichen Stellungen wieder einzunehmen. Weitere Befehle folgen.«

Burgstein war wie vor den Kopf gestoßen. Natürlich war ihm klar, dass ein Ausbruchsversuch an der Stelle, an der der Feind den Sack zugemacht hatte, die höchsten eigenen Verluste fordern würde. *Zuerst heißt es »Stellung um jeden Preis halten«, dann »Stellung aufgeben« und jetzt wieder »zurück zur Stellung«. Wäre schön, wenn sich die Herren im Generalstab mal entscheiden könnten.* Doch dann sah der Major Granaten mitten unter den in die Stadt fliehenden Soldaten einschlagen. Ein vierstöckiges Gebäude auf der linken Seite der Straße brach in sich zusammen und begrub weitere Männer unter sich. Dieses grausame Bild vertrieb seine ironischen Gedanken sofort. *Verdammt! Stalin reißt uns den Arsch auf. Wir sitzen hier fest, verdammt noch mal!*

Der Major gab den Befehl an seine Panzerkommandanten und Hauptmann von Ahlen, zur Querstraße zwischen der Fünften und Sechsten Allee zurückzukehren. Mit einem resignierten Gesichtsausdruck wendete Leutnant Emstel den Schützenpanzer.

Die Reise ging den gleichen Weg zurück, den sie gekommen waren. Offensichtlich hatte der Iwan die Abwesenheit der

Deutschen nicht genutzt, um weiter vorzudringen. Dazu war auch wohl alles zu schnell gegangen. Die Russen hatten sich auf den Ausbau ihrer Stellungen in den Außenbezirken konzentriert und nicht auf das Bereitmachen zu einem schnellen Vorstoß. Daher fand der Major mit seinen Männern die beiden Kreuzungen so vor, wie sie sie verlassen hatten.

Drei Stunden später, es dämmerte bereits, waren die Verteidigungsstellungen wieder hergerichtet. Gerade als sich die Männer nach getaner Arbeit zurücklehnen wollten, ertönte wieder das infernalische Heulen, das sie in den letzten Tagen so häufig gehört hatten. Die Russen hatten ihre Artillerie nahe genug in Stellung gebracht, um nun auch die Bereiche der Großstadt zwischen den Außenbezirken und der weiträumigen Innenstadt beschießen zu können. Schon explodierten erste Geschosse wenige dutzend Meter von den Stellungen entfernt. Es sah nicht so aus, als ob dies eine erholsame Nacht für die Männer werden würde.

*

»Das darf doch nicht wahr sein!« Kaiser Friedrich IV. brüllte die Worte in den Konferenzraum. Laut zu werden war überhaupt nicht seine Art. Folglich deuteten die Mitglieder seines Oberkommandos ganz richtig, dass der Monarch für einen Moment die Fassung verloren hatte. »Die komplette 6. Armee ist von den Russen in Lindenheim eingekesselt? Von der Stadt, deren Namensgeber Wesentliches dazu beigetragen hat, den ersten Weltkrieg zu gewinnen, soll nun der Anfang unserer Niederlage im zweiten ausgehen? Mein Gott! Wenn wir die 6. Armee verlieren, kann der südliche Angriffskeil der Russen ohne nennenswerten Widerstand vorrücken. Dreihunderttausend Mann sind im Kessel gefangen. Unfassbar!« Der Kaiser konnte und wollte sich wahrscheinlich auch nicht beruhigen. »Ich habe doch klare Anweisungen gegeben, unsere Taktik des

›koordinierten Rückzuges‹ konsequent anzuwenden. Wie zum Teufel konnte es dann geschehen, dass die Russen einer ganzen Armee den Rückzug abschneiden?«

Reichsmarschall von Grefe war verantwortlich für die Landstreitkräfte, weshalb er es war, der die unangenehme Aufgabe hatte, die Fragen des Herrschers zu beantworten. »Ich übernehme die volle Verantwortung für die Geschehnisse. Falls Sie mir weiterhin das Oberkommando über die Bodentruppen überlassen, werde ich erstens die Ursache des Dilemmas finden und zweitens einen Ausweg aus dieser misslichen Lage entwickeln.«

»Mein lieber von Grefe!« Die Stimme Friedrichs war nun gefährlich ruhig geworden. »Es geht hier nicht um Ihre Karriere. Es geht noch nicht einmal um meine Position als Kaiser. Es geht hier um den Fortbestand des Reiches, des Nordischen Bundes und damit unserer Werte. Wenn wir in diesem Krieg unterliegen, wird eine kulturlose Zeit des puren Materialismus über Europa und letztlich die ganze Welt hereinbrechen. Ich habe nach wie vor Vertrauen in Ihre Fähigkeiten. Nur – setzen Sie Himmel und Hölle in Bewegung, um die 6. Armee da rauszuhauen. Vergessen Sie dabei die in diesem Kreis bis jetzt niemals angesprochenen Animositäten mit der Kastrup. Wenn wir die Schlacht um Lindenheim verlieren, obwohl wir alles in unserer Macht Stehende getan haben, so werde ich mich damit abfinden. Wenn wir diese Schlacht aufgrund persönlicher Eitelkeiten verlieren, so gnade allen Anwesenden hier Gott. So sehr ich Sie schätze, meine Herren, umso mehr liebe ich mein Land und seine Kultur.« Bei seinen letzten Worten ließ der Monarch seinen Blick durch die Runde schweifen.

»Die Luftwaffe könnte die 6. Armee aus der Luft versorgen«, schlug Reichsmarschall Brachem vor. »Dabei wären die zwanzig T1 der Kastrup natürlich zusätzlich sehr hilfreich.« Der Luftwaffen-Chef suchte den Augenkontakt mit von Dankenfels.

»Selbstverständlich können Sie die T1 zur Versorgung der Truppen haben«, stimmte der Oberkommandierende der Kastrup zu. »Darüber hinaus hätte ich jedoch einen Vorschlag, wie wir die 6. Armee befreien könnten.«
Alle Blicke inklusive dem des Kaisers ruhten nun auf dem Generalfeldmarschall. Der begann in seiner gewohnt ruhigen und sachlichen Art seine Ausführungen.

*

Es war stockdunkel. Kein Sternen- oder Mondlicht drang durch die dichte Wolkendecke über dem Mellensee rund dreißig Kilometer südlich von Berlin. Heftiger Regen ergoss sich über die von spärlichen Baumgruppen durchsetzte Graslandschaft am Ufer des Sees.
Leutnant Uhland stampfte über das vom Heer und der Kastrup gemeinsam genutzte Testgelände. Jeder seiner Schritte sank zwanzig Zentimeter tief in den lehmigen Boden ein und hinterließ einen Meter lange, zweizehige Fußabdrücke. In seiner Nähe hätte jedermann das Erzittern des Bodens gespürt, wenn Uhland einen weiteren Schritt tat und die gewaltigen Füße mit mehr als zwölf Tonnen Gewicht belastete.
Doch es war niemand in der Nähe, der das stählerne Ungetüm hätte sehen können, und selbst wenn, wäre bei diesen Lichtverhältnissen kaum etwas zu erkennen gewesen. Der Leutnant nahm die Umgebung jedoch wie bei hellem Tageslicht wahr. Vor seinen wasserblauen Augen befanden sich hochempfindliche Nachtsichtoptiken mit integrierter Zielführung, während er mit den Bewegungen seiner Arme und Beine den vier Meter hohen Kampfläufer steuerte, in dessen Torso er sich befand.
Die Gliedmaßen des dreiundzwanzigjährigen Offiziers befanden sich in einer komplizierten Anordnung von gepolsterten Gestängen und Gelenken, die jede Bewegung des Leutnants registrierten und an die Steuerungseinheit des Kampfläufers

übertrugen. Dieses System war in den letzten Jahren dank großzügiger Forschungsgelder soweit perfektioniert worden, dass Uhland den Eindruck hatte, er wäre es selbst, der durch diese verregnete Landschaft stampfte. Jede kleinste seiner Bewegungen wurde mit fast unheimlicher Präzision auf die Kampfmaschine übertragen. Stolperte das Monstrum beispielsweise, so hatte der Leutnant im Innern durch ein ausgeklügeltes Rückkopplungssystem ebenfalls den Eindruck zu straucheln und fing den drohenden Sturz durch einen Ausfallschritt auf. So vermittelte der Kampfläufer seinem Insassen die Illusion, das tonnenschwere Gerät durch eigene Körperkraft zu bewegen.

Uhland gehörte bereits seit zwei Jahren zu den Testmannschaften des KL-Programms. Trotzdem war es für ihn immer wieder ein erhabenes Gefühl, in einen der Stahlkolosse zu steigen. In vier Metern Höhe auf die Landschaft zu blicken, mit jedem Schritt die Erde erbeben zu lassen, der Schutz innerhalb des gepanzerten Torsos und die Feuerkraft des Monstrums übten immer noch eine ganz besondere Faszination aus.

Für den Leutnant deutlich sichtbar klappte auf einer Hügelspitze in fünfhundert Metern Entfernung ein vier Quadratmeter großes Schild hoch, das vier angreifende feindliche Soldaten zeigte. Blitzschnell richtete der Offizier die Rotationskanone vom Kaliber 2 cm auf das Ziel aus. Die Waffe befand sich dort, wo bei einem Menschen der linke Arm gewesen wäre. Bruchteile einer Sekunde später ruhte das Fadenkreuz der Zieloptik auf dem Schild, und der Leutnant betätigte den Feuerknopf in seiner linken Handfläche. Einhundertfünfzig Schuss pro Sekunde verließen die acht Läufe der Kanone und zerfetzten das Schild.

Wenige Sekunden später klappte in zwei Kilometern Entfernung die Abbildung eines feindlichen Panzers hoch. Uhland richtete mit seinem rechten Arm den Werfer für Panzerabwehrraketen aus. Er feuerte, ließ den Kampfläufer jedoch weitermarschieren, während er das Schild mit dem Panzer im

Fadenkreuz behielt. Die Excalibur-Rakete zog einen dünnen, kevlarverstärkten Lenkdraht mit sich, über den der Kurs der Rakete über die gesamte Flugzeit auf den durch das Fadenkreuz bezeichneten Punkt korrigiert wurde. Zwölf Sekunden später schlug die Rakete mitten ins Ziel.

»Hervorragend! Nächste Übung: Aufmunitionieren am LK«, hörte der Leutnant die Stimme von Oberst Rundstein.

Uhland ließ das Monstrum auf eine fünfzig Meter hohe Hügelkette zustapfen. Mühelos erklomm er die Anhöhen. Auf der anderen Seite wartete jedoch ein stählernes Ungetüm, gegen das der Kampfläufer wie ein Winzling wirkte: der Landkreuzer oder kurz LK-1. Der fünfundvierzig Meter lange, siebzehn Meter breite und dreizehn Meter hohe Riesenpanzer wirkte wie eine stählerne Festung. Seinem doppelläufigen 38-cm-Frontgeschütz sah man an, dass der Panzerturm dem Schlachtschiffsbau entstammte. Nach hinten gerichtet befand sich ein weiterer Turm mit einer 12,8-cm-Kanone.

Die letzten vierhundert Meter bis zum LK-1 ließ der junge Offizier den Kampfläufer im Laufschritt zurücklegen. Immerhin erreichte er dabei eine Höchstgeschwindigkeit von sechzig Kilometern pro Stunde. Der für diese Konstruktion wegen seines günstigen Verhältnisses von Gewicht zu Leistung verwendete Kreiskolbenwankelmotor gab ein helles Sirren von sich. Die aus 1,5 Litern Kammervolumen geschöpften einhundertfünfzig Kilowatt wurden bei diesem Tempo voll gefordert.

Uhland näherte sich dem Heck der stählernen Festung und presste dann den Rücken seines Kampfläufers KL-38 gegen eine dafür vorgesehene Stelle in der Wanne des Landkreuzers. Jeweils ein Schott in der Panzerung des KL und im Heck des LK schoben sich zur Seite, sodass eine etwa einen viertel Quadratmeter große »Durchreiche« entstand. Zwei Förderbänder, eins für die 2-cm-Munition und eins für die Excalibur-Raketen, schoben sich vom LK in den Kampfläufer. Die rasend schnell transportierte Munition wurde von auf Stahlbändern befestigten Klammern aufgenommen, die sich senkrecht zu den Förderbändern mit der gleichen Geschwindigkeit bewegten. Eine halbe Minute später hatte der KL-38 zwanzigtausend Schuss 2-cm-Munition und zwölf Excalibur-Raketen aufgenommen. Die Förderbänder zogen sich zurück in den Landkreuzer, und die beiden Schotts verschlossen sich wieder.

»Aufmunitionierung erfolgreich!«, meldete Uhland seinem Kommandeur.

»In Ordnung! Begeben Sie sich zurück zur Basis. Wir folgen mit dem LK-1, denn dort wartet hoher Besuch auf uns.«

Hoher Besuch? Wollen sich ein paar hohe Tiere unsere neusten Entwicklungen ansehen oder steckt diesmal mehr dahinter?, mutmaßte der Leutnant. Er wusste allerdings, dass ein Nachfragen beim Oberst sinnlos war. Wenn der etwas verraten wollte, hätte er es längst getan.

Mit einer hunderte Male einstudierten Bewegung löste der junge Offizier seinen Kampfläufer von der Arretierung am Heck des Panzergiganten und sprintete mit Höchstgeschwindigkeit zum nur zwei Kilometer entfernten Stützpunkt. Als der zweitausendzweihundert Tonnen schwere LK-1 ihm mit der gleichen Geschwindigkeit folgte, spürte Uhland trotz des Schutzes, den ihm der Kampfläufer bot, das Vibrieren des Bodens.

Die Basis bestand aus zwei jeweils zweihundert Meter langen und einhundert Meter breiten, grün gestrichenen Hallen. Die eine war dem Landkreuzer vorbehalten, die andere den einhundertundachtzehn bis jetzt hergestellten Kampfläufern. Der Leutnant schaltete die beiden Scheinwerfer seines mechanischen Kriegers an. Damit ermöglichte er denjenigen das Ausweichen, die möglicherweise ohne Nachtsichtgerät hier draußen herumliefen.

Das Tor der Halle war bereits geöffnet worden. Der Leutnant dirigierte die Maschine auf ihren »Parkplatz« zwischen KL-37 und 39. Dann drückte er einen Knopf, der das Steuerungsgestänge aufklappen ließ, sodass er aussteigen konnte. Anschließend öffnete er die stählerne Dachluke des Monstrums und ließ sie aufklappen. Über in die Innenwand angebrachte Sprossen kletterte er nach oben. Im Rückenbereich des Kampfläufers waren ebenfalls Sprossen angebracht, über die er nach unten gelangte. In ihrer Parkposition hatte die Maschine die Beine angewinkelt, weshalb sich die unterste Sprosse in nur einem Meter Höhe über dem Boden befand. Dort wurde er bereits von Professor Stigmarson erwartet. Der knapp einsachtzig große, in einen weißen Kittel gekleidete Schwede mit dem schütteren blonden Haarkranz und der Nickelbrille vor den Augen hielt ein Holzbrett vor sich in der Linken, auf das mehrere Seiten Papier festgeklammert waren. Seine Rechte mit einem Kugelschreiber schwebte wenige Zentimeter vor dem Papier.

Unmittelbar nachdem Uhland den letzten Meter mit einem Satz zurückgelegt hatte, begann der Professor sofort mit seiner Befragung.

»Wie hat sich der höhere Öldruck in den Dämpfungsregulatoren auf das Laufverhalten des KL ausgewirkt?«

»Ja, ich wünsche Ihnen auch einen guten Tag und freue mich außerordentlich, Sie zu sehen«, gab der Leutnant statt einer Antwort zurück.

Missmutig verzog Stigmarson sein Gesicht, das wegen der spitzen Nase und den schmalen Lippen ein wenig an eine Maus erinnerte. »Na gut – schönen Tag, Herr Leutnant. Und? Wie war nun die Wirkung des erhöhten Öldrucks?«

»Ausgezeichnet. Der teilweise ermüdende Widerstand bei den Gehbewegungen ist vollständig verschwunden. Außerdem wirkt das Rückkopplungssystem jetzt noch realistischer. Ich habe ein paar Stolperübungen gemacht und konnte dabei einen Sturz ebenso leicht auffangen wie mit meinem eigenen Körper.«

Während Martin Uhland berichtete, machte sich der Professor eifrig Notizen.

»Haben Sie Vorschläge für weitere Tests?«, fragte der Schwede unvermittelt.

Der Leutnant dachte kurz nach. Dann bildete sich ein breites Grinsen auf seinen schmalen Lippen, und seine wasserblauen Augen strahlten, als er antwortete: »Ich würde mein Mädchen gerne mal mit einem KL zum Tanzen abholen, um zu testen, ob ihr Vater dann immer noch Vorgaben macht, wie spät sie wieder zuhause sein soll.«

Stigmarson verfügte wie die meisten Wissenschaftler über eine lebhafte Phantasie. Vor seinem geistigen Auge sah er eines der Ungetüme in den gepflegten Vorgarten eines Reihenhäuschens stampfen. Der Professor konnte sich die Begeisterung des Vaters darüber durchaus vorstellen und wie dieser genau jene Begeisterung beim Anblick des Monstrums herunterschlucken würde. Deshalb entgegnete er: »Ja, genau für diesen Zweck haben wir die Kampfläufer konstruiert«, wobei es um seine Mundwinkel verdächtig zuckte.

»Spaß beiseite«, meinte Uhland, »spontan fallen mir keine weiteren Tests ein. Ich denke, das Zusammenspiel der Komponenten ist mittlerweile so gut wie perfekt.«

Der Professor nickte zufrieden und klemmte den Kugelschreiber auf das Holzbrett. »Dann entlasse ich Sie hiermit zu Ihrer Besprechung. Oberst Rundstein wartet sicher schon.«

Der Leutnant wandte sich freundlich lächelnd ab und verließ die Halle durch einen Durchgang zum benachbarten Bau, der dem Landkreuzer vorbehalten war. Innerhalb des Gebäudes wirkte der fünfundvierzig Meter lange Riesenpanzer noch gigantischer als im freien Gelände. Mehrere Dutzend grau uniformierte Soldaten kletterten soeben an mit der Panzerung verschweißten Sprossen vom Rücken, dem »Deck« des LK-1, herab. Unter ihnen erkannte der Leutnant den Kommandanten des Landkreuzers und der einhundertachtzehn ihm zugeteilten Kampfläufer: Oberst Rundstein. Der hochgewachsene, breitschultrige Offizier erreichte soeben den Boden und bahnte sich seinen Weg durch die bereits anwesenden Kampfläuferpiloten zu einer kleinen Gruppe Männer, die sich an der Hallenwand eingefunden hatten. Dort blieb der Oberst stehen und salutierte zackig. Erst jetzt erkannte Uhland, vor wem sein Vorgesetzter dort salutierte. Es lief dem Leutnant kalt den Rücken herunter. Dort standen Reichsmarschall von Grefe und unmittelbar daneben Generalfeldmarschall von Dankenfels. Die Offiziere unterhielten sich kurz, dann machten sie sich gemeinsam auf den Weg zum Kopfende der Halle. Dort war eine kleine Bühne mit einem Rednerpult, drei einfachen Holzstühlen und einem Projektor aufgebaut worden.

Die Besatzung des Landkreuzers und die Kampfläuferpiloten nahmen vor der provisorischen Bühne Aufstellung, die von den beiden Mitgliedern des Generalstabs und vom Oberst betreten wurde.

Von Dankenfels und von Grefe nahmen auf den Stühlen Platz, während der Oberst das Mikrofon des Rednerpultes einschaltete und dreimal »Test« sagte. Anschließend begann Rundstein seine Ansprache: »Kameraden! Das Oberkommando hat den erstmaligen Kampfeinsatz des Landkreuzers im Verbund mit den ihm zugeteilten Kampfläufern befohlen. Es ist dem Iwan gelungen, die 6. Armee in Lindenheim einzukesseln. Unsere Aufgabe ist es, die dreihunderttausend Kameraden da rauszuhauen. Für Details zu der geplanten Operation ›Mjölnir[15]‹ übergebe ich nun das Wort an Generalfeldmarschall von Dankenfels.«

Der einzige Schwarzuniformierte erhob sich geschmeidig. Er nahm seinen Stahlhelm ab und begab sich zum Rednerpult. Seine weißblonden kurzen Haare standen fast senkrecht in die Höhe. Die stahlblauen Augen drückten eine unbändige Tatkraft aus. Nach einer kurzen Begrüßung legte er eine Folie auf den Projektor. Sie zeigte eine Karte von Lindenheim und der nähe-

---

[15] Mjölnir heißt der Hammer des mythologischen Donnergottes Donar

ren Umgebung der Großstadt. Ebenfalls eingezeichnet waren mehrere Symbole für Panzer, Panzerabwehrgeschütze, Artillerie und Soldaten in Rot, selbstredend für die Rote Armee, und in Blau für die Streitkräfte des Nordischen Bundes.

»Wie Sie sehen, meine Herren, haben die Russen ihre Kräfte zwar rund um Lindenheim verteilt, im Westen haben sie ihre Truppen jedoch konzentriert, da dies die nächstliegende Richtung für einen möglichen Ausfall unserer Truppen darstellt. Genau dort, an ihrer stärksten Stelle, werden wir die Sowjets angreifen. Der Grund dafür ist einfach: Sobald wir irgendwo im Belagerungsring einen Korridor freigekämpft haben, durch den die 6. Armee entkommen kann, wird die Hauptschwierigkeit darin bestehen, die beiden Flanken dieses Korridors zu halten. Denn die Sowjets werden ihre Truppen zu beiden Seiten des von uns geschaffenen Schlauches zusammenziehen und die Flanken mit allem, was sie haben, angreifen, um die freigekämpfte Lücke wieder zu schließen.«

Der Generalfeldmarschall legte eine zweite Folie auf. Sie zeigte die um Lindenheim ringförmig verteilten feindlichen Verbände, die sich, durch Pfeile angedeutet, auf die hypothetisch freigekämpfte Lücke im Ring zubewegten, um deren Flanken anzugreifen.

»Indem wir den Iwan an seiner stärksten Stelle angreifen, reduzieren wir im Erfolgsfalle automatisch die Truppenstärken, die der Feind gegen unsere Flanken einsetzen kann.« Der Kastrup-Chef ließ seine Worte kurz wirken und fuhr dann fort: »Unser Angriff beginnt am Abend des 16. April mit dem Einsatz mehrerer Staffeln Sturzkampfbomber, die so viele feindliche Panzer ausschalten wie möglich. Zuvor erfolgt ein Flächenbombardement des freizukämpfenden Korridors im Westen. Danach werden Sie, meine Herren, mit dem Landkreuzer und den Kampfläufern vorstoßen, um den Korridor von feindlichen Kräften zu säubern. Kurz darauf werde ich mit der Kastrup-Panzerdivision ›Nordlicht‹ nachstoßen, um die Flanken zu sichern. Diese Panzerdivision besteht aus zweihundertzwanzig Maus-Panzern, an denen sich die Russen die Zähne ausbeißen werden.

Kameraden! Falls die Operation ›Mjölnir‹ scheitert, werden dreihunderttausend tapfere Soldaten mitsamt ihrer schon bald leergeschossenen Waffen in Gefangenschaft geraten. Als Folge würde der Südabschnitt der Front zusammenbrechen, was nichts anderes als den Anfang vom Ende des Reiches bedeutet. Wir alleine werden für den Ausgang dieser schicksalhaften Schlacht verantwortlich sein. Zeigen wir den Russen, wozu deutsche Soldaten fähig sind. Zeigen wir ihnen, was Mut, Tapferkeit und Entschlossenheit bedeuten.«

Totenstille herrschte in der Halle. Kein Beifall, kein irrationaler Jubel darüber, schon bald in eine mörderische Schlacht ziehen zu müssen. Doch da war etwas anderes. Das Funkeln in den Augen der Männer zeigte dem Generalfeldmarschall, dass es für diese Soldaten kein Zurückweichen geben würde.

*

Mehr als eine Woche hielten die Soldaten des Majors die beiden Kreuzungen und die sie verbindende Querstraße zwischen der Fünften und Sechsten Allee. Die Umgebung hatte sich jedoch stark verändert. Das nächtliche Artilleriefeuer und die Angriffe der Russen am Tage hatten die einst prachtvollen Bauwerke in eine Trümmerwüste verwandelt. Die Wände waren übersät mit Einschusslöchern, die Straßen waren mit Granattrichtern durchzogen, einige der vierstöckigen Gebäude waren teilweise eingestürzt, bei anderen zeugten rußgeschwärzte Fassaden von Bränden, die noch vor Kurzem gewütet hatten. Gut, dass die Zivilbevölkerung rechtzeitig evakuiert worden war.

Major Burgstein stand hinter den Überresten eines Fensters im Erdgeschoss eines Eckgebäudes an der Sechsten Allee. Durch ein Fernglas beobachtete er die Rotarmisten, die sich zu mehreren Dutzend von Hauseingang zu Hauseingang vom Stadtrand her näherten. Plötzlich zeriss das charakteristische Pfeifen heranjagender Granaten die Stille. Der Major und sechs weitere Soldaten warfen sich auf den schmutzigen Holzfußboden des ehemaligen Wohnzimmers. Heftige Explosionen beförderten Staub, Erde und Asphaltreste ins Innere. Eine Granate schlug ins zweite Stockwerk ein und ließ einen Teil der Decke auf die Soldaten herabregnen.

Wie durch ein Wunder wurde keiner der Männer ernstlich verletzt.

Sofort richtete sich der Major wieder auf und spähte erneut durch das geborstene Fenster. Die Rotarmisten hatten den Artilleriebeschuss genutzt, um mehrere Dutzend Meter weiter vorzudringen und in Schussweite zu gelangen. Schon schlug eine Kugel in den Rahmen des ehemaligen Fensters und verschwand als Querschläger pfeifend im Inneren des Zimmers. Leutnant Kohaus schleppte ein Maschinengewehr heran, stellte die Stützen auf die Fensterbank und begann sofort zu feuern. Die gegnerischen Soldaten suchten in Hauseingängen Deckung. Doch dann bogen mehrere Panzer um eine rund vierhundert Meter entfernte Kurve. Burgstein machte sich am Funkgerät zu schaffen, um die eigenen Panzer, die in der Querstraße bereitstanden, über das Auftauchen der IS-2 zu informieren.

Der Boden erzitterte, als zwei Maus anfuhren. Sie positionierten sich an den beiden stadtauswärts gewandten Ecken der Kreuzung. Mit ohrenbetäubendem Donnern traten die beiden 12,8-cm-Kanonen in Aktion. Einem IS-2 wurde der Turm weggerissen, aus dem daneben fahrenden stieg dunkler Rauch auf. Die nachrückenden russischen Panzer nutzten die zerstörten Kampfwagen als Deckung und schossen zurück. Mehrere Granaten krachten in die Eckhäuser, hinter denen die beiden Maus halb verdeckt standen. Einer der deutschen Panzer wurde an dem besonders stark gepanzerten unteren Teil der Front getroffen. Die Granate prallte ab, bohrte sich in den Gehsteig und detonierte.

Durch den Kampflärm hätte der Major beinahe nicht mitbekommen, dass das Funkgerät ansprach. Er setzte sich den Kopfhörer auf.

»Burgstein hier! Was gibt's?«

»Die Russen kommen über die Fünfte Allee mit mehreren Panzern!«

Die aus den Lautsprechern des Kopfhörers kommenden Worte waren kaum zu verstehen. Den Sprecher anhand der Stimme zu identifizieren, war unter diesen Bedingungen unmöglich.

»Wer sind Sie, Soldat?«

»Hauptmann von Ahlen, Entschuldigung!«

»Beordern Sie zwei Maus hinter die beiden Eckgebäude. Wir werden hier ebenfalls angegriffen und haben den feindlichen Angriff mit dieser Taktik zumindest kurzfristig zum Stehen gebracht. Zwei der Russenpanzer sind nur noch Schrott.«

Erneut grollte das Donnern der Maus-Geschütze. Burgstein sah aus dem Fenster und sprach dann in das Mikrofon des Funkgerätes: »Ich korrigiere mich. Drei der IS-2 sind hinüber.« In diesem Moment krachte eine weitere Salve Artilleriegranaten in den Kreuzungsbereich. Erde, Gesteins- und Asphaltbrocken flogen in das ehemalige Wohnzimmer. Unmittelbar darauf feuerten die russischen Panzer. Die Granaten schlugen in die Gebäude, hinter denen sich die beiden deutschen Panzer verschanzt hatten. Eines der Geschosse zerfetzte die linke Kette der aus der Sicht der Deutschen auf der rechten Seite des Kreuzungsbereichs positionierten Maus. Auf der linken Seite hatten die Granaten dem Eckgebäude den Rest gegeben. Es stürzte in sich zusammen und begrub den schweren Kampfpanzer unter sich, was diesem allerdings herzlich wenig ausmachte. Eine Wolke aus Staub breitete sich über die Kreuzung aus.

Nachdem sich der Staub langsam legte, sah Burgstein die russischen Soldaten, wie sie sich von Hauseingang zu Hauseingang zurückzogen. Auch die IS-2 hatten in der Deckung der Wracks den Rückzug angetreten. Natürlich war dem Major die Absicht hinter der Aktion der Sowjets klar: Sie zwangen den eingekesselten Gegner, sich zu verteidigen und damit Munition zu verbrauchen. Trotz der Versorgung der 6. Armee aus der Luft würden sich die Kräfte der Deutschen irgendwann erschöpfen, was sie zur Kapitulation zwingen würde. Wie zur Bestätigung seiner Gedanken kam die Stimme von Rittmeister Sven Horgenson, einem der Kommandanten der Maus-Panzer, aus dem Lautsprecher des Funkgerätes: »Horgenson hier. Major, bitte melden!«

»Burgstein hier, was gibt's?«

»Wir haben nur noch zwei Schuss für unsere Kanone. Wenn wir nicht bald Nachschub erhalten, können wir den Iwan nicht mehr aufhalten.«

»Ich weiß, wie es um unsere Munitionsvorräte bestellt ist. Ich werde Hauptmann von Ahlen mit ein paar seiner LKW in die Innenstadt schicken. Dort wirft die Luftwaffe den Großteil ihrer Versorgungspakete ab. Von Ahlen wird eine Botschaft von mir an den Generalstab überbringen, in der ich unmissverständlich zum Ausdruck bringe, dass wir uns noch höchstens einem russischen Angriff widersetzen können, und dass wir danach die Stellungen hier aufgeben müssen.«

»Na, dann hoffen wir mal, dass der Hauptmann Erfolg hat«, wünschte der gebürtige Schwede. »Sonst müssen wir bald mit Steinen nach den Iwans werfen.«

*

Nachdenklich betrachtete General Lüttich seine 9-mm-Luger. Am unteren Ende des Schaftes der Halbautomatik war das geschwungene kaiserliche Kreuz eingraviert. Hatte er versagt und

Schande über all das gebracht, wofür dieses edle Symbol stand? Hatte er nicht zunächst den Haltebefehl gegeben und es damit den sowjetischen Kommandeuren leicht gemacht, Lindenheim zu umgehen und die ihm anvertraute Armee einzukesseln?

Mein Gott!, dachte Lüttich und kratze seine kurz geschorenen Haare an den Seiten und am Hinterkopf. *Dreihunderttausend Mann habe ich ins Verderben geführt. Fünfzigtausend tapfere Soldaten sind bereits durch die Angriffe der Roten Armee ausgefallen, mit denen sie uns ausbluten wollen. Die Munition geht zur Neige. Das können auch die ständigen Versorgungsflüge der Luftwaffe auf Dauer nicht kompensieren. Wir sind verloren.*

Der General hielt die Pistole auf beiden Handflächen und betrachtete sie erneut, doch diesmal mit einem entschlossenen Lächeln. *Bevor die letzte Munition aufgebraucht ist, stürme ich einer Gruppe meiner Offiziere voran, die genauso denken wie ich, dem Feind entgegen. Ich gehe auf keinen Fall in russische Gefangenschaft und lasse mich wie eine erbeutete Trophäe vorführen. Wenn wir kapitulieren müssen, werde ich so den Preis für mein Versagen zahlen.*

Mit einer unwirschen Handbewegung strich sich Lüttich eine Strähne seiner zur Seite gekämmten blondgrauen Haare aus der Stirn. Er wollte gerade die Luger wieder zurück in den Halfter stecken, als Oberst von Delmenhorst ohne anzuklopfen in das Büro seines Vorgesetzten stürmte. Irritiert schaute der Eintretende auf die gezogene Waffe, enthielt sich jedoch einer Bemerkung, als der General sie wegsteckte.

Der Oberst beeilte sich zu salutieren und meldete dann außer Atem: »Auf den westlichen Belagerungsring findet ein massiver Angriff von außen statt. Jede Menge B1 sind im Einsatz, um die sowjetischen Stellungen zu beharken. Hinzu kommen mehrere Staffeln Stukas, die gezielt feindliche Panzer angreifen. Das kann nur bedeuten, dass deutsche Truppen, deren Kommandant es nicht für nötig hielt, uns vorher zu informieren, unmittelbar nach dem Bombardement losschlagen.«

Hoffnung keimte in Lüttich auf. In seine eingefallenen, faltigen Gesichtszüge kehrte das Leben zurück. Er wusste nicht, wer da den Iwan angriff und ob dessen Stärke ausreichen würde, den Belagerungsring ausgerechnet an seiner stärksten Stelle zu sprengen. Doch eines wusste er mit Sicherheit: warum niemand innerhalb des Kessels über die Operation, die nur die Befreiung der 6. Armee zum Sinn haben konnte, informiert worden war. Falls ein deutscher Offizier von der Roten Armee gefangenen genommen worden wäre und sie von der Operation erfahren hätten, hätten sie sich darauf vorbereiten können. Doch was der unbekannte deutsche Kommandeur hier abzog, sollte wohl eine Überraschung werden. Zum ersten Mal seit Tagen verzogen sich die Gesichtszüge des Generals zu einem Lächeln, das seine Ursache nicht in einem aus der Verzweiflung geborenen Zynismus hatte.

*

Lediglich ein tiefes Summen, das mit einem leichten Vibrieren des stählernen Bodens der Zentrale verbunden war, zeugte von der Fortbewegung des Landkreuzers LK-1. Sein achtzig Megawatt[16] leistender Kernreaktor ließ das zweitausendzweihundert Tonnen schwere Ungetüm mit sechzig Stundenkilometern über die weiten Felder der ehemaligen Ukraine fahren, die nun schon seit mehr als dreißig Jahren zum Deutschen Reich gehörte.

Natürlich war es unmöglich, den Stahlkoloss auf dem Schienenweg oder mit irgendeinem anderen Transportmittel ins Einsatzgebiet zu bringen. Abgesehen davon, dass es keine Wagons gab, die sein Gewicht hätten tragen können, hätten Brücken und Tunnel die Beförderung des dreizehn Meter hohen und siebzehn Meter breiten Riesenpanzers unmöglich gemacht.

---

[16] rund 109 000 PS

Ebenso wenig war es dem Giganten aufgrund seines hohen Gewichtes möglich, Brücken zu überqueren, weshalb seine Konstrukteure ihm eine Tauchfähigkeit bis zu einer Wassertiefe von einhundert Metern verliehen hatten.

Da der Kernreaktor dem Landkreuzer eine praktisch unbegrenzte Reichweite verlieh, waren die knapp zweitausend Kilometer von Berlin bis nach Neu-Ulm[17] in knapp drei Tagen problemlos zurückgelegt worden.

»Noch dreizehn Kilometer bis zum Rendezvous«, meldete Feldwebel Rogalla. Der zwanzigjährige, hagere Soldat verfolgte die Position des Stahlriesen auf einem Bildschirm, der die Ergebnisse der satellitengestützen Navigation grafisch darstellte.

Der Treffpunkt für das Rendezvous war zehn Kilometer südöstlich von Neu-Ulm und fünfundzwanzig Kilometer westlich von Lindenheim festgelegt worden. Die einhundertachtzehn Kampfläufer und die zweihundertzwanzig Maus der Kastrup-Panzerdivision »Nordlicht« waren bereits auf dem Schienenweg nach Neu-Ulm transportiert worden.

»Beerenstein! Nehmen Sie Kontakt mit dem Basislager auf. Wir sind in knapp zwanzig Minuten da«, befahl der Oberst dem Cheffunker.

Neben dem Obersten befanden sich zehn Mann in der Zentrale des Landkreuzers: Dem Cheffunker unterstanden zwei weitere Funker, der Navigator steuerte den Riesenpanzer, vier Soldaten übernahmen die Bodenortung, einer die Luftraumüberwachung und ein weiterer kontrollierte die aktuelle Position anhand der Satellitennavigationssignale.

Zusätzlich zu den elf Männern in der Zentrale bestand die Besatzung aus neunundzwanzig weiteren Männern. Die Kanonen der beiden Panzertürme konnten vollautomatisch nachgeladen werden und erforderten daher nur jeweils einen Schützen.

---

[17] ehemals Dnjeprodserschinsk

Acht weitere Männer bedienten die acht Zwillingsflaks, vier die streng geheimen Boden-Luft-Raketenwerfer und zwölf die in die Wanne integrierten Maschinengewehre zur Bekämpfung feindlicher Infanterie. Schließlich war noch ein Chefingenieur mit zwei Angehörigen des technischen Personals an Bord.

Oberst Rundstein dachte in den wenigen Minuten bis zum Ziel an seine Frau und seine fünf Kinder, die er über alles liebte. War er ihnen ein schlechter Vater, weil er in diesen lebensgefährlichen Kampfeinsatz ging? *Eher nicht,* überlegte der Offizier, *ich wäre ihnen ein schlechter Vater, wenn ich nicht für ihre Zukunft kämpfen würde – für ihr Recht, in einem Land mit einem Höchstmaß an persönlicher Freiheit aufzuwachsen und gegen die menschenverachtende Unterdrückung durch einen gleichmachenden, jede Individualität unterbindenden Sozialismus.*

Mit sich im Reinen und fest entschlossen, die kommunistischen Angreifer aufzuhalten, wartete Rundstein auf die Ankunft im Basislager. Gebannt schaute er auf die beiden Bildschirme, die die ukrainische Landschaft vor dem Stahlkoloss zeigten. Hinter einem kleinen Wäldchen vor ihnen, das sich langsam nach links aus dem Sichtbereich schob, erkannte der Oberst die ersten Exemplare der schwarzen Maus-Panzer und einige Kampfläufer.

Mehrere Zwillingsflaks und schwere 8,8-cm-Geschütze sicherten das Areal gegen den unwahrscheinlichen Fall eines gegnerischen Luftangriffs. Die Lufthoheit des Reiches war nach wie vor ungebrochen, weshalb sich die Russen nur selten in den deutschen Luftraum vorwagten. Aus diesem Grunde war auch eine frühzeitige Entdeckung des Aufmarsches im Basislager durch sowjetische Aufklärer eher unwahrscheinlich. Ein solches Aufklärungsflugzeug hätte auch schon recht tief fliegen müssen, um die weitgehend unter Tarnnetzen stehenden Panzer und Kampfläufer überhaupt zu entdecken, was ihm bei der stark aufgestellten Luftabwehr sicherlich schlecht bekommen wäre.

»Parken Sie unseren Kleinen bitte links neben dem Zelt da vorn!«, befahl Rundstein dem Navigator Rittmeister Werner von Sievers. Der etwas gedrungen wirkende Offizier mit den auffälligen Pausbacken schob den rechten Fahrthebel kurz ein wenig vor, was den Landkreuzer veranlasste, etwa zwanzig Grad nach links abzubiegen. Diese Kurskorrektur brachte den Koloss in die gewünschte Richtung. Der häufig unterschätzte, unscheinbare von Sievers beherrschte den bei Weitem größten Panzer der Welt wie kein anderer. Bei der Besatzung ging das Gerücht um, der Rittmeister könne mit den Panzerketten des Landkreuzers auf den Boden gestellte Bierflaschen unbeschädigt öffnen.

Nachdem der Gigant zur Ruhe gekommen war, zeigte einer der für die rechte Seite zuständigen Bildschirme eine schwarz uniformierte Gestalt, die das Zelt verließ.

»Generalfeldmarschall von Dankenfels!«, kommentierten Rundstein und einer der vier für die Ortung und Bilderfassung zuständigen Leutnants gleichzeitig.

»Alle Mann an Deck!«, sprach der Oberst in das Mikrofon für den Rundruf, der von allen Besatzungsmitgliedern gehört werden konnte. Anschließend wandte er sich zur Wendeltreppe, die an der hinteren Wand der Zentrale nach oben führte. Die Treppe war um eine Stange herum gebaut, an der die Besatzung im Notfall vom Deck in die Zentrale herunterrutschen konnte.

Oben angekommen öffnete der Oberst mit einem Handrad den Verschluss der Einstiegsluke. Anschließend drückte er einen Knopf, der den hydraulischen Öffnungsmechanismus in Gang setzte. Durch Körperkraft wäre der tonnenschwere, drei Meter durchmessende und einen Meter dicke Verschluss niemals zu öffnen gewesen.

Burgstein betrat das Ende der Wendeltreppe mit dem Blick auf den gewaltigen vorderen Turm für die beiden 38-cm-Kanonen. Er wandte sich nach rechts, umkurvte eine der Kuppeln für die Flakgeschütze und erreichte den Rand des Decks. Über an die Außenwand festgeschweißte Sprossen kletterte der Oberst hinab zu dem vor dem Zelt wartenden Generalfeldmarschall. Die übrigen neununddreißig Besatzungsmitglieder des Landkreuzers folgten ihm.

»Willkommen!«, begrüßte von Dankenfels den Landkreuzerkommandanten, nachdem dieser salutiert hatte. »In einer halben Stunde ist Lagebesprechung. In dem Zelt da vorne haben wir ein paar Duschen eingerichtet. Machen Sie und Ihre Männer sich erst einmal frisch. Dort«, der Oberkommandierende der Kastrup deutete auf ein anderes Zelt, »findet die Besprechung statt.«

Der Oberst nahm dieses Angebot nach der fast dreitägigen Fahrt dankend an. Es gab zwar auch an Bord des LK-1 einen Waschraum, der jedoch für vierzig Mann Besatzung hoffnungslos unterdimensioniert war. Im Inneren des Zeltes war Burgstein angenehm überrascht. Es lag sogar frische Unterwäsche in allen möglichen Größen bereit. *Woran die alles denken bei der Vorbereitung der größten deutschen Offensive in diesem noch jungen Krieg,* überlegte der Offizier belustigt. Doch dann schweiften seine Gedanken zu einem ernsten Thema ab. *Es ist erst zwei Wochen her, seit die Rote Armee bei uns eingefallen ist, und doch kommt es mir bereits wie eine Ewigkeit vor.*

*

Erfrischt betrat der Oberst mit seinen Offizieren das Zelt, in dem die Besprechung stattfinden sollte. Etwa fünfzig in schwarze oder graublaue Uniformen gekleidete Soldaten waren bereits anwesend. Vor den Sitzreihen stand ein Projektor mit Leinwand. Der Generalfeldmarschall unterhielt sich angeregt mit einer Gruppe Offiziere, während der Großteil der Anwesenden bereits auf den bereitgestellten Stühlen Platz genommen hatte.

»Ah, der Oberst und seine Männer sind ebenfalls eingetroffen. Dann sind wir vollzählig und sollten beginnen«, unterbrach von Dankenfels sein Gespräch mit den Soldaten, die sich nun ebenfalls freie Plätze suchten, während der Kastrup-Kommandant den Projektor einschaltete, der nach kurzer Aufwärmphase eine Karte von Lindenheim zeigte.

»Kameraden! Zunächst zur Ausgangslage«, begann der Generalfeldmarschall seine Ausführungen. »Der Iwan kontrolliert diese Brücke im Nordosten, die über den Seitenarm des Dnjepr führt. Die nördliche Brücke über den Seitenarm ist sozusagen Niemandsland. An ihren Enden stehen sich unsere Truppen und die Rote Armee gegenüber. Ebenso verhält es sich bei diesen beiden Brücken im Norden, die den Hauptarm des Flusses überqueren.« Von Dankenfels nutzte den Schatten eines Zeigestabes, um die Objekte zu kennzeichnen. »Die den östlichen mit dem westlichen Stadtteil verbindende Brücke über den südlichen Hauptarm ist jedoch nach wie vor in deutschem Besitz. Unsere Truppen im Osten können sich also darüber nach Westen zurückziehen. Anders verhält es sich mit dieser Brücke im Nordwesten.« Erneut kennzeichnete der Schatten des Zeigestocks die Stelle. »Die Russen haben sie mit einem schnellen Vorstoß in ihren Besitz gebracht. Darüber gelangten ihre Truppen in den Westen von Lindenheim und schließlich in den Süden, um den Belagerungsring zu schließen. Hier, östlich von Taundorf[18], haben die Sowjets ihre Truppen am stärksten massiert, um die 6. Armee an einem Ausbruch nach Westen zu hindern. Genau dort werden wir angreifen, denn jeder gegnerische Soldat, jeder Panzer und jedes Geschütz, das wir durch unseren Angriff ausschalten, wird dem Iwan nicht mehr zur Verfügung stehen, um die Flanken des Schlauchs anzugreifen, den wir durch den Belagerungsring bis zu unseren Kameraden in Lindenheim treiben werden.

---

[18] ehemals Taronske

Um den Nachschub der Russen von Norden her zu unterbinden, vernichten wir zunächst durch einen Bombenangriff die bereits erwähnte im Besitz des Iwans befindliche Brücke im Nordwesten. Das dürfte später die Nordflanke unseres Schlauchs erheblich entlasten, weshalb wir später den Großteil der Maus meiner Panzerdivision zur Verteidigung der Südflanke abstellen werden.

Doch zunächst einmal muss der Korridor zu unseren Kameraden in der Stadt freigekämpft werden. Dazu beginnen wir um 18:00 Uhr Ortszeit, also in vier Stunden und fünfunddreißig Minuten, mit einem Flächenbombardement des freizukämpfenden Gebiets. Danach erfolgt der Angriff mehrerer Staffeln Stukas. Unter ihnen wird übrigens auch die des Rittmeisters von Blankenau sein, der vom Kaiser persönlich mit dem Pour le Mérite für seinen Einsatz gegen die sowjetische Nordmeerflotte ausgezeichnet wurde. Sie haben sicher schon alle davon gehört. Der junge Offizier führt heute übrigens die Liste der Abschüsse gegnerischer Panzer mit großem Abstand an.

Gegen Ende des Stukaangriffs gegen 20:30 Uhr werden Sie, Oberst Rundstein, mit dem Landkreuzer und Ihren einhundertachtzehn Kampfläufern frontal gegen die sowjetischen Truppen vorgehen, die aller Voraussicht nach durch die Fliegerangriffe stark in Mitleidenschaft gezogen und teilweise von ihren Kommandostrukturen getrennt sein werden. Ihre Aufgabe ist es, so viele Gegner wie möglich auszuschalten und die Fliehenden in Panik zu versetzen. Idealerweise stürmen sie kopflos ihren gegen unsere Flanken vorrückenden Genossen entgegen und sorgen dort für Chaos.

Dem Landkreuzer folgt dann meine Panzerdivision, um die Flanken des freigekämpften Schlauchs zu sichern. Gleichzeitig übersende ich den Ausbruchsbefehl nach Westen an General Lüttich. Sobald sich Ihre Einheiten«, der Generalfeldmarschall schaute Rundstein direkt in die Augen, »mit denen der 6. Armee vereint haben, unterstützen Sie meine Maus mit Ihren Kampfläufern bei der Flankensicherung. Der Landkreuzer soll sich in die Mitte des Schlauches begeben, um mit seinen Achtunddreißigern jeden denkbaren Durchbruchsversuch der Russen aufzuhalten.

Nachdem die 6. Armee evakuiert ist, ziehen sich die Maus und die Kampfläufer nach Westen zurück und decken zusammen mit dem LK-1 den Rückzug der 6. Armee, die auf Neu-Ulm zumarschieren soll, wo sie frisch versorgt werden wird.

Ich bitte nun um Fragen.«

Die erste Frage kam von Oberst Kersters. Sie war ebenso wie die Antwort darauf bezeichnend für die Atmosphäre innerhalb der Nordischen Streitkräfte: »Glauben Sie wirklich, dass das alles so einfach funktioniert?«

»Nein, das glaube ich ganz und gar nicht.« Ein breites Lächeln umspielte die Lippen des Generalfeldmarschalls. »Deshalb habe ich mich entschlossen, zur Sicherheit selber an dem Angriff teilzunehmen.«

Die Anspannung unter den Offizieren wich einem befreiten Gelächter.

*

Um 17:50 Uhr rollte die ERICH VON HOEPPNER über die Startbahn des Behelfsflughafens Ulmenhorst zehn Kilometer westlich von Neu-Ulm. Rittmeister von Timmer hatte den Fahrthebel voll nach vorne geschoben und die Nachbrenner gezündet. Ein leichtes Wippen des Fahrwerks verriet die Unebenheiten der unter Zeitdruck entstandenen Piste, während das im Innern der B1 zu vernehmende Brausen der sechs Triebwerke von außen wie der sich anbahnende Weltuntergang klang. Der Nurflügler mit einhundertvier Metern Spannweite hob ab und drehte sofort in einer weiten Rechtskurve nach Osten.

»Steigen auf dreitausend Meter!«, meldete Kopilot Robert Meier an die Luftraumüberwachung. Er blickte aus der Kanzel des schräg in der Luft hängenden Riesenbombers und erkannte unter sich bereits die spiegelglatt wirkende Oberfläche des Sees, zu dem der Dnjepr auf einer Länge von fünfzig Kilometern in nordwestlicher Richtung aufgestaut worden war. Die gigantische Staumauer mit den Generatoren zur Elektrizitätserzeugung verschwand sofort aus Meiers Blickfeld, als von Timmer die ERNST VON HOEPPNER wieder in die Horizontale brachte. Leichte Turbulenzen schüttelten den fünfundsechzig Meter langen Giganten, als er die Grenze zwischen zwei Luftschichten passierte.

Zwei Jäger Ho 229 schoben sich langsam neben den Riesen. Die beiden ebenfalls als Nurflügler konstruierten Maschinen wirkten wie kleinere Brüder der B1. Auf der rechten Seite schlängelte sich der Dnjepr im Blickfeld Meiers nach Osten, um bei Lindenheim einen nach Nordosten verlaufenden Seitenarm zu bilden, während der Hauptstrom nach Süden abknickte. Rund sieben Kilometer vor dieser Aufgabelung des Flusses befand sich das Einsatzziel der ERNST VON HOEPPNER: die nordwestliche, durch die Rote Armee kontrollierte Brücke über den Dnjepr.

Zur Vernichtung des Bauwerkes hatte die B1 nur fünf Bomben in ihrem gewaltigen Bauch. Doch diese fünf Bomben hatten es in sich. Jede von ihnen war zehn Tonnen schwer und speziell für den Angriff auf massive Bunkeranlagen sowie aus der Luft schwierig zu zerstörende Ziele wie Brücken entwickelt worden. Es war die Aufgabe des Bombenschützen, die fünf Sprengkörper möglichst auf oder nahe an der Brücke zu platzieren. Sie würden sich tief in das Flussbett des Dnjepr graben, um dann durch die ungeheuren Detonationen erdbebenähnliche Schockwellen auszulösen, denen die Fundamente der Brückenpfeiler nicht gewachsen waren.

Als die ERNST VON HOEPPNER den Längengrad, auf dem das Ziel lag, fast erreicht hatte, ließ von Timmer die B1 erneut eine enge Rechtskurve fliegen. Die beiden wendigen Jagdflugzeuge hatten natürlich keine Probleme, dem Manöver des großen Bruders zu folgen. Die Formation näherte sich der Brücke nun von Norden.

Bombenschütze Peter Sauter beobachtete in aller Seelenruhe die unter den drei Flugzeugen vorbeiziehende Landschaft auf einem Bildschirm. Ein Fadenkreuz zeigte den Punkt, an dem eine Bombe aufschlagen würde, wenn sie bei der gegenwärtigen Flughöhe und Geschwindigkeit abgeworfen werden würde. Neben dem Fadenkreuz spulten zwei sechsstellige Zahlen ab, die die momentanen Koordinaten des Zielbereichs anzeigten. Schließlich kam die Brücke am oberen Bildschirmrand in Sicht. Der grobschlächtige, etwas über zwei Meter Große Hüne mit den dunkelblonden Haaren öffnete zunächst den Bombenschacht und schob dann einen kleinen Steuerknüppel auf dem Pult vor dem Bildschirm nach vorne, worauf das Fadenkreuz nach oben auf das Ziel zuwanderte. Als es die Brücke erreicht hatte, drückte Sauter einen Knopf. Auf dem Bildschirm wurde die Position der Zielmarkierung nun mit »Z1« gekennzeichnet. Anschließend ließ der Bombenschütze das Kreuz etwas weiter nach Süden auf der Brücke wandern und drückte erneut den Knopf. »Z2« stand nun an dieser Stelle auf dem Bildschirm. Der Hüne wiederholte den Vorgang noch drei weitere Male bis »Z3«, »Z4« und »Z5« markiert waren. Anschließend drückte er einen weiteren Knopf, neben dem die Aufschrift »Lenkbombenfenster« angebracht war. Ein Kreis, der sich langsam auf die Brücke zubewegte, erschien nun auf dem Bildschirm. Innerhalb dieses Kreises waren die fünf Bomben an Bord mithilfe ihres Leitwerks in der Lage zu manövrieren. Als schließlich »Z1« bis »Z5« im Lenkbombenfenster lagen, löste Sauter den Abwurf aus.

Fünf Stahlkörper, gefüllt mit hochexplosivem Sprengstoff, fielen dem Boden entgegen. Je ein kleiner Rechner an Bord der Bomben bestimmte aus den Koordinaten der Satellitenpeilung, der Fallhöhe und der Horizontalgeschwindigkeit den Aufschlagpunkt. Der Rechner korrigierte den Fall durch Verstellen des Leitwerks der Bombe, bis der berechnete Aufschlagpunkt mit der zugewiesenen Z-Koordinate übereinstimmte. Diesen Vorgang wiederholte der Rechner ununterbrochen, um so kleine Abweichungen von der Flugbahn immer wieder zu korrigieren. Die deutschen Bomben entwickelten auf diese Weise eine Treffergenauigkeit von plus/minus zehn Metern.

Zum Zeitpunkt des Einschlags befanden sich drei sowjetische Panzer und fünf Militärlastwagen auf der Brücke. Vier der Bomben durchschlugen die Fahrbahndecke und bohrten sich in den Grund des Flusses. Eine davon unmittelbar vor einem der Militärlaster, dessen erschrockener Fahrer reflexartig eine Vollbremsung einleitete, um nicht zusammen mit dem Fahrzeug durch das plötzlich entstandene Loch zu stürzen. Die fünfte verfehlte die Brücke knapp und grub sich ebenfalls tief in das Flussbett. Zwei Sekunden lang geschah nichts. Dann erschütterten fünf Detonationen das Bauwerk in seinen Grundfesten. Hunderte Tonnen Wasser spritzten hoch und drückten zusammen mit den Luftdruckwellen die Fahrbahn an fünf Stellen hoch, bis sie auseinanderriss. Haltlos stürzten die russischen Panzer und Lkw in die tobenden Fluten. Durch die unterirdischen Erschütterungen begannen die Brückenpfeiler zu schwanken, bis auch sie schließlich nachgaben und zur Seite kippten.

Peter Sauter hatte die Optiken weiter auf Vergrößerung gestellt und beobachtete die vollständige Vernichtung des Bauwerkes im Detail. Seine im Schützenraum der B1 anwesenden Kameraden standen hinter ihm und verfolgten das Spektakel ebenfalls.

»Brücke vollständig vernichtet!«, sprach der Bombenschütze in das Mikrofon seines Kopfhörers.

»Verstanden!«, kam vom Rittmeister zurück. »Ich gebe den Erfolg gleich an die Einsatzleitstelle weiter. Unsere Maschinen zum Angriff auf das Zielgebiet sind sicher schon in der Luft.

Die können sich nun voll und ganz auf ihre Aufgabe konzentrieren, da eine weitere Bombardierung der Brücke nicht mehr notwendig ist.«

Damit hat die erste Phase der Operation »Mjölnir« ja schon mal geklappt«, überlegte von Timmer, *doch da folgen noch so viele Phasen, in denen so viel Unvorhersehbares passieren kann. Gott steh uns bei, dass wir unsere Jungs aus Lindenheim heraushauen können!*

*

Mit dem roten Licht der untergehenden Sonne im Rücken hatte Rittmeister David von Blankenau aus drei Kilometern Höhe einen phantastischen Ausblick auf die vor ihm liegende Landschaft. Er lag bäuchlings in seiner Henschel und beobachtete die wenige Kilometer vor ihm fliegende letzte Welle der schweren Bomber, die alles, was sie hatten, auf die bedauernswerten Iwans herabregnen ließen. Streu-, Spreng- und Brandbomben fielen auf das Gebiet, das als Korridor vorgesehen war, den diese seltsame Truppe aus einem gigantischen Panzer und den noch seltsameren Kampfläufern freikämpfen sollte. Der Rittmeister war gespannt, wie sich diese neuen Waffengattungen, noch dazu im kombinierten Einsatz, bewähren würden.

Natürlich war von Blankenau klar, dass die strategischen Bomber und nach ihnen seine Sturzkampfbomber den Korridor unmöglich von den feindlichen Kräften säubern konnten. Dazu war das Gebiet einfach zu groß. Doch der Sinn der Bombenangriffe bestand darin, den Gegner zur Passivität zu verdammen, ihm Verluste zuzufügen und ihn in Panik zu versetzen.

Deutlich erkannte der Stukapilot weit vor sich die Druckwellen von Kettenbomben, die sich halbkugelförmig um die Explosionszentren ausbreiteten. An anderen Stellen breiteten detonierende Brandbomben ihre flammenden Teppiche aus. In der Luft stand die Antwort der Russen in Form der charakteristischen schwarzen Wolken explodierender Flakgranaten. Soweit er sehen konnte, war jedoch keiner der Bomber ernsthaft getroffen worden.

»Kameraden! Seht ihr das Dutzend feindliche Panzer auf zwei Uhr?«, fragte von Blankenau auf seiner Staffelfrequenz. Viermal kam eine Bestätigung. »Also los! Die schnappen wir uns!«

Die fünf in einer Linie operierenden Henschel mit dem Rittmeister in der Mitte flogen eine leichte Kurve nach rechts, die sie direkt über die feindlichen Panzer brachte. Dann kippte einer der Stukas nach dem anderen mit heulenden Sirenen über die rechte Tragfläche ab und tat das, wofür die Maschinen konstruiert worden waren: in den Sturzflug übergehen.

Als Dritter war der Staffelführer an der Reihe. Von Blankenau sah seine beiden Kameraden weit unter sich, wobei der untere seine Bombe soeben ausgeklinkt hatte und mithilfe der Abfangautomatik brutal in den Horizontalflug überging. Leuchtspurgeschosse durchschlugen deutlich erkennbar die beiden Tragflächen der Maschine des Kameraden, ohne jedoch zu diesem Zeitpunkt einen erkennbaren Effekt hervorzurufen. Dann traf seine Bombe einen Panzer, der in einer heftigen Explosion verging. Das wütende Flakfeuer ließ von ihm ab und wurde auf den zweiten Stuka gerichtet, der seine Abwurfhöhe schon fast erreicht hatte. Volltreffer! Der Rittmeister sah die Maschine des vor ihm fliegenden Kameraden zu einem grellen Glutball werden. Der Schütze am Boden musste den Treibstofftank getroffen haben.

Doch von Blankenau hatte sich die Position der Quelle der Leuchtspurgeschosse genau gemerkt. Er ließ seine Henschel trudeln, um dem Russen an dem Flakgeschütz einen Treffer möglichst schwer zu machen. Trotzdem durchschlug ein Geschoss den linken Teil des V-förmigen Höhenruders. Ein weiteres durchschlug die Kanzel und zerfetzte den Rucksack mit dem Fallschirm auf dem Rücken des Rittmeisters. Doch dann zog von Blankenau den Hebel für den Bombenabwurf. Die unter dem Flugzeugrumpf hängende Eintausendachthundert-Kilogramm-Bombe wurde ausgeklinkt, und die Abfangautomatik fuhr die Bremsklappen wieder ein, wodurch der Stuka schwanzlastig wurde und mit brachialer Gewalt in den Horizontalflug gezwungen wurde. Nur seine liegende Position erlaubte dem Piloten, die mehr als zwölf g[19] ohne Bewusstseinsverlust zu überstehen.

Die Bombe des Rittmeisters schlug mitten in die gegnerische Flakstellung und erlaubte so den nachfolgenden beiden Kameraden, sich voll auf die Panzer zu konzentrieren, was sie ihrem Kommandanten mit zwei Abschüssen dankten.

Während die vier Henschel in nur dreihundert Metern Höhe über das Zielgebiet flogen, ließen sie die Rotationskanonen unter ihren ungepfeilten, trapezförmigen Tragflächen in Aktion treten. Die Schussbahnen, die sie vor sich herschoben, waren nicht nur für Soldaten gefährlich, sondern durchaus auch in der Lage, die Ketten eines Panzers unbrauchbar zu machen. Von Blankenau schaltete auf diese Weise eine weitere Flakstellung aus, die eine andere Staffel Stukas aufs Korn genommen hatte. Der hinter ihm fliegende Walter Drechsler schoss einen T-34 fahruntüchtig, während die beiden anderen einen mehrere hundert Meter langen Schützengraben der Länge nach beharkten. Hin und wieder schlug der Zufallstreffer eines Karabiners oder eines leichten MGs in den Rumpf oder in die Tragflächen der Maschinen. Die Verstärkungen an der Unterseite der Henschel sorgten jedoch dafür, dass diese Treffer keine ernsthaften Schäden verursachten. Erst als die vier Piloten ihre 2-cm-Munition vollständig aufgebraucht hatten, drehten sie ab, um Kurs auf den Behelfsflughafen Ulmenhost zu nehmen. Dabei überflogen sie einen Teil des umkämpften Gebiets. Überall stiegen die dunklen Rauchwolken brennender Fahrzeuge auf. Doch

---

[19] zwölffache Erdbeschleunigung

dazwischen erkannten die Piloten ungleich mehr unbeschädigte Panzer und Geschütze, die in der Erwartung eines Angriffs hektisch die entstandenen Lücken zu schließen suchten.

Unser Bombardement reicht nicht!, stellte von Blankenau fest. *Der Landkreuzer wird sich mit seinen Kampfläufern an den Russen die Zähne ausbeißen. Es sind einfach zu viele ...*

*

Noch bevor die letzten Strahlen der Sonne verschwunden waren, setzte sich der gigantische LK-1 in Bewegung. Ihm folgten die einhundertachtzehn mechanischen Soldaten, die von jeweils einem Menschen gesteuert wurden.

Ohne eigene körperliche Anstrengung ließ Leutnant Martin Uhland seine Maschine hinter dem wie ein Stahlberg aufragenden Heck des Riesenpanzers mit fünfzig Stundenkilometern hertraben. Drei weitere Kameraden steuerten ihre Maschinen in der ersten Reihe hinter dem LK-1. Achtundzwanzig weitere Viererreihen und eine Zweierreihe zum Abschluss folgten.

Die die Erde aufwühlenden Ketten des vorausfahrenden Zweitausendzweihundert-Tonnen-Kolosses und die im Gleichschritt folgenden, je zwölf Tonnen wiegenden stählernen Kämpfer ließen den Boden erzittern. Die Erschütterungen waren noch kilometerweit entfernt zu spüren.

Als die mechanische Armee ihren Einsatzort fünf Kilometer südlich von Taundorf erreicht hatte, waren die letzten Sonnenstrahlen hinter dem Horizont verschwunden. Oberst Rundstein und der Generalfeldmarschall hatten den Einbruch der Nacht für den Beginn des Bodenangriffs vorgesehen, weil die deutschen Truppen im Gegensatz zu den Sowjets über hervorragende Nachtsichtgeräte verfügten, was bei der bevorstehenden Aktion ein möglicherweise entscheidender Vorteil war.

Der Oberst gab den Haltebefehl. Zwei fast fünf Meter breite und aus jeweils vier parallelen Ketten zusammengesetzte

Panzerfahrwerke und einhundertachtzehn stählerne Beinpaare kamen zum Stehen. Rundstein beobachtete die vor ihm liegende Landschaft auf den Frontbildschirmen in der Zentrale des Landkreuzers. Die Felder mit den Baumgruppen dazwischen und die Gebäude des westlichen Außenbezirks von Lindenheim mehrere Kilometer weiter hinten waren durch die deutsche Nachtsichttechnologie so gut sichtbar wie am helllichten Tag.

»Haben Sie die vorderste Verteidigungslinie erkannt?«, fragte der Kommandant den für die Primärbewaffnung verantwortlichen Schützen, Leutnant Thomas Winter, über die Bordsprechanlage.

Die Antwort des fast zwei Meter großen Leutnants mit dem rundlichen Gesicht und den knapp einen Zentimeter langen, strohblonden Haaren ließ zwei Sekunden auf sich warten: »Ich habe das Gelände noch mal mit Vergrößerung abgesucht und dabei die erste Verteidigungslinie des Gegners eindeutig identifiziert.«

»Sehen Sie die Gruppe aus vier Panzern und sechs Geschützen in der Mitte?«

»Erkannt!«

»Feuer frei!«

Alle Besatzungsmitglieder hatten den kurzen Dialog mitgehört, und deshalb hatte es niemand versäumt, seinen Kopfhörer aufzusetzen.

Ein grauenhaftes Donnern fuhr nur wenige Sekunden später durch den Landkreuzer. Der Oberst und die neun weiteren Soldaten in der Zentrale beobachteten die kleine Gruppe feindlicher Geschütze und Panzer. Dann schlugen die beiden 38-cm-Granaten ein. Zwei Kaskaden aus Staub, Erde und Metall schossen genau an der anvisierten Stelle in die Höhe.

»Feuer auf die erste Verteidigungslinie nach eigenem Ermessen!«, ließ der Oberst den Kanonier wissen.

Als sich die Explosionswolken halbwegs verzogen hatten, war von der Gruppe aus Panzern und Geschützen nichts mehr zu sehen. Fünfzig Meter weiter hinten erkannte Burgstein jedoch einen auf dem Dach liegenden Panzer und eine auf der Seite liegende Wanne mit abgerissenem Turm.

Schon erfolgte der nächste Donnerschlag. Aus der Sicht des Obersten schlugen die Geschosse etwa hundert Meter weiter links ein. Der Landkreuzer konnte noch vier weitere Doppelschüsse abgeben, bis Bewegung in die feindlichen Linien kam. Die Sowjets hatten erkannt, dass sie abgeschossen werden würden wie die Hasen, wenn sie weiter in ihren Stellungen verharrten. Aus ihrer Sicht blieb ihnen keine andere Wahl als vorzustoßen, um die Quelle des Beschusses, deren Mündungsfeuer sie ausgemacht hatten, auszuschalten.

Damit war der Moment für den Einsatz der Kampfläufer gekommen.

»Vorgehen nach Einsatzplanung!«, befahl der Oberst über Funk.

Die Reihen der stählernen Krieger spalteten sich in jeweils zwei Hälften und stürmten links und rechts hinter dem Landkreuzer hervor. Sie schwärmten weiträumig aus, um den vorstoßenden Gegner von den Flanken her anzugreifen.

Leutnant Uhland gehörte zu der Gruppe, die sich nach Norden gewandt hatte. Laut Einsatzplanung hatte er mit drei weiteren Kameraden einen Zielpunkt zu erreichen, der am weitesten vom Landkreuzer entfernt war. Martin lief mit sechzig Stundenkilometern über ein ausgedehntes Kartoffelfeld auf eine Baumgruppe zu, die den Zielpunkt markierte. In etwas mehr als einem Kilometer in östlicher Richtung sah er einige Dutzend gegnerischer Panzer, die sich auf den Landkreuzer zubewegten, aber noch circa fünf Kilometer von ihm entfernt waren. Die Aufgabe des Leutnants und seiner drei Kameraden bestand darin, die Baumgruppe zu erreichen, die sowjetischen Verbände passieren zu lassen und auf den Feuerbefehl zu warten. Dieser würde in jenem Moment erteilt werden, wenn die Spitze der sowjetischen Verbände in Schussreichweite ihrer

Kanonen zum LK-1 sein würden. Dann sollte der Iwan auf voller Breite angegriffen werden.

Uhland nahm einen der vorbeiziehenden Panzer ins Visier. Mit dem Fadenkreuz seiner Zieloptik folgte er dem Gegner. Der Raketenwerferarm seines KL-38 folgte dem Fadenkreuz. Er wusste, dass die Kampläufer 17, 24 und 32 neben ihm die hinter seinem Gegner fahrenden Panzer anvisierten, die den Abschluss der Kolonne bildeten. Wenige Sekunden später kam der entscheidende Befehl von Oberst Rundstein.

»Feuer!«, hörten die Soldaten aus ihren Kopfhörern. Je eine Excalibur-Rakete verließ den rechten Waffenarm von einhundertachtzehn Kampfläufern. Hinter sich her zogen sie den kevlarverstärkten Lenkdraht, der die Steuerungsinformationen der Zieloptik vor den Augen des Schützen an den Flugkörper weitergab. Über ein Strahlruder[20] veränderte die Rakete ständig ihren Kurs, um exakt in dem durch das Fadenkreuz bestimmten Punkt einzuschlagen. Sofern es dem Schützen gelang, das Fadenkreuz während der Flugzeit der Rakete auf einem beweglichen Ziel zu halten, konnte dieses nicht mehr entkommen.

Zwischen sieben und zehn Sekunden nach dem Feuerbefehl schlugen die Raketen je nach zurückgelegter Entfernung in die sowjetischen Panzer. Trotz der eingeübten Koordinationsregeln, wer welchen Feind anhand seiner Stellung und der Nummer seines Kampfläufers anzuvisieren hatte, trafen acht Schützen das gleiche Ziel. Doch immerhin vernichtete der erste Feuerstoß der stählernen Krieger mehr als hundert Panzer der Roten Armee.

Leutnant Uhland lud nach, während er den Einschlag seiner Rakete beobachtete. Dem IS-2 wurde durch die Wucht des Aufpralls und der nachfolgenden Detonation der Turm von der Wanne gerissen, wobei Letztere auf die Seite geworfen wurde. Doch Euphorie wollte in Martin nicht aufkommen, denn

---

[20] Bewegliches Ruder im Abgasstrahl der Rakete

geschätzte sechshundert weitere Panzer rollten aus ihren Stellungen auf den Landkreuzer zu. Natürlich hatten deren Besatzungen in der Dunkelheit den Feuerschweif der startenden Raketen ausgemacht. Folglich stoppten sie, um die Ursprungspunkte des verheerenden Beschusses unter Feuer zu nehmen. Das war der Moment für die zweite Phase des Angriffs der Kampfläufer, die von Oberst Rundstein mit dem Wort eingeleitet wurde, für das die stählernen Krieger primär konstruiert worden waren: »Sturmangriff!«

Die Maschine Uhlands ruckte an und raste nach nur eineinhalb Sekunden mit sechzig Stundenkilometern hinter der Baumgruppe hervor. Hier offenbarte sich der Vorteil eines Kampfläufers gegenüber einem Panzer: seine wesentlich höhere Beweglichkeit. Nachteile waren hingegen die deutlich geringere Panzerung und ihre durch den Rückstoß bedingte Unfähigkeit, schwere Kanonen tragen zu können.

Schon schlugen die Panzergranaten der Russen in die Baumgruppe ein. Entwurzelte Eichen flogen durch die Luft, wo wenige Sekunden zuvor noch die vier Kampfmaschinen gestanden hatten.

Martin nahm im Laufen den nächsten Panzer ins Visier und drückte den Feuerknopf. Fünf Sekunden später zerfetzte seine Excalibur einen T-34. Uhland rannte im Zickzack weiter, um ein möglichst schlechtes Ziel zu bieten. Er schoss einen weiteren IS-2 ab, doch dann krachte eine Panzergranate in nur zwei Meter Entfernung in den Boden. Splitter prasselten klackernd auf die Panzerung des Kampfläufers, und die Druckwelle holte ihn von den Füßen. Als die Kampfmaschine auf der linken Seite aufschlug, bedankte sich Martin gedanklich bei den Konstrukteuren, dass sie das Steuerungsgestänge, in dem er sich befand, mit Polstern ausgestattet hatten. Kaum war der Zweitonnenkoloss zur Ruhe gekommen, vollführte der Leutnant ein zigmal geübtes Manöver: Er drehte die Aufhängung der Beine gegen den auf der Seite liegenden Torso um neunzig Grad, sodass sich beide Beine waagerecht im gleichen Abstand zum Boden befanden. Dann klappte er die Füße senkrecht nach unten und stieß sie einen Meter tief in das Erdreich. Er zog die Beine an, um das Drehmoment möglichst gering zu halten, als sich der Kampfläufer anschließend über die Fußgelenke wieder aufrichtete. Der Leutnant ließ die Maschine die Beine wieder strecken und zog nacheinander die Füße aus dem Boden. Sofort sprintete er los in der Furcht, ein gegnerischer Schütze könnte im Licht der Granatexplosion seinen Standort erkannt haben und ihm nun den Rest geben wollen.

Immer wieder brüllten die Detonationen der Achtunddreißiger des Landkreuzers in den weiter entfernten Linien des Gegners auf. Die Kampfläufer huschten wie die Derwische in der Dunkelheit über das Schlachtfeld und nutzten ihre höhere Beweglichkeit und ihre Nachtsichtfähigkeit voll aus.

Während Martin den nächsten sowjetischen Panzer abschoss, stürmte ein Kampfläufer an ihm vorbei – und wurde keine zwanzig Meter entfernt von einer heftigen Detonation zerrissen. Sofort wandte sich der Leutnant zur Seite, um nicht das Opfer nachfolgenden Beschusses zu werden. In seinem neuen Blickfeld sah er einen weiteren stählernen Kameraden vergehen.

Uhland bog senkrecht ab, genau auf die feindlichen Linien zu. In einem Kilometer Entfernung brach soeben ein IS-2 durch eine Baumgruppe, als ob es sich um Streichhölzer handelte. Der Leutnant legte das Fadenkreuz auf den Gegner und feuerte. Dabei wechselte er sofort die Position, weil der gegnerische Kanonenschütze sicherlich den Feuerschweif seiner Excalibur gesehen hatte. Zur Bestätigung seiner Überlegungen schlug zwanzig Meter entfernt, an dem Standort, von dem er gefeuert hatte, die Granate des nach Stalin benannten Panzers ein. Wieder hörte Martin das Klackern der Splitter auf seiner Panzerung. Doch diesmal war die Entfernung zu groß, um ihn von den Beinen zu holen. Der Leutnant rannte weiter und hielt dabei sein Ziel unbeirrt im Fadenkreuz.

Sekunden später schlug die Rakete in die extrem stark gepanzerte Front des schweren Kampfwagens. Mit Erleichterung beobachtete Martin, dass die Excalibur vor den Stahlmassen nicht Halt machte und im Innern des Panzers explodierte. Der Turm flog in hohem Bogen davon. Flammen schossen aus der Wanne.

Martin wandte sich seinem nächsten Gegner zu und traute seinen Augen nicht: Die verbliebenen feindlichen Panzer wandten sich nach Osten. Der Feind floh! Offensichtlich hatte auch der Oberst diese Wendung der Schlacht mitbekommen. »Verfolgen! Sirenen einschalten!«, hörte er die vertraute Stimme aus seinem Kopfhörer.

Über einen Schalter am Steuerungsgestänge verstellte der Leutnant die Auspuffgeometrie des 1,5-Liter-Wankelmotors, der seinen Kampfläufer antrieb. Stadt durch einen Schalldämpfer wurden die Abgase des Aggregats nun durch einen Resonanzkörper geleitet. Aus dem hellen Sirren des Motors wurde ein infernalisches Kreischen. Die Psychologieabteilung des Heeres hatte diese Funktion bei den Kampfläufern vorgeschlagen, da sie von einem ähnlichen Effekt ausgingen wie bei dem Einsatz der Sirenen bei den Stukas. Das martialische Auftreten der Kampfmaschinen in Verbindung mit dem infernalischen, ohrenbetäubenden Geräusch sollte die gegnerischen Soldaten in Panik versetzen. So effektiv die Kampfläufer gegen Panzer vorgehen konnten, so gefährlich war der Angriff auf mit Panzerfäusten bewaffnete Soldaten, die aus ihren Schützengräben oder Einmannlöchern den Maschinen den Garaus machen konnten. Folglich war die nächstliegende Lösung, die gegnerischen Soldaten in Panik zu versetzen.

Mit einem Gekreische, das von Millionen verfluchter Seelen direkt aus der Hölle zu kommen schien, stürmten die achtundsiebzig intakten Kampfläufer den fliehenden Panzern hinterher – direkt auf die Verteidigungsgräben der gegnerischen Infanterie zu.

*

Unmittelbar nach dem Beginn des Bombardements des Korridors hatte der Generalfeldmarschall eine Satellitenverbindung zu General Lüttich befohlen.

»Von Dankenfels spricht. Ich bin von Reichsmarschall von Grefe autorisiert, Ihnen Befehle zu erteilen. Haben Sie Zweifel an diesem Sachverhalt?«

»Nein!«, kam die lakonische Antwort des Generals.

»Wie Sie sicherlich bereits festgestellt haben, hat die Luftwaffe mit der Bombardierung des sowjetischen Belagerungsrings westlich von Ihnen begonnen.«

»Selbstverständlich!«

»Wie Sie sich denken können, ist dies der Auftakt zu einem Angriff durch meine Truppen. Wir werden völlig neuartiges Kriegsgerät einsetzen, für das ich persönlich große Hoffnungen hege. Bereiten Sie die gesamte 6. Armee auf einen Ausfall gen Westen vor. Ihre Truppen sollen sich vor dem Belagerungswall im Westen einfinden. Sobald ich den Zeitpunkt für gekommen halte, werde ich Ihnen den Befehl zum Angriff erteilen. Teilen Sie Ihre hinreichend munitionierten Panzer ein, meine Truppen zur Verteidigung der Flanken des Schlauches zu unterstützen, den wir in den Belagerungsring treiben werden. Ihre unterversorgten Truppen sollen sich dann schnellstmöglich durch den Schlauch begeben und bis nach Neu-Ulm zurückziehen. Dort ist die Versorgung Ihrer Armee mit Nachschub bereits vorbereitet worden.«

»Wie lange habe ich für den Rückzug meiner Truppen aus ihren gegenwärtigen Stellungen Zeit?«, wollte der General wissen.

»Je nach Verlauf unseres Sturmangriffs zwischen vier und sechs Stunden ab jetzt. Das sollte reichen.«

»Das *wird* reichen«, stellte Lüttich klar.

»Dann geben Sie nun die entsprechenden Befehle. Viel Glück!«

»Viel Glück!«, gab der General zurück. Seine Dankbarkeit an die Kameraden auszudrücken, die nun durch einen kompromisslosen Angriff auf den Gegner sein taktisches Versagen wettzumachen versuchten, wäre zu diesem Zeitpunkt unpassend gewesen. Daher wurde die Verbindung mit den Glückwünschen beendet.

*

Das Grollen der Detonationen war bis in den Ostteil von Lindenheim zu hören. Seit Stunden hatte es hier keine Angriffe der Russen gegeben.

Hauptmann von Ahlen kam mit drei Lkw aus dem Stadtzentrum zurück. Er hatte tatsächlich sogar vierzig Granaten für die 12,8-cm-Kanonen der Maus ergattern können. Gerade als sich der Hauptmann vor Major Burgstein in dessen Zentrale im Erdgeschoss eines Eckhauses an der Querstraße und der Sechsten Allee aufbaute, um die frohe Botschaft kundzutun, sprach das Funkgerät an.

Das Ausbleiben russischer Angriffe und das ferne Grollen hätten auch einem Mann mit dem halben Intelligenzquotienten des Majors klargemacht, dass etwas im Busch war. Entsprechend aufgeregt ließ er von Ahlen stehen, setzte sich den Kopfhörer des Funkgerätes auf und drückte den Sprechknopf.

»Major Burgstein hier!«, rief er hastig in das Mikrofon.

»Oberst von Delmenhorst. Geben Sie Ihre gegenwärtigen Stellungen auf und begeben Sie sich mit Ihrer gesamten Truppe nach Westen bis zum Stadtrand. Lassen Sie keine Munition und Verpflegung zurück.«

»Was? Wir haben diese beiden verdammten Kreuzungen nun seit über einer Woche gegen den Iwan verteidigt und nun sollen wir hier alles räumen?« In Wirklichkeit hegte der Major die naheliegende Vermutung, dass ein Ausbruch aus dem Kessel im Gange war. Seine gespielte Empörung diente mehr dem

Zweck, zusätzliche Informationen vom Obersten zu erfahren. Umso enttäuschter war er, als er lediglich zu hören bekam: »Es ist nicht sinnvoll, Ihnen am Funkgerät die Gesamtlage zu erklären. Also führen Sie den Befehl gefälligst aus.«

»Verstanden! Bis wann müssen wir am westlichen Stadtrand sein?«

»Sie haben maximal vier Stunden Zeit. Also beeilen Sie sich.«

Damit war die Verbindung unterbrochen. Der Major starrte noch einige Sekunden auf das Funkgerät. *Die 6. Armee ist aus eigener Kraft zu schwach, den Belagerungsring, zumal an der stärksten Stelle im Westen, zu sprengen. Das ist ja schon einmal schiefgegangen,* kombinierte Burgstein. *Sollten frische Kräfte herangeführt worden sein, um uns zu befreien? Ich werde es früh genug erfahren.*

»Hauptmann von Ahlen. Verteilen Sie die Munition an die Panzer, räumen Sie die Stellungen mit sämtlichem Gerät und Proviant und lassen Sie Ihre Männer aufsitzen.«

»Was?«

»Wenn mich nicht alles täuscht, geht es ab in die Freiheit. Wir sollen uns zum westlichen Stadtzentrum begeben.«

Hoffnung und Freude funkelten in den Augen des hochgewachsenen Offiziers. »Jawohl, Herr Major!«, bellte er im Kasernenhofton, salutierte und wandte sich ab, um die notwendigen Befehle zu geben. Derweil informierte Burgstein die Panzerkommandanten, dass sie ein letztes Mal Munition und Benzin fassen sollten, und dass es anschließend gen Westen ging.

Bereits eine Stunde später waren die Stellungen vollständig geräumt und die Panzer versorgt. Der Major stieg auf den Beifahrersitz seines Schützenpanzers und lächelte dem Fahrer Leutnant Emstel auffordernd zu. Mit aufbrüllenden Motoren und rasselnden Panzerketten machte sich die Kolonne auf den Weg. Sie reihten sich in weitere Kolonnen ein, die überall die deutschen Stellungen im Ostteil der Stadt geräumt hatten. Mehrere Dutzend Panzer und Truppentransporter überquerten die Brücke über den Dnjepr, die zum Westteil der Stadt führte.

Mittlerweile war es dunkel geworden. Hinter den Dächern der Großstadt erhellten dauernde Blitze die noch junge Nacht. Es war, als ob sich die Fahrzeuge auf ein Gewitter ungeheuerlicher Stärke zubewegten, obwohl sich kein Lüftchen regte und kein Tropfen Regen vom Himmel fiel. Das ständige Blitzen, das teilweise in eine permanent flackernde Helligkeit überging, schuf eine unheimliche Atmosphäre, wie sie der Major so noch nie erlebt hatte. Je näher sie dem Westrand der Stadt kamen, umso lauter wurde das Grollen, das sich plötzlich mit einem noch unheimlicheren Kreischen vermischte.

»Mein Gott!«, entfuhr es dem Leutnant.

Burgstein nickte nur. Doch nach einigen Sekunden des Schweigens entschloss er sich hinzuzufügen: »Was immer da vor uns geschieht, mit Gott hat es sicherlich nichts zu tun.«

Immer mehr Panzer, Transporter und zu Fuß gehende Landser fügten sich in die Kolonne. Die meisten Soldaten hatten das Gefühl, dass die geöffneten Pforten der Hölle im Westen auf sie warteten. Natürlich konnten sie nicht ahnen, dass dieses Gefühl bei ihren russischen Gegnern ungleich stärker ausgeprägt sein musste.

*

Auszug aus dem Buch von Oberst Jurij Tamanikow: »Die Farbe des Krieges«, Unitall Verlag, Salenstein (1951)

Samstag, 16. April 1949

Die hinter *Jekaterinoslaw*[21] aufgehende Sonne tauchte die Umgebung in angenehme Pastelltöne. Kein Wölkchen am Himmel störte das bezaubernde Lichtspiel. *Das Rot der Revo-*

---

[21] Lindenheim

lution liegt über dem Land. Wir sind dabei, einen großen Sieg über die imperialen Mächte zu erringen, dachte ich gut gelaunt. Ein Tag, der so wunderschön begann, musste einfach ein guter Tag werden. Außerdem befanden sich unsere deutschen Gegner in einer mehr als misslichen Lage. Es würde nicht mehr lange dauern, bis sie aus Mangel an Munition, Benzin und Verpflegung kapitulieren mussten.

Unser zweihundert Meter langer Schützengraben zog sich ziemlich genau von Norden nach Süden. In ihn integriert hatten wir Unterstände, die den Geschützbedienungen meiner Panzerabwehrbatterie und den Infanteristen als Schlafstätten dienten. Der Schlaf meiner Soldaten war seit einer Woche kaum noch gestört worden, denn nach ihrem gescheiterten Ausbruchsversuch hatten die Deutschen die Sinnlosigkeit ihrer Bemühungen erkannt.

Ausgeschlafen inspizierte ich die zwölf schweren 12,2-cm-PaK[22]. Die Kanonen waren gereinigt, die Munition fein säuberlich gestapelt, und meine Soldaten machten einen gelösten, zuversichtlichen Eindruck. Generell konnte ich meiner Truppe ein äußerst diszipliniertes Verhalten bescheinigen.

Zufrieden kehrte ich in den Schützengraben zurück und suchte die genau in der Mitte gelegene Zentrale auf. Ich schwang den Stoffvorhang zur Seite und betrat den fünfzig Quadratmeter großen, in der Sicherheit der Erde angelegten Raum.

Lediglich zwei Funker saßen vor ihren Geräten, ansonsten wirkte die Zentrale verwaist. Wer wollte auch schon an einem so schönen Tag in einem Erdloch hausen? Unter diesem Aspekt taten mir die beiden Männer leid, die hier Dienst schieben mussten.

»Gibt es was Neues vom Generalstab?«, fragte ich die Genossen, die bei meinem Eintreten kurz aufgeblickt hatten.

»Drei Scheinangriffe im Süden, Nordosten und Südosten sind gestern noch vor Einbruch der Dunkelheit durchgeführt

---

[22] Panzerabwehrkanone

worden, um die Deutschen zum Verschießen ihrer Munition zu zwingen. Also nichts Besonderes«, entgegnete der erst neunzehn Jahre alte Alexander Bordin. Er schaute gelangweilt, als ob in diesem Krieg seiner Meinung nach zu wenig passierte. *Naivität der Jugend,* diagnostizierte ich gedanklich. Der junge Funker war bei diesen Scheinangriffen schließlich nicht dabei gewesen, bei denen regelmäßig Dutzende Genossen ums Leben kamen. Insgesamt hatten wir bisher bei der Einkesselung von Jekaterinoslaw neunzigtausend Mann verloren. Doch von den damit verbundenen Schrecken waren die fünfhundert Soldaten meiner Einheit bisher verschont geblieben. Kein einziger war im Verlauf der bisherigen Kämpfe gefallen. Dies lag natürlich daran, dass wir für die Panzerabwehr zuständig waren – es hatte nur bislang keinen deutschen Panzerangriff auf unsere Stellungen gegeben. Wie auch? Der Ausbruchversuch des Gegners vor ein paar Tagen war nicht einmal bis zu unserer Verteidigungsstellung vorgedrungen.

Ich kehrte zurück an die Oberfläche, unterhielt mich mit einigen Offizieren über belanglose Themen, befragte die Soldaten, die zur Beobachtung der vier Kilometer entfernten Stadtgrenze eingeteilt waren, und genoss ansonsten diesen herrlichen Apriltag. Hin und wieder hörten wir das Rattern eines Maschinengewehrs und noch seltener die Explosion einer Granate in weiter Ferne. Es schien fast so, als wären wir nur Statisten in einem Film über das »romantische« Soldatenleben. Nach dem Mittagessen brachten es einige Genossen sogar fertig, eine Gesangsgruppe zu bilden und fröhliche Lieder aus der Heimat anzustimmen.

Am Nachmittag häuften sich für eine Viertelstunde die fernen Granatexplosionen und Gewehrschüsse. Offensichtlich war irgendwo in den Außenbezirken der Stadt wieder einer unserer Scheinangriffe angelaufen. Doch danach kehrte wieder die nur gelegentlich unterbrochene Ruhe ein.

Ich konnte mir einfach nicht vorstellen, dass das so weitergehen würde. Noch eine oder zwei Wochen dieser Scharmützel, dann würde den Deutschen die Munition ausgehen, sie würden kapitulieren und uns würde eine ganze Armee mit dreihunderttausend Mann in die Hände fallen. Eine innere Stimme sagte mir, dass es uns die Deutschen nicht *so* leicht machen würden – wobei man bei neunzigtausend gefallenen Genossen nicht unbedingt von »leicht« sprechen konnte.

Meine düsteren Vorahnungen wurden um kurz vor sechs Uhr Abends bestätigt.

»Achtung! Feindliche Bomber von Westen im Anflug!«, schrie ein Soldat. Fünfhundert Augenpaare suchten den Himmel ab. Ich erkannte mehrere Dreiecksformationen ebenfalls dreieckiger Flugzeuge, die sich uns in großer Höhe näherten, Kondensstreifen hinter sich herziehend. Umgeben waren sie von kleinen Punkten, deren tatsächliche Form auf diese Entfernung nicht erkennbar war, von denen ich jedoch wusste, dass es sich um Geleitschutz durch Jagdflugzeuge handelte.

Aha, dachte ich bei mir, *die Deutschen spielen ihre letzte Trumpfkarte aus: ihre Luftüberlegenheit.*

Während die gegnerischen Bomber näher kamen, schienen sie auch an Höhe zu verlieren, denn ich konnte nun sogar die Form der begleitenden Jäger erkennen. Zweifellos handelte es sich um Horten Ho 229. Dann sah ich eine Vielzahl schwarzer Punkte, die sich von den ebenfalls schwarzen, gigantischen Bombern lösten.

»Bomben! In Deckung!«, schrie ich. Meine Soldaten sprangen schutzsuchend in den Schützengraben. Ich kann im Nachhinein nicht mehr sagen warum, aber seltsamerweise kam ich selbst meiner eigenen Aufforderung nicht nach. So hatte ich freies Blickfeld, um zu beobachten, wie die Flakgeschütze von zweien nur wenige hundert Meter entfernten Batterien sich gen Himmel richteten. Ihre Schüsse knallten trocken über die Felder, wobei sie weit über uns schwarze Wolken entstehen ließen. Dann schlugen die ersten Bomben höchstens zweihundert Meter westlich von unserem Schützengraben ein. Ich sah zunächst nur Erde fontänenartig in die Höhe spritzen. Eine halbe Sekunde später erreichten mich der Detonationsknall und die Druckwelle. Letztere warf mich zu Boden, während die nächsten Bomben in nur einhundert Metern Entfernung einschlugen. Doch die Explosionen hatten mich in die Wirklichkeit zurückgeholt. Auf dem Bauch liegend robbte ich die zwei Meter bis zum Schützengraben und ließ mich zum gleichen Zeitpunkt hineinfallen, als eine Bombe in unserer unmittelbaren Nähe detonierte. Als die hochgeschleuderte Erde ihren Weg zurück zum Boden gefunden hatte und sich der Staub einigermaßen gelegt hatte, erkannte ich, dass ein Teil des Schützengrabens zugeschüttet worden war.

Während sich die Detonationen nach Osten hin entfernten, schrie ich den Männern in meiner Umgebung zu: »Freigraben! Unter den Erdmassen müssen sich Genossen befinden!«

Mit bloßen Händen machten sich die Soldaten an die Arbeit. Heftige Vibrationen liefen durch das andauernde Bombardement durch den Boden. Eine zweite Welle der gegnerischen Maschinen war heran, doch diesmal lagen die Einschläge der Bombenketten nördlich und südlich von den Enden unseres Schützengrabens. Zufällig blickte ich in genau dem Moment hoch, als die Flakbatterie, die ich zuvor beobachtet hatte, zusammen mit Dutzenden Soldaten voll getroffen wurde. Später, als ich noch einmal in die Richtung schaute, waren die Flakkanonen einfach verschwunden, als ob sie niemals dagewesen wären – eine grauenvolle Vorstellung, einen Tod zu sterben, der nichts mehr von einem übrig lässt.

Wir zogen dreiundvierzig Genossen aus dem eingestürzten Teil des Schützengrabens. Nur dreizehn davon waren noch am Leben, der Rest war erstickt. Ihre verzerrten Gesichter kündeten von dem schrecklichen Schicksal, lebendig begraben worden zu sein.

In den Mienen der Überlebenden und ihrer Retter las ich die Furcht vor den so unvermittelt über uns hereingebrochenen

Schrecken des Krieges. Einige Blicke trafen mich, als würden sie mich dafür anklagen, dieses Unglück nicht verhindert zu haben.

Ich warf einen kurzen Blick über den Rand des Grabens zu unseren Panzerabwehrkanonen. Die meisten standen nach wie vor in Reih und Glied. Lediglich diejenigen in der Höhe des Einschlags der deutschen Bombe waren durch die Druckwelle um ein paar Meter versetzt worden. Doch die Munition und die Geschütze machten nun alles andere als den gepflegten Eindruck, den sie noch vor einer halben Stunde gemacht hatten. Staub und Brocken herabgefallener Erde klebten an den Waffen.

Um uns herum folgte eine Detonation der nächsten. An uns allen nagte das furchtbare Gefühl, eine der nächsten Bomben könnte genau in unseren Graben krachen. Die nervliche Anspannung der Männer wuchs, je länger das Bombardement dauerte.

Nach einer Ewigkeit war es schließlich vorbei. Die plötzlich einkehrende Ruhe hatte etwas Unwirkliches. Einige Soldaten empfanden dies anders und jubelten ihre Freude darüber, noch am Leben zu sein, heraus. Ich wollte gerade den Befehl geben, die PaK vom Dreck zu befreien und neu in Stellung zu bringen, als ein markerschütterndes Heulen die Stille durchschnitt. Über den Rand des Grabens hinweg sah ich mehrere Staffeln Stukas, die sich wie die Raubvögel auf unsere Truppen stürzten. Im Gegensatz zum Flächenbombardement der strategischen Bomber gingen die Stukas gezielt gegen unsere Panzer vor. Erleichtert stellte ich fest, dass sich der nächste unserer Panzer in zweihundert Metern Entfernung befand, dass uns also keine unmittelbare Gefahr drohte. Erschrocken darüber, dass ich Erleichterung darüber empfand, dass der Angriff der Sturzkampfbomber die Genossen in den Panzern und nicht uns traf, schloss ich für einen Moment die Augen.

Natürlich war ich mir im Klaren darüber, dass die Sirenen der Stukas nur den Sinn hatten, uns in Angst und Schrecken zu versetzen. Doch diese Erkenntnis der Vernunft wurde vom instinktiven Selbsterhaltungstrieb fast vollkommen überlagert. Ein halbes Dutzend meiner Soldaten sprang aus dem Graben und wollte in panischer Furcht wegrennen. Die Deserteure kamen keine zwanzig Meter weit, bis sie von den Kugeln einiger Offiziere getroffen wurden und zusammenbrachen.

Eine Staffel von fünf Stukas flog in einer Reihe hoch über uns. Dann kippte der erste über seine Tragfläche weg, dann der zweite, und wieder war dieses schauerliche Sirenengeheul zu hören. Ich beobachtete den Sturzflug der Höllenmaschinen genau. Die erste klinkte ihre Bombe aus, obwohl ihr wütendes Flakfeuer, anhand der Leuchtspurmunition gut auszumachen, entgegenschlug. Doch offensichtlich hatten die Genossen den Stuka nicht getroffen und – schlimmer noch – seine Bombe vernichtete einen unserer Panzer. Der zweite hatte weniger Glück: Noch bevor er seine Bombe ausklinken konnte, verwandelte ihn das heldenhafte Abwehrfeuer unserer Flakgeschütze in einen Feuerball, der einen Sekundenbruchteil später auf den Boden schlug, um dort zu zerplatzen. Meine Soldaten quittierten dieses Schauspiel mit Jubel. »Zeigt's ihnen!«, hörte ich mich wie einen Fremden die Hunderte Meter entfernten Genossen anfeuern. Der dritte Stuka machte meine Hoffnungen zunichte. Er trudelte beim Sturzflug akrobatisch und ließ seine Bombe genau auf die Flakstellung krachen. Von jeder Gegenwehr befreit vernichteten die beiden letzten Angreifer mit tödlicher Präzision zwei weitere Panzer. Es war ein bedrückendes Schauspiel einen der zig Tonnen schweren Kolosse auf dem Feld stehen zu sehen, dann an seiner Stelle eine von einem tiefen Donner begleitete feuerheiße Explosionswolke und anschließend nur noch ein paar brennende Trümmer.

Die vier Stukas flogen im Tiefflug nach Norden, kehrten dann aber in einer engen Kurve zurück. Unter ihren Tragflächen traten je zwei Rotationskanonen in Aktion. Sie schossen auf alles, was sich bewegte und – sie kamen genau auf uns zu.

Die Spur hochspritzender Erde als Folge der mit hoher Kadenz verschossenen Granaten eines der Flugzeuge führte wie am Lineal gezogen genau in das nördliche Ende unseres Grabens. Ich werde mein ganzes Leben den Anblick nicht vergessen: Die Hochgeschwindigkeitsgeschosse zerfetzten meine Soldaten förmlich. Boden und Wände des Schützengrabens färbten sich rot. Im Bruchteil einer Sekunde fiel mir seltsamerweise das wunderschöne Rot dieses Morgens ein. Doch es hatte nicht die Revolution verkündet, sondern den Tod – Rot war die Farbe des Krieges.

Rasend schnell kamen die Geschossbahnen wie ein hungriges Raubtier auf mich zu. Soldaten sprangen aus dem Graben, um sich vor dem barbarischen Schlachtfest zu retten. Ich tat es ihnen gleich und entging so ebenfalls knapp dem sicheren Tod.

Die zweite Rotationskanone des Stukas zog ihre Spur der Vernichtung außerhalb des Grabens und schlug klackernde, heulende Querschläger produzierend in unsere Panzerabwehrkanonen. Ein Munitionsstapel wurde getroffen und detonierte in einer heftigen Explosion, die zwei der Geschütze vernichtete und jede Menge Erde auf uns herabregnen ließ. Dann war der Schlächter in seiner Mordmaschine endlich mit donnerndem Triebwerk über uns hinweg und verschwand immer kleiner werdend in südlicher Richtung.

Vollkommen benommen, mit einem penetranten Brausen in den Ohren richtete ich mich auf und blickte in den Graben: Blut, zerfetzte Körper, abgerissene Gliedmaßen. Hatte ich nicht vor einer Ewigkeit das Gefühl gehabt, wir alle seien Statisten in einem Film über das romantische Soldatenleben? Hier, vor mir in diesem Graben, lag das wirkliche Soldatenschicksal. Ein Leben, um als Futter für die Kanonen zu enden. Erst jetzt fiel mir auf, dass die grauenvolle Szene nun wieder in das gleiche rötliche Licht getaucht wurde wie am vergangenen Morgen. Doch dieses Mal war es die Dämmerung, die eine

Nacht ankündigte, die für viele meiner Genossen ewig dauern würde.

Langsam wich das Brausen in meinen Ohren einem viel schlimmeren Geräusch: den Schreien schwerverletzter Genossen. Wie viele andere auch, sprang ich zurück in den Graben und barg einen Soldaten unter den zerfetzten Körpern, dem Blut aus dem Mund rann und dem das rechte Bein weggerissen worden war. Wie in Trance kramte ich mein Medizinpäckchen hervor und verabreichte dem Bedauernswerten eine ganze Spritze Morphium. Dauernd hörte ich den Ruf »Sanitäter!«, doch wo sollten diese Sanitäter herkommen, um Dutzende Schwerverletzte zu versorgen? Der Sterbende drückte meine Hand wie im Krampf, während sein Kopf auf meiner Schulter lag. Ein letztes gurgelndes Geräusch und ein Schwall Blut quollen aus seinem Mund, dann war er tot.

Die Genossen verbluteten uns unter den Fingern, ohne dass wir etwas dagegen tun konnten. Lediglich siebzehn der aus dem Graben gezogenen Männer waren nur leichtverletzt und würden die Nacht überleben, falls es denn dabei bleiben würde, dass die Deutschen lediglich ihre Luftüberlegenheit ausspielten.

Kalter Schweiß brach mir aus, als ich darüber nachdachte, dass dies nur der Anfang eines mit aller Kraft geführten Ausbruchsversuchs sein konnte – bei genauerem Nachdenken sogar sein musste. Von meinen Soldaten waren über die Hälfte tot, und die noch unter uns weilenden verfügten nach dem Erlebten wahrscheinlich nicht mehr über die Kampfmoral, sich einem massiven Angriff zu stellen. Meine bösen Vorahnungen ließen mich nach Osten schauen. Die letzten Sonnenstrahlen tauchten die Stadt in ein gespenstisches Dämmerlicht.

Unmittelbar nachdem sich der Schatten der Nacht vollständig herabgesenkt hatte, begann der Angriff. Doch er kam nicht von Osten. Ohne dort Mündungsfeuer ausgemacht zu haben, grollte eine mächtige Explosion zu uns hinüber. Ruckartig drehte ich mich nach Westen und sah in ein paar hundert Meter Entfernung zwei hellleuchtende Kaskaden in die Höhe schießen. In ihrem Licht erkannte ich zwei schwere Panzer, die wie Spielzeuge durch die Luft gewirbelt wurden.

»Wendet die Geschütze!«, schrie ich aus Leibeskräften. »Die Deutschen greifen von Westen her an!«

Wie seelenlose Maschinen machten sich die Soldaten daran, die zehn verbliebenen PaK um einhundertachtzig Grad zu drehen. Dann sah ich das Mündungsfeuer zweier dicht beieinander stehender Kanonen. Die Entfernung war bei diesen Verhältnissen sehr schwer zu schätzen, doch nach der Helligkeit der Mündungsblitze musste der Gegner schon ziemlich nahe heran sein. Die einschlagenden Granaten hatten jedoch eine gewaltige Wirkung. Wieder sah ich im Schein der Explosionen Panzer und Geschütze zerbersten und hinfortgefegt werden. Das waren keine Panzer oder herkömmliche Artillerie, die da schoss. Das musste etwas anderes sein, etwas Monströses. Ich kletterte zurück in den Graben und suchte die weitgehend unzerstörte Zentrale auf. Dort saßen immer noch zwei Funker an den Geräten.

Die nächsten Detonationen erschütterten den Boden. Staub rieselte von der Decke des Unterstandes.

»Was geht hier vor?«, stellte ich eine ziemlich unsinnige Frage und besann mich dann eines Besseren. »Was meldet der Generalstab?«

»Ein heilloses Durcheinander«, gab einer der Soldaten zurück. »Daraus werde ich nicht schlau.«

»Ich auch nicht!«, pflichtete ihm der andere bei. »Nur soviel, dass uns irgendetwas von Westen her angreift und unsere Panzer abschießt wie die Tontauben. Es werden sich völlig widersprechende Befehle erteilt: zurückziehen beziehungsweise angreifen.«

»Einer von euch soll mir Bescheid sagen, wenn klare Anweisungen vorliegen.« Damit wandte ich mich wieder ab und

161

beobachtete das Geschehen erneut über den Rand des Schützengrabens.

In regelmäßigen Abständen tauchten Explosionen, die immer paarweise auftraten, die Landschaft in ein gespenstisches Licht. Dann hörte ich das Brummen zahlloser angelassener Panzermotoren. In dem Moment kam einer der Funker aus dem Unterstand. »Klarer Befehl vom Generalstab! Unsere Panzerverbände sollen die gegnerischen Geschütze angreifen.«

Natürlich! Wir können hier ja nicht warten, bis die Deutschen alles kurz und klein geschossen haben, pflichtete ich dem Befehl des Generalstabs gedanklich bei.

Das Licht der gelegentlich aufflackernden ungeheuren Explosionen offenbarte große Kolonnen aus Hunderten unserer T-34 und IS-2, die dem Feind gen Westen entgegenstrebten. Der ganze unheimliche Aufmarsch dauerte rund eine Viertelstunde. Danach erkannte ich Dutzende glühende Bahnen, die fast synchron in heftigen Detonationen mündeten und zwar genau dort, wo sich die Spitzen unserer Panzerverbände befinden mussten. Schon ging es Schlag auf Schlag: Überall entlang der gesamten Westfront blitzte es unaufhörlich auf. Immer mehr Wracks standen dort in Flammen und begannen, nach und nach das Schlachtfeld auszuleuchten. Ich erkannte, dass es sich bei den brennenden Wracks um unsere Panzer handelte. Eisiger Schrecken fuhr durch meine Glieder. Welche Teufelei hatten die Deutschen nun wieder ausgeheckt, mit der sie innerhalb von Sekunden Dutzende unserer T-34 und IS-2 vernichten konnten? Als ob mir ein launischer Gott beweisen wollte, dass dieser Schrecken durchaus noch zu steigern war, lag plötzlich ein grässliches Kreischen in der Luft, das zu beweisen schien, dass sich die Dämonen selbst auf unsere Panzer gestürzt hatten und nun ihrerseits zum Angriff übergingen. Erst nachdem ich die vor Todesangst geweiteten Augen meiner Soldaten wahrgenommen hatte, wurde mir bewusst, dass ich in jenem Moment ein ähnliches Bild abgeben musste. Immer wieder überlagerte das trockene Knallen unserer explodierenden

Panzer kurz das höllische Gekreische. Immer neue Glutfinger kamen aus der Dunkelheit und suchten sich neue Opfer unter den hilflos wirkenden Stahlkolossen. Schließlich sah ich im Schein des an Hunderten Stellen lodernden Feuers unsere Panzer wieder auf uns zurollen. Sie flohen!

Trotzdem brachte ein Glutfinger nach dem anderen auch sie zur Explosion.

Drei IS-2 hielten genau auf unseren Schützengraben zu. Sie ließen den Boden erzittern. Zwei fuhren einfach über unseren Graben hinweg, während der dritte eine Stelle mit einem unserer Unterstände erwischt hatte, der natürlich unter seinem Gewicht zusammenbrach. Mit einem fürchterlichen Schlag krachte der Panzer in die östliche Wand unseres Grabens.

Natürlich hatten wir alle unsere Köpfe eingezogen. An den Stellen, an denen die IS-2 den Graben überquert hatten, waren die Männer zur Seite auf den Boden gesprungen. Als wir uns wieder aufrichteten und nach Westen schauten, glaubte ich, die grauenvollen Ereignisse der letzten Stunden hätten mir den Verstand geraubt.

Im flackernden Lichtschein sah ich drei stählerne Monstren auf zwei Beinen gehend auf uns zustürmen. Jeder ihrer Schritte ließ den Boden erzittern. Von der rechten Seite einer der Bestien löste sich ein Glutfinger, der über uns hinweg einem unbekannten Ziel entgegenschoss – wahrscheinlich zielte das Biest auf einen der beiden fliehenden Panzer. Das Gekreische nahm mit dem Näherkommen der Ungeheuer ohrenbetäubende Ausmaße an. Eine Verständigung mit meinen Soldaten war nicht mehr möglich.

Um mich herum sah ich nur noch von blanker Panik geweitete Augen. Dann setzte eine Massenflucht ein. Alle stürmten nach Süden, denn es hatte sich schon längst herumgesprochen, dass die nordwestliche Dnjepr-Brücke von den Deutschen zerstört worden war, wir also am Südufer des Flusses festsitzen würden. Ich wurde einfach mitgerissen vom Strom der Leiber, der sich durch den engen Schützengraben quälte. Für einen kurzen Moment hatte ich daran gedacht, mir eine Panzerfaust zu greifen um damit eines der Monstren zu erledigen. Doch was hätte ich damit erreicht? Die Ungeheuer wären auf uns aufmerksam geworden und hätten uns alle getötet. Wenn unsere schweren Panzer schon in kopfloser Flucht das Weite suchten, was sollten wir dann ausrichten?

Während ich nach Süden rannte, nahm ich mir trotz der chaotischen Situation die Zeit, unsere Lage zu überdenken. Dabei wurde mir mit erschreckender Deutlichkeit bewusst, dass die Deutschen uns technisch weit überlegen waren. Speziell die Gerüchte um die Fähigkeit der kaiserlichen Truppen, in der Nacht wie am Tage sehen zu können, schienen sich in vollem Umfang zu bestätigen. Es würde also zukünftig für uns überlebensnotwendig sein, eine Strategie zu entwickeln, um nächtliche Kämpfe zu vermeiden. Der Genosse Stalin hatte vollkommen recht, unsere Armeen zur Eile anzutreiben. Wenn es nicht in kurzer Zeit gelänge, diesen Gegner niederzuwerfen, würden wir ihm Zeit geben, weitere dieser monströsen Waffen zu bauen, um damit unsere große zahlenmäßige Überlegenheit mehr als auszugleichen. Ich kam zu dem Schluss, dass wir noch nicht einmal Zeit für zwar effektive, aber doch sehr zeitaufwändige Kesselschlachten hatten. Sollte ich aus dieser Schlacht um Lindenheim lebend herauskommen, würde ich dem Generalstab vorschlagen, mit aller Macht so schnell wie möglich direkt auf Berlin vorzustoßen.

Das Beben des Bodens holte mich schnell in die Gegenwart zurück. Staub rieselte auf uns herab, und ganze Brocken Erde lösten sich aus den Seitenwänden des Schützengrabens. Schließlich vibrierte die Erde so stark, dass ich spürte, wie meine Zähne aufeinanderschlugen. Ich blickte mich um und sah von Westen her zwei gigantische Kanonenrohre, die sich in mindestens zehn Metern Höhe über den Graben schoben. Mein Gemütszustand war wohl am trefflichsten mit dem Begriff »Faszination des Grauens« zu charakterisieren, weshalb ich stehen blieb. In nur vierzig Metern Entfernung walzten monströse Panzerketten mit mannshohen Rädern über den Graben hinweg, die einen riesigen, zuvor von mir in einer solchen Größe für unmöglich gehaltenen Stahlkoloss trugen. Schlagartig hörte die Erde auf zu beben. Dafür drehte sich der Geschützturm, der einem Schlachtschiff zur Ehre gereicht hätte, genau in unsere Richtung, nach Süden.

Im klaren Bewusstsein, was da nun kommen würde, wandte ich mich ab und begann zu rennen, wobei ich meine Hände auf meine Ohren presste. Fünf Sekunden später wurde ich von der Druckwelle des doppelten Schusses von den Füßen geholt. Das Monstrum hatte über unsere Köpfe hinweg nach Süden auf ein unbekanntes Ziel gefeuert. Ich blickte mich noch einmal um und sah durch die Druckwelle des Abschusses durcheinandergewirbelte Soldaten, die sich, an ihren verzerrten Mündern erkennbar, stöhnend wieder aufrichteten. Ich fragte mich allen Ernstes, welche Ungeheuerlichkeiten die Deutschen noch aufbieten würden, um ihre verdammte 6. Armee aus dem Kessel von Jekaterinoslaw zu befreien.

Ende des Auszuges

*

Um dem Ausbruch eine möglichst große Stoßkraft zu verleihen, waren die Panzerverbände in die vorderste Reihe verlegt worden. Dahinter wartete die Infanterie, meist auf den Pritschen von Mannschaftstransportern oder Schützenpanzern, andere auf Motorrädern mit Beiwagen. Einige wenige, die keine »Mitfahrgelegenheit« gefunden hatten, würden auf Kampfpanzern Platz nehmen, die sich verschossen hatten und sich selbstredend so weit wie möglich aus den Gefechten heraushalten würden.

In der ersten Reihe hatte Major Burgstein einen hervorragenden Ausblick auf das Schlachtfeld. Unaufhörlich fanden grelle Explosionen statt, in deren Licht explodierende Kampfpanzer und Geschützstellungen erkennbar wurden. Hin und wieder machte der Major ein gigantisches Mündungsfeuer aus, das bald darauf von Explosionen begleitet wurde, wie er sie nur von schweren Bomben her kannte. Für Sekundenbruchteile tauchten diese Detonationen die Landschaft in ein helles Licht – lange genug, um den Major einen kurzen Blick auf die vorstürmenden Kampfläufer und den sich auf das Schlachtfeld zubewegenden LK-1 erhaschen zu lassen.

»Die Russen dringen mit starken Verbänden von Osten und Süden her nach Lindenheim ein. Wenn unsere Nachhut überrannt wird, machen die uns fertig«, hörte er die vertraute Stimme von Oberst Delmenhorst. »Deshalb können wir nicht länger warten. Wir brechen jetzt aus, obwohl der Panzerangriff von Generalfeldmarschall von Dankenfels erst in einer halben Stunde geplant ist. Vorwärts!«

Sofort gab Burgstein den Ausbruchbefehl an seine Panzer weiter. Vier Maus – einen hatten sie bei der alten Stellung im Nordosten sprengen müssen, weil seine linke Panzerkette zerschossen worden war – und die restlichen Tiger ruckten an. Die anderen Panzerkommandeure hatten den gleichen Befehl erhalten. Auf breiter Front stürmten die deutschen Kampfwagen nach Westen vor. Aus der linken Seitenscheibe sah der Major wenige Sekunden, nachdem sie auf dem freien Feld fuhren, heftige Detonationen. Offensichtlich hatten die Russen an der Südflanke des Ausbruchsschlauchs bereits erhebliche Kräfte massiert.

Ohne zu zögern gab der Major seinen Kommandanten den Befehl, den bedrängten Kameraden zur Hilfe zu eilen. Sofort schwenkten die schweren Panzer nach Süden ab. Burgstein erkannte, dass dort ein fürchterliches Gemetzel im Gange war. Auf engstem Raum hatten sich IS-2, T-34, Tiger, Panther und Maus ineinander verbissen. Die aus kurzer Entfernung abgegebenen Kanonenschüsse hatten verheerende Wirkung. Der Major beobachtete sogar, wie einem der überschweren Maus durch Beschuss aus nächster Nähe der Turm weggerissen wurde. Schließlich erkannte Burgstein, wiederum durch das Fenster auf der Fahrerseite, wie erste Explosionen am Westrand Lindenheims stattfanden. Auch hier waren die Russen also schon weiter vorgestoßen als erwartet. Nur wenige Sekunden später schoss das erste Dutzend gepanzerter Fahrzeuge der Aufklärungsabteilung der 37. Infanteriedivision, erkennbar an ihrem Löwenabzeichen, als Speerspitze der Ausbruchskolonne aus der Stadt heraus. Schützenpanzerwagen, Spähpanzer, und Flakpanzer durcheinander gemischt in Dreierreihen. Es hieß nur noch, mit zusammengefassten Stoßverbänden aus dem Kessel zu entweichen. Direkt dahinter eine Kolonne Tiger und Panther, gefolgt von Lastwagen und – einem schwer beladenen Munitionswagen einer Panzerabteilung! »Den fischen wir raus, Jungs!«, entschied Burgstein einem Impuls folgend. »Aufmunitionieren! Und zurück zur Nachhut!«

*

»So ein verdammter Mist!« Generalfeldmarschall von Dankenfels tobte.

»General Lüttich ist diesmal kein Vorwurf zu machen«, entgegnete Oberst von Düssern. Der athletisch gebaute, aber etwas zu klein geratene Offizier mit den dunkelblauen Augen streckte die Arme mit nach oben zeigenden Handinnenflächen wie ein Prediger vom Körper, als er fortfuhr: »Was bleibt dem General anderes übrig, als den Ausbruch zu befehlen, wenn die Roten bereits mit überlegenen frischen Kräften bei ihm auftauchen?«

»So ein verdammter Mist!«, wiederholte der Kastrup-Chef seine Unmutsäußerung und schlug mit der Faust auf den Besprechungstisch des Kommandozeltes. »Alles aufsitzen! Wir greifen an! Doch das kann ein ganz schöner Schlamassel werden, die Flanken des Schlauchs zu sichern, wenn dieser noch nicht vollständig von Feindkräften, die uns jederzeit in den Rücken fallen können, gesäubert ist.«

Die Offiziere rannten ohne weiteren Kommentar aus dem Zelt zu ihren zweihundertzwanzig, speziell für den Nachteinsatz mattschwarz lackierten Mauspanzern.

Keine dreißig Sekunden später befanden sich die überschweren Kampfwagen auf dem Weg zur Front.

»M-201 bis M-220 zur Nordflanke. Von dort ist nicht mehr viel von den Russen zu erwarten. M-2 bis M-100 folgen mir zum Westrand der Stadt, um den Rückzug unserer Kameraden zu decken. M-101 bis M-200 greifen in die Panzerschlacht an der Südflanke ein«, hörten die Soldaten der Kastrup-Division ihren Kommandanten aus den Lautsprechern der Funkgeräte ihrer Panzer.

Anschließend nahm von Dankenfels Kontakt mit Oberst Rundstein auf: »Dirigieren Sie den Landkreuzer in die Nähe der Abwehrschlacht im Süden und greifen Sie ein. Ein Drittel Ihrer Kampfläufer soll den Schlauch von zurückgebliebenen gegnerischen Truppen säubern. Lassen Sie ein Drittel den Rückzug der 6. Armee an der Westgrenze Lindenheims decken. Das letzte Drittel soll zur Unterstützung unserer Verbände in der Panzerschlacht im Süden eingreifen. Ich treffe in wenigen Minuten mit meiner Panzerdivision ebenfalls ein.«

Zweihundertzwanzig Besatzungen rasten in ihren überschweren Kampfwagen ihren Einsatzorten entgegen. Ihr Auftrag war es, die 6. Armee heil aus Lindenheim herauszuholen. Die Elitesoldaten würden dieses Ziel um jeden Preis zu erreichen versuchen. Zurückweichen war bei den vorausgegangenen Planungen noch nicht einmal angedacht worden.

*

Der eigene Erfolg wurde langsam zum Fluch. Hunderte brennende Panzerwracks standen auf dem Schlachtfeld. Sobald

Martin in den Lichtschein eines der lodernden Fahrzeuge gelangte, stieg die Wahrscheinlichkeit gewaltig, von einem gegnerischen Panzerschützen entdeckt zu werden. In der letzten halben Stunde hatte Uhland fünf seiner stählernen Kameraden nach einem Volltreffer explodieren gesehen. Er selbst war zwei weitere Male durch die Detonation von Granaten in seiner unmittelbaren Nähe umgeworfen worden.

Doch da war noch ein weiteres Problem, das einer schnellen Lösung bedurfte: Vor drei Minuten hatte er seine letzte Excalibur-Rakete verschossen. Er musste dringend neue Munition fassen.

Der Leutnant blickte sich nach dem Landkreuzer um, der schon weit in den Schlauch entlang der südlichen Flanke vorgedrungen war. Martin machte sich auf den Weg, den brennenden russischen Panzern weiträumig aus dem Weg gehend.

»KL-38 hier!«, rief er die Frequenz des Obersten an. »Brauche umgehend Nachschub an Raketen.«

»Schleuse vier ist frei. Wir stoppen in drei Minuten.«

Zwei Minuten später hatte Martin den riesigen Landkreuzer erreicht und trabte hinter dem mit fünfzig Stundenkilometern nach Westen stürmenden Giganten her. Drei weitere Kampfläufer hatten sich ebenfalls am Heck eingefunden. Dann hielt der Riesenpanzer an. Die vier mechanischen Krieger drückten ihre Rücken gegen die vier Schleusen. Der Transfer der Munition dauert gerade mal eine Minute. In dieser Zeit hatte der Landkreuzer zweimal geschossen. Die durch das Metall übertragenen Schallwellen ließen den Torso von Martins Kampfläufer wie eine Glocke schwingen. Uhland war in diesen beiden Momenten mehr als froh, einen Kopfhörer zu tragen.

Ein grünes Licht auf dem Armaturenbrett signalisierte dem Leutnant, dass der Ladevorgang abgeschlossen war. Durch ein Ausstrecken der stählernen Beine löste er sich von den Halterungen, die den Rücken seines mechanischen Kriegers an die Außenwand des Landkreuzers gepresst gehalten hatten. Sofort machte er sich mit seinen drei Kameraden auf den Weg. Zwei wandten sich nach Westen, um in die Panzerschlacht einzugreifen, während der andere Martin nach Nordwesten zum Stadtrand begleitete.

Als sie sich Lindenheim bis auf zwei Kilometer genähert hatten, kamen ihnen die ersten deutschen Lastwagen entgegen, die mit Soldaten vollbesetzt waren. Je weiter sie vordrangen, umso dichter wurde der entgegenkommende Verkehr. Die beiden Kampfläufer mussten häufig den in den Nachtsichtgeräten deutlich erkennbaren LKW ausweichen, während die Fahrer der Truppentransporter die mechanischen Krieger in der Dunkelheit sicherlich nicht rechtzeitig ausmachen konnten. Zwischen den Lastwagen, in die sich auch mit Soldaten vollbesetzte Panzer eingereiht hatten, schlugen ständig Granaten ein, die die Russen ihnen hinterherschickten. Mehrere Dutzend brennende Wracks zeugten davon, dass die Panzerschützen der Roten Armee Erfolg gehabt hatten.

Martin manövrierte seine Maschine zur Seite, um im weniger dichten Verkehr ein besseres Schussfeld zu haben. Er erkannte fünf IS-2, die sich auf der äußeren Ringstraße positioniert hatten. Im Abstand von wenigen Sekunden kam ein weiterer sowjetischer Panzer hinzu, um den Beschuss auf die Fliehenden zu intensivieren. Offensichtlich war die 6. Armee im letzten Moment ausgebrochen. Der Leutnant hoffte mit Blick auf die brennenden LKW-Wracks, in denen jeweils dutzende Soldaten umgekommen sein mussten, dass es nicht zu viele Opfer gegeben hatte.

Kalte Entschlossenheit durchströmte den Kampfläuferpiloten. Er visierte einen der gegnerischen Panzer auf der Ringstraße an und drückte den Feuerknopf für die Excalibur-Rakete. Sofort wechselte er seinen Standort, den er notgedrungen durch den Feuerschweif der Rakete verraten hatte. Dabei hielt er jedoch den zum Ziel auserkorenen IS-2 unbeirrt im Fadenkreuz. Die Excalibur traf den Russen voll. Bruchstücke und Qualm schossen aus der Wanne hervor. Schon nahm der Leutnant den nächsten Panzer aufs Korn und drückte ab. Während er wieder seine Stellung wechselte, explodierte der IS-2 noch bevor ihn die Rakete Uhlands erreicht hatte. Ein anderer Kampfläufer war vor ihm erfolgreich gewesen. Im letzten Moment heftete Martin das Fadenkreuz auf einen anderen Gegner. Die Excalibur änderte ihren Kurs und schlug mit vernichtender Wucht in das kurzfristig neugewählte Ziel ein.

Vier Maus, ein Schützenpanzer und einige Tiger trafen von Süden her ein, um den Kampfläufern beizustehen. Sie erledigten drei weitere gegnerische Kampfwagen, wobei jedoch einer der Tiger vernichtend getroffen wurde. Es handelte sich um die Panzer von Major Burgstein, der den Ernst der Lage für die fliehenden, abgekämpften und unterversorgten Soldaten der 6. Armee erkannt hatte. Ohne Rücksicht auf eigene Verluste stellte er sich den Russen entgegen, um Zeit für die Fliehenden zu gewinnen.

Aus den Querstraßen brachen nun Dutzende IS-2 und T-34 hervor. Die auf dem Ring wartenden Panzer ruckten nun ebenfalls an, um die Verfolgung der fliehenden deutschen Armee aufzunehmen.

Leutnant Uhland wusste, dass noch dreißig weitere Kampfläufer an den Stadtrand von Lindenheim befohlen worden waren, die in Kürze eintreffen mussten, doch es war zweifelsfrei klar, dass die sowjetische Übermacht sie einfach überrennen würde. Auch die unvermittelt in den Kampf eingreifende Handvoll deutscher Panzer würde den Gegner nur kurz aufhalten können.

Diese pessimistische Einschätzung der Lage wurde um ein Vielfaches verstärkt, als es plötzlich taghell auf dem Schlachtfeld wurde. Mit dem Beginn seines Gegenangriffs in den Schlauch hinein verschoss der Iwan eine große Menge Leuchtraketen, von denen sich der Leutnant schon länger fragte, warum sie nicht schon früher eingesetzt worden waren.

Wahrscheinlich hatten die im Schlauch stationierten Truppen schlicht keine dabeigehabt. Der zuständige Versorgungsoffizier dürfte bei den Roten künftig einen ziemlich schlechten Stand haben.

Die Empfindlichkeit der Nachtsichtoptik wurde automatisch heruntergeregelt, sodass Martin nach einer Sekunde gleißender Helligkeit wieder einwandfreie Sicht hatte.

In völlig unregelmäßigen Intervallen ließ Uhland den Kampfläufer hin und her tanzen. Die Russen sahen ihn jetzt deutlich, also wollte er ein möglichst schlechtes Ziel abgeben. Während seine nächste Excalibur auf ein willkürlich gewähltes Ziel zuraste, schlugen die ersten gegnerischen Granaten in seiner Nähe ein. Abgesehen davon, getroffen zu werden, war es in dieser Situation tödlich, umgeworfen zu werden. Die Zeit, die er zum Aufrichten benötigte, hätte ein gegnerischer Schütze sicherlich genutzt, um ihm den Rest zu geben. Hätten die deutschen Panzer nicht einen Teil des feindlichen Feuers auf sich gelenkt, wäre es längst um ihn geschehen gewesen – dessen war sich der Leutnant sicher.

Durch die Druckwellen der Granaten stolperte der Kampfläufer über das Feld wie ein Betrunkener. Trotzdem verschoss Martin eine Excalibur nach der anderen. Seine exzellente Beherrschung des mechanischen Kriegers führte dazu, dass er keinen einzigen Fehlschuss verbuchen musste. In dieser Phase des Kampfes war Uhland sich ziemlich sicher, dass er die nächsten Minuten nicht überleben würde. Er wollte versuchen, so viele Gegner wie möglich mit in den Tod zu nehmen.

Ein Kampfläufer nach dem anderen detonierte – durch einen Glückstreffer erwischt oder durch die Druckwellen umgeworfen und danach erledigt. Doch Martin schätzte, dass der Iwan seinen Erfolg mit rund zweihundert verloren gegangenen Panzern teuer bezahlen musste.

Als der Leutnant seine vorletzte Excalibur abfeuerte, detonierten mehrere sowjetische Kampfwagen an der nördlichen

Flanke. Aufmerksam geworden, versuchte Martin zu erkennen, woher der Angriff auf den Gegner kam. An der Nordflanke des Schlauchs erkannte er ein knappes Dutzend schwarzer Mauspanzer, die den Gegner von der Seite unter Beschuss nahmen. Dann wurden fast alle russischen Kampfwagen in der vordersten Reihe getroffen. Uhland drehte den Torso seiner Maschine kurz zur Seite. Er sah die Nachhut der fliehenden 6. Armee durch die Lücken zwischen den fein säuberlich in einer Reihe aufgestellten nachtschwarzen Mauspanzern verschwinden. Es handelte sich jedoch um die fünffache Anzahl der von der Flanke her angreifenden. Die vier ursprünglich zur Hilfe geeilten Maus mit nur noch drei manövrierfähigen Tigern zogen sich nun rückwärts fahrend zur unerschütterlichen Phalanx ihrer schwarzen Kameraden zurück.

Speziell die IS-2 schossen aus voller Fahrt zurück, was nicht zu ihren Stärken zählte. Lediglich drei Maus wurden getroffen, schienen aber nicht ernstlich beschädigt worden zu sein. Die Antwort der schwarzen Stahlkolosse brachte den Vorstoß der Russen zum Stehen. In genau diesem Moment orgelte ein fürchterliches Heulen über das Schlachtfeld. Zwei 38-cm-Granaten schlugen mitten unter die gegnerischen Panzer. Einer wurde voll getroffen, vier weitere landeten durch die ungeheure Druckwelle auf der Seite oder auf dem Dach. Offensichtlich hatte sich der Landkreuzer von den Kämpfen im Süden abgewandt, um sich der Westfront zuzuwenden.

Die sowjetischen Panzer zogen sich in der Deckung ihrer zerstörten Genossen zurück, um Schutz in den von Trümmern übersäten Straßen der Stadt zu suchen.

»Vom Feind lösen und langsam nach Neu-Ulm zurückziehen!« Die Stimme des Generalfeldmarschalls kam ruhig aus den Funkgeräten jedes deutschen Panzers und jedes Kampfläufers. Nach dem Rückzug der Roten Armee im Westen Lindenheims betraf dieser Befehl hauptsächlich die im Süden kämpfenden Verbände. Als sie sich geschlossen nach Nordwesten bewegten, verzichteten die Sowjets auf eine Verfolgung. Sie wussten, dass sie sich aufgrund der am Stadtrand freigewordenen deutschen Kräfte ohnehin nur eine blutige Nase geholt hätten. Selbst die über ein scheinbar unerschöpfliches Reservoir an Menschen und Material verfügende Rote Armee musste erst einmal ihre Wunden lecken und ihren völlig demoralisierten Soldaten Zeit zum Verschnaufen lassen.

*

Das Stadtzentrum von Neu-Ulm glich einem Irrenhaus. Singende, leicht angetrunkene Soldaten wanderten von Kneipe zu Kneipe und feierten, als hätte Deutschland den Krieg gewonnen. In Windeseile waren Lieder auf von Dankenfels, den Landkreuzer und die Kampfläufer »komponiert« worden. Dem Inhalt der Liedtexte nach zu urteilen war die Rote Armee ausgezeichnet damit beraten, unverzüglich die Waffen zu strecken und zu kapitulieren.

Der Generalstab hatte den Soldaten der 6. Armee trotz der insgesamt siebzigtausend Ausfälle befohlen, Auffangstellungen einzunehmen, obwohl nicht damit zu rechnen war, dass die Russen weiter bis nach Neu-Ulm vorstoßen würden. Zu groß waren ihre Verluste bei der Schlacht um Lindenheim gewesen, die sie jetzt erst einmal kompensieren mussten.

Speziell der Generalfeldmarschall hatte darauf gedrängt, die Neuausrüstung der Armee schnell voranzutreiben. Lediglich die Besatzungen der »Schwarzen Panzer«, des Landkreuzers und eines Teils des nahegelegenen Behelfsflughafens versahen weiterhin ununterbrochen ihren Dienst, um auf den höchst unwahrscheinlichen Fall eines sowjetischen Vorstoßes vorbereitet zu sein.

Von Dankenfels hatte General Lüttich, Oberst Rundstein, Major Burgstein und einige weitere am Unternehmen »Mjölnir« maßgeblich beteiligte Offiziere zu einer Besprechung geladen. Der Generalfeldmarschall hatte sein Hauptquartier in einem wunderschönen, im russisch-klassischen Stil errichteten und nach der Annexion der Ukraine originalgetreu renovierten Gebäude aufgeschlagen.

»Bitte nehmen Sie Platz, meine Herren«, lud der Kastrup-Chef die vollzählig eingetroffenen Offiziere ein. Die hochrangigen Soldaten setzten sich auf mit rotem Samt gepolsterten Stühlen an einen ovalen Besprechungstisch aus Eichenholz. An den Wänden hingen Ölgemälde siegreicher Schlachten aus dem Weltkrieg, der bald der Erste genannt werden würde.

Als Einziger blieb der Generalfeldmarschall stehen. Erwartungsvolle Blicke ruhten auf dem charismatischen Kommandanten der kaiserlichen Schutztruppe, dessen aristokratische Gesichtszüge etwas härter wirkten als üblich. Er nahm seinen schwarz glänzenden Stahlhelm ab und legte ihn vor sich auf den Tisch. Danach stütze er sich mit den Fäusten auf die Tischplatte.

»Wir sind äußerst knapp einer Katastrophe entronnen«, begann von Dankenfels mit ruhiger Stimme. »Lediglich unsere technologische Überlegenheit und der Kampfeswille unserer Soldaten«, der Blick des Schwarzuniformierten ruhte kurz auf Major Burgstein, »haben im letzten Moment die Rettung von fast dreihunderttausend Überlebenden des Lindenheim-Debakels ermöglicht. Und eines können Sie mir glauben, meine Herren, es fällt mir äußerst schwer im Zusammenhang mit dem Retter des Reiches, Generalfeldmarschall von Lindenheim, von einem Debakel zu sprechen.« Ein flüchtiges Lächeln umspielte die Lippen einiger der anwesenden Offiziere. »Doch wie konnte es passieren, dass die Sowjets die Stadt umgingen und im Westen den Sack zumachten? Ich habe die Offiziere des Generalstabs der 6. Armee befragt, woraus eindeutig hervorging, dass Sie, General Lüttich, Ihren Truppen den Befehl gaben, die Stadt um jeden Preis zu verteidigen. Während sich also die 6. Armee in der Stadt verbarrikadierte und sich auf die

Verteidigung vorbereitete, hatte der Iwan alle Zeit der Welt, an Ihnen vorbei nach Westen vorzustoßen und Ihre ganze Armee einzukesseln.

General Lüttich, nach meinen Erkenntnissen tragen Sie die alleinige Schuld an der Beinahekatastrophe. Damit nicht genug: Ihr Befehl, die Stellungen auszubauen und zu halten, widerspricht eindeutig der vom Oberkommando, also letzten Endes dem Kaiser, vorgegebenen Strategie des kontrollierten Rückzugs. Sie haben somit nicht nur die Ihnen anvertraute Armee leichtsinnig höchster Gefahr ausgesetzt, sondern einen eindeutigen Befehl des Oberkommandos missachtet. Nun – im Kaiserlichen Heer herrschen recht liberale Sitten, weshalb ich lediglich ein Verfahren vor dem Kriegsgericht gegen Sie anstrengen werde. Wären Sie ein General der Kastrup, ließe ich Sie unverzüglich einem Erschießungskommando vorführen.«

Keiner der Anwesenden schaute dem Generalfeldmarschall in die Augen. Peinlich betroffen schweigen die Offiziere.

»Wir haben fast zwanzigtausend Gefallene zu beklagen. Auch wenn der Gegner die vier- bis fünffachen Verluste hinnehmen musste, ist dies noch lange kein Grund, auch nur ansatzweise von einem Erfolg zu sprechen. Erstens geziemt es sich nicht für einen Soldaten, die eigenen Verluste gegen die des Feindes aufzurechnen. Das ist etwas für feige Bürokraten, die andere für sich die Kastanien aus dem Feuer holen lassen. Zweitens sind uns die Sowjets, zumindest zurzeit, quantitativ etwa zehn zu eins überlegen. Folglich muss eigentlich absolut jedermann klar sein, dass wir den Krieg so nicht gewinnen können. Drittens haben wir rund die Hälfte unserer Kampfläufer verloren und mit ihnen ausgezeichnete Soldaten, die darauf in höchstem Maße trainiert waren, die Kampfmaschinen zu steuern und deshalb als wertvolle Ausbilder für die neuen Piloten der vor zwei Wochen in Massenproduktion gegangenen Maschinen vorgesehen gewesen waren. Das Opfer dieser Männer für die Befreiung der 6. Armee wird das

Kampfläufer-Programm empfindlich bremsen. Und genau das haben wir nicht, meine Herren: Zeit. Wir können uns in diesem Krieg keine Verzögerungen leisten. Unsere einzige Chance ist es, vor der Eroberung der großen Industriezentren bei Berlin, Prag, Wien und im Ruhrgebiet genügend Waffen produziert und einsatzfähig zu haben, um die Rote Armee nicht nur aufzuhalten, sondern endlich zur Gegenoffensive übergehen zu können. Damit wären wir auch schon bei den beiden positiven Punkten, die man mit hinreichend gutem Willen aus den Ereignissen ziehen kann. Erstens hat die Belagerung von Lindenheim den Iwan ein paar Tage gekostet, in denen er ansonsten an der Südfront ein paar Dutzend Kilometer weiter auf deutsches Territorium vorgestoßen wäre. Zweitens durften wir am eigenen Leibe erfahren, wie fatal sich das Ausbleiben von Nachschub auswirkt. Trotz ständiger Versorgung durch unsere überlegene Luftwaffe waren zum Zeitpunkt des Ausbruchs etwa die Hälfte aller Panzer und Geschütze der 6. Armee verschossen. Diese Erkenntnis hat zunächst zurückgestellten Planungen des Oberkommandos oberste Priorität eingeräumt: dem Aufbau eines verdeckt hinter den feindlichen Linien operierenden Netzes von Saboteuren zur Schwächung des gegnerischen Nachschubs. Die Kastrup bereitet soeben die ersten Aktionen in dieser Richtung vor.

Eine weitere erfreuliche Mitteilung möchte ich machen: Wegen seines heldenhaften Einsatzes zur Deckung des Rückzuges der 6. Armee werde ich dem Kaiser vorschlagen, Major Burgstein zu befördern und ihm den Pour le Mérite zu verleihen. Das war's so weit von meiner Seite. Anmerkungen?«

Die stahlblauen Augen des Generalfeldmarschalls blickten in die Runde. General Lüttich hielt dem Blick stand und erhob sich. Er strich sich eine graublonde Haarsträne aus der Stirn und verkündete mit brüchiger Stimme: »Ich stimme Ihren Ausführungen in jedem Punkt zu und übernehme die volle Verantwortung für die Beinahekatastrophe. An dieser Stelle möchte ich mich bei all jenen bedanken, die durch ihren Einsatz dazu beigetragen haben, die Folgen meiner Fehler abzumildern.«

Das waren die letzten Worte, die die Anwesenden von Lüttich hörten. Im Anschluss an die Besprechung ging er in seine Privatunterkunft und erschoss sich mit der Luger, mit der er Tage zuvor in der eingeschlossenen Stadt sein letztes Gefecht zu kämpfen gedacht hatte.

*

Das mit einem hellen Zischen verbundene Öffnen der Heckklappe einer T1 hatte der zum Rittmeister beförderte Rohwedder in den letzten Wochen öfter gehört, als ihm lieb war. Je weiter sich die Klappe öffnete, umso mehr ging das Geräusch in ein gleichmäßiges Rauschen über.

Mit gemischten Gefühlen blickte der Rittmeister auf die unter ihm liegende Landschaft. Es waren lediglich ausgedehnte schwarze Flächen, durchsetzt von weit voneinander entfernten Lichtflecken, zu erkennen, da dieser 19. April 1949 erst zwanzig Minuten alt war. Rohwedder sah im Mondlicht kleine Wolkenfetzen weit unter der T1 vorbeiziehen. Dann wurde das rote Blinken im Mannschaftsraum der T1 durch ein grünes Licht ersetzt. Der Rittmeister lief über die zur Rampe gewordene Heckklappe und stürzte in den schwarzen Abgrund. Er wusste, dass ihm seine neunzehn Soldaten unmittelbar folgten und dass gleichzeitig Ausrüstungskisten abgeworfen wurden, deren Fallschirme sich wie bei den Elitesoldaten erst in fünfhundert Metern Höhe öffnen würden. Auf diese Weise wurde verhindert, dass die Ausrüstung abtrieb und erst nach aufwändiger Suche geborgen werden konnte.

Während des Falls waren die Gedanken Rohwedders bei den bevorstehenden Einsätzen. Es ging diesmal nicht um die Befreiung gefangener Kameraden oder gestürzter Könige – es ging darum, einen überlegenen Gegner an einer Stelle zu treffen, die ihm besonders wehtun musste: die Beeinträchtigung seines Nachschubs, den er für die Fortsetzung seines Angriffskriegs so dringend benötigte wie ein Mensch die Luft zum Atmen.

Im fahlen Licht der Sterne und des Mondes sah der frischgebackene Rittmeister seine Kameraden neben ihm dem russischen Boden entgegenfallen. Seit Beginn des Krieges hatte es, von deutschen Bombenangriffen einmal abgesehen, ausschließlich Kampfhandlungen auf deutschem Boden gegeben. Das sollte sich nun ändern – wenn auch vorerst nicht im großen Stil, so doch in einer Art und Weise, die den Kommunisten schmerzhafte Wunden schlagen würde.

Dreißig Kilometer nordöstlich der sowjetischen Stadt Kursk landeten die zwanzig Elitesoldaten zusammen mit ihrer Ausrüstung auf freiem Feld. Die Männer waren gerade dabei, ihre schwarzen Fallschirme zusammenzurollen, als vor einem im schwachen Licht der Sterne düster wirkenden Wäldchen in zweihundert Metern Entfernung eine Taschenlampe eingeschaltet wurde. Siebenmal lang und schließlich viermal kurz leuchtete die Lampe auf. Rohwedder zog seine Taschenlampe vom Gürtel und gab das verabredete Antwortzeichen zurück. Unmittelbar darauf wurde die fast unheimliche Stille der nächtlichen Landschaft durch das tiefe Brummen großvolumiger Motoren unterbrochen. Links neben dem Wäldchen lösten sich zwei Schatten aus der Dunkelheit, die sich beim Näherkommen als zwei Traktoren mit Anhängern entpuppten. Auf das Einschalten von Licht hatten die Fahrer verständlicherweise verzichtet.

Nachdem die beiden landwirtschaftlichen Fahrzeuge sowjetischer Herstellung die kleine Gruppe deutscher Elitesoldaten erreicht hatten, stoppten die Fahrer und stellten die Motoren ab. Je vier Mann in bäuerlicher Zivilkleidung sprangen von den Ladeflächen der beiden Anhänger. Ein nur einen Meter und fünfundsechzig Zentimeter kleiner Mann baute sich vor den zumeist hochgewachsenen Schwarzuniformierten auf. Mit einem grauenhaften russischen Akzent verkündete er in deutscher Sprache: »Willkommen beim Komitee für nationale Befreiung, KNB! Mein Name ist Boris Iljanow. Ich bin der Leiter der örtlichen Miliz gegen den Terror von Stalins Schergen. Wer von Ihnen ist Rohwedder?« Der Russe räusperte sich kurz und fügte schnell hinzu: »Rittmeister Rohwedder, wenn ich recht informiert bin.«

Der Angesprochene trat vor und reichte dem Kommandanten der Miliz die Hand. »Ich!«, fügte er lakonisch hinzu.

Iljanow ergriff die Hand des Elitesoldaten und drückte sie fest, wahrscheinlich um den Deutschen zu beeindrucken. Der Leiter des örtlichen KNB hatte einen quadratisch wirkenden Schädel, der von einem schütteren braunen Haarkranz umgeben war, abstehende Ohren und zu allem Überfluss wurde sein von tiefen Furchen durchzogenes Gesicht von einer überdimensionalen Hakennase verunziert. Rohwedder schaute dem kleinen Mann in die Augen und erntete ein erfrischendes, offenes Lächeln. Der Offizier konnte nicht genau sagen warum, aber der Russe war ihm trotz seiner Erscheinung, die weit davon entfernt war, irgendwelchen Schönheitsidealen zu entsprechen, vom ersten Moment an sympathisch.

Boris gab ein paar Befehle auf Russisch, woraufhin sich seine sieben Kameraden daran machten, die auf Paletten im Umkreis von wenigen Dutzend Metern verteilte Ausrüstung der Deutschen zu den Anhängern zu schaffen.

»Helft ihnen!«, wies der Rittmeister seine Soldaten an und wandte sich von Iljanow ab, um selbst mit anzupacken.

Zehn Minuten später war alles auf den geräumigen Anhängern verstaut. Zusätzlich war noch genug Platz für vier Bänke, die die Russen mitgebracht hatten, auf die sich die achtundzwanzig Männer nun setzten.

Unwillig rumpelnd sprangen die Traktormotoren an. Mit nicht mehr als fünfzehn Kilometern in der Stunde schaukelte die seltsame Truppe einem für die Deutschen unbekannten Ziel in der Dunkelheit entgegen.

Nach einer halbstündigen Fahrt durch Felder und kleine Waldstücke tauchte nach einer Biegung schließlich ein aus mehreren Gebäuden bestehender Hof aus der Dunkelheit auf. Eine Laterne beleuchtete den zentralen Platz, der die Gebäude verband, und selbst einige Fenster waren um diese Zeit noch beleuchtet.

Auf dem mit groben Steinen gepflasterten Platz hielten die beiden Traktoren schließlich an. Die Gebäude machten einen etwas heruntergekommenen Eindruck. Lack platzte von den Fensterrahmen und den Außentüren. Das graue Mauerwerk schien schon mindestens hundert Jahre auf dem Buckel zu haben. Putz blätterte von den Fassaden und gab den Blick auf unregelmäßig gemauerte Wände frei.

Die Widerstandskämpfer sprangen zuerst von den Anhängern, liefen zu einem Schuppen und holten mehrere Hubkarren heraus. Die Deutschen hatten zwischenzeitlich die Paletten mit ihrer Ausrüstung von den Anhängern gehoben. Die Russen schoben die Hubkarren darunter und verschwanden mit den Paletten in einer großen Scheune.

»Folgen Sie mir bitte!«, forderte Boris seine Gäste auf. Er ging auf eine Haustüre mit einer kleinen, milchigen Glasscheibe zu, hinter der sanftes Licht brannte. Unmittelbar hinter der Türe schloss sich eine mindestens zweihundert Quadratmeter große Diele an. Ein riesiger, länglicher Tisch, der mehr als fünfzig Personen Platz bot, zog sich fast bis zur gegenüberliegenden Stirnwand, in die ein offener Kamin eingearbeitet war, in dem ein gemütliches Feuer flackerte. Mehrere Frauen mit Kopftüchern trugen Töpfe aus einem benachbarten Raum und stellten sie auf Korkunterlagen, die sie zuvor auf den Tisch gelegt hatten.

»Wir sollten erst einmal etwas essen«, schlug Iljanow vor und lächelte dabei in seiner fröhlichen Art.

Die zwanzig Elitesoldaten und insgesamt siebenundzwanzig Widerstandskämpfer setzten sich an den langen Tisch, während die Frauen Teller und Besteck brachten.

»Seit wann haben Sie Kontakt zur Kastrup?«, begann der Rittmeister das Gespräch. Boris, der ihm genau gegenübersaß, forderte den Schwarzuniformierten zunächst einmal auf, seinen Teller mit dem Eintopf aus dem vor ihm stehenden Topf zu füllen. Erst als Rohwedder zu essen begann und ein »Hm, lecker!« von sich gab, beantwortete der örtliche KNB-Chef die Frage: »Wir versorgen die Kastrup seit mehr als zwei Jahren mit Informationen und erhalten dafür Waffen und andere nützliche Ausrüstungsgegenstände, um Stalin und seinen Proletarierhorden gelegentlich in die Suppe zu spucken. Äh – das hätte ich beim Essen vielleicht nicht sagen sollen?«

»Nein, nein, schon in Ordnung. Und was ist Ihre Motivation, was sind die Ziele Ihres Widerstands?«

»Schauen Sie: Mein Großvater war Offizier der Kaiserlich Russischen Armee, mein Vater wurde schließlich Major der Roten Armee. Das Soldatentum hat in meiner Familie eine noch viel längere Tradition, womit ich Sie aber nicht langweilen möchte. Der Gutshof, auf dem wir uns hier befinden, war schon immer in unserem Besitz, bis die Kommunisten die Landwirtschaft verstaatlichten. Von da an ging es ständig bergab. Der Bruder meines Vaters wurde vom Gutsbesitzer zu einem für den Staat arbeitenden Lohnbauern. Er wurde gezwungen faules Gesinde einzustellen, das seine Löhne bekam, ob es nun arbeitete oder nicht. Ernten wurden manchmal erst abgeholt, nachdem sie verdorben waren, und umgekehrt funktionierte die Versorgung mit landwirtschaftlichen Maschinen, Saatgut und Futter so gut wie überhaupt nicht mehr. Man muss sich das einmal vorstellen: Wir bewirtschafteten hier ein riesiges Gut und es gab dennoch Zeiten, in denen wir hungerten! Mittlerweile haben viele ehemalige Gutsbesitzer auf so etwas wie eine Schattenwirtschaft am Staat vorbei umgestellt. Wir versorgen uns gegenseitig, schmeißen nichtsnutziges Gesinde in Jauchegruben anstatt es durchzufüttern und bestechen Parteifunktionäre, um wenigstens halbwegs mit Gütern versorgt zu werden, die wir selbst nicht herstellen können.

Doch was ich Ihnen hier erzähle, ist nur so etwas wie der allgemeine Hintergrund, damit Sie sich unsere Situation vorstellen können. Unterversorgung und Hunger wären für uns keine ausreichende Motivation, uns gegen eine Obrigkeit aufzulehnen, sofern diese gerecht und bemüht wäre, die Lebensumstände des ihr anvertrauten Volkes zu verbessern.«

Je länger er sprach, umso mehr wurde aus dem furchtbaren russischen Akzent ein annehmbares und schließlich sogar recht gutes Deutsch.

»Doch die Kommunisten sind ein Haufen verlogenes, korruptes Pack, die sich für nichts weiter als ihren Machterhalt interessieren. Rücksichtslos räumen sie jeden aus dem Weg, der zumindest ein kleines Maß an Freiheit für sich beansprucht. Dabei bringen sie sogar Leute um, die sie lediglich *verdächtigen,* mit der Willkürherrschaft der Parteifunktionäre nicht einverstanden zu sein. Genau dies ist meinem Vater und seinem Bruder bei einer der großen sogenannten ›Säuberungen‹ Stalins passiert.

Wir saßen hier an diesem Tisch zusammen mit unseren Frauen und den Bediensteten, als die Türe dort«, Boris deutete auf den Eingang, durch den sie den Raum betreten hatten, »eingetreten wurde und zwei Dutzend Schergen in der Uniform der Roten Armee den Raum stürmten. Mir und meinen Brüdern schlugen sie mit ihren Gewehrkolben gegen den Kopf. Als wir wieder aufwachten, hörten wir das Weinen meiner Schwester und meiner Cousine, die von den Schweinen vergewaltigt worden waren. Meine Mutter erzählte uns, dass die Soldaten meinen Vater und seinen Bruder mitgenommen hatten. Wir hörten nie wieder von ihnen. Verstehen Sie jetzt, warum wir die kommunistische Willkürherrschaft aus tiefster Seele hassen? Ich sage Ihnen ganz offen: Wir haben hier ein Fest gefeiert, als wir hörten, dass dieser unmenschliche Diktator den Nordischen Bund angegriffen hat. Wir waren davon überzeugt, dass der deutsche Kaiser dem Spuk mit seinen Atomwaffen sehr schnell ein Ende bereiten würde. Umso enttäuschter waren wir, als die Bomben, wie sich bald herumgesprochen hat, nicht detonierten. Also bleibt uns nur, den Nordischen Bund nach Kräften zu unterstützen, damit er diesen Krieg letztlich für sich entscheiden kann und Stalin mitsamt seiner Verbrecherbande zum Teufel jagt.«

Erwartungsvoll, was der Rittmeister entgegnen würde, schaute der Widerstandskämpfer seinem Gegenüber in die Augen. Die Männer am Tisch, Deutsche wie Russen, hatten das Gespräch, das bisher eher ein Monolog Iljanows gewesen war, aufmerksam verfolgt. Rohwedder wusste, dass die Kämpfer des KNB alle Deutsch gelernt hatten, dass also jeder von ihnen den Ausführungen hatte folgen können.

»Und welche Gesellschaftsform schwebt Ihnen vor, nachdem Stalin zum Teufel gejagt wurde?«, stellte der deutsche Offizier eine weitere, für ihn bedeutsame Frage.

»Wir streben die Wiedereinführung der Monarchie nach deutschem Vorbild an. Es soll ein Zarenreich entstehen, in dem jeder freie Mann nach entsprechenden Leistungen Aristokrat werden kann. Ein Reich, in dem sich der Staat aus den Privatbelangen seiner Bürger heraushält. Ein Reich, in dem die Fähigen und Ehrenhaften regieren und nicht wie heute korrupte Opportunisten. Wir wünschen uns ein Zarenreich, das dem Nordischen Bund beitritt, denn nur unter einer gemeinsamen Führung werden die Völker dauerhaft Frieden finden und sich Kultur und Forschritt widmen können.«

Nachdenklich betrachtete der Rittmeister den kleinen Mann auf der anderen Seite des Tisches. Boris Iljanow mochte nicht aussehen wie ein Aristokrat, doch er redete und dachte wie einer – also war er auch einer.

Umgekehrt erfasste der hochintelligente Widerstandskämpfer bei einem Blick in dessen Augen sofort die Gedanken des deutschen Offiziers. In diesen Sekunden wurde ein unsichtbares Band der Kameradschaft zwischen den beiden Männern geknüpft, das halten sollte, solange sie lebten. Doch die Dinge, die sie in naher Zukunft zu tun gedachten, ließen es nicht unbedingt realistisch erscheinen, dass der Russe und der Deutsche eine hohe Lebenserwartung haben würden.

*

Der nächste Morgen war ungewöhnlich kühl für einen Tag der zweiten Aprilhälfte. Raureif bedeckte die groben Steine des Hofpflasters und ließ die Gräser der Wiesen wirken, als seien sie mit einem hauchzarten Zuckerguss überzogen worden.

Die beiden ungleichen Männer schlenderten sich angeregt unterhaltend vom Hof auf einen unasphaltierten Feldweg. Boris hatte Hans Rohwedder aufgefordert, ein wenig spazieren zu gehen, um die weitere Vorgehensweise in der kühlen Morgenluft zu besprechen. Der Rittmeister war ebenso wie seine neunzehn Soldaten von den Widerstandskämpfern eingekleidet worden und wirkte nun wie ein stattlicher russischer Bauer.

»Da ist ja wirklich eine beachtliche Liste, die du da zusammengestellt hast«, bemerkte der Rittmeister beeindruckt. Die Deutschen und Russen hatten sich längst auf das kameradschaftliche »Du« geeinigt.

»Wir!«, verbesserte Iljanow. »Ohne meine loyalen Milizionäre hätte ich das niemals zustande gebracht.«

»Versteckte, gut getarnte Benzin-, Munitions-, Verpflegungs- und Ersatzteillager, insgesamt zweiundzwanzig uns bisher unbekannte Ziele – wenn wir die vernichten, hat die Rote Armee im Südabschnitt ein ernsthaftes Versorgungsproblem.« Hans Rohwedder unterstrich seine Worte mit einem trockenen Auflachen, denn ihm war die Bedeutung der Stadt Kursk als wichtigstes Versorgungszentrum der Roten Armee im Südabschnitt natürlich bestens vertraut.

»Mit dem Sprengstoff, den wir von den Roten erbeutet haben, und dem, den ihr mitgebracht habt, können wir diese Ziele problemlos hochjagen«, entgegnete Boris. Seine Stimme klang noch etwas rau, obwohl die Männer darauf verzichtet hatten, zur Verbrüderung den normalerweise üblichen Wodka zu konsumieren. »Getrunken wird nur nach durchschlagenden Erfolgen«, hatte Iljanow seinen enttäuschten Männern in der vergangenen Nacht die neuen Regeln dargelegt.

»Nein, wir müssen zwischen zwei Aufgaben unterscheiden«, klärte der Rittmeister den Russen auf. »Wir haben erstens dafür zu sorgen, dass die Rote Armee an der Front unter Nachschubmangel leidet. Zweitens sollen wir versuchen, für Unruhe zu sorgen, indem wir hohe Parteifunktionäre umlegen, um – genügend Rückhalt in der Bevölkerung vorausgesetzt – Stalins Diktatur von innen heraus zum Einsturz zu bringen. Das sind zwei völlig unterschiedliche, voneinander unabhängige Aufgaben. Genauso sollten wir sie auch betrachten.

Es wäre dumm von uns, für die Lösung der ersten Aufgabe unsere wertvolle Ausrüstung zu verschwenden und uns in direkte Gefahr zu begeben. Die Vernichtung der Nachschublager rund um Kursk können wir viel eleganter lösen. Wir müssen deiner Liste nur noch die genauen Koordinaten hinzufügen und diese dann über mein Satellitentelefon an das Oberkommando weitergeben. Dann kann die Nordische Luftwaffe Präzisionsschläge gegen alle zweiundzwanzig Ziele führen.

Unseren Sprengstoff und unsere Waffen sollten wir dagegen einsetzen, um Funktionäre und systemhörige Offiziere zu erledigen. Außer unserer Gruppe sind noch mehrere andere im ganzen Land verteilt tätig. All diese Schläge gegen die politische Führung sollten der Bevölkerung zeigen, dass diese Diktatur durchaus verwundbar ist, was dann hoffentlich Nachahmer dazu bringt, ebenfalls gegen das System vorzugehen. Im Idealfall lösen wir eine Kettenreaktion aus, die die Unterdrücker und deren Mitläufer an den Galgen bringt.

Es ist jedoch in Anbetracht der gegenwärtigen Kriegslage wichtiger, zuerst mit der Vernichtung der Nachschublager zu beginnen. Zu diesem Zwecke haben wir eine Kiste mit Geräten zur Satellitenpeilung hierher gebracht. Diese Geräte erlauben die Bestimmung der geografischen Koordinaten eines jeden Ortes auf diesem Planeten mit einer Genauigkeit von wenigen Metern. Ich schlage daher vor, dass jeweils einer meiner Soldaten, der die Geräte bedienen kann, und einer deiner Männer, der über die notwendigen Ortskenntnisse verfügt, sich in die unmittelbare Nähe der Ziele begeben, um die exakten Koordinaten zu vermessen. Auf diese Weise können wir ohne große Gefahr in sehr kurzer Zeit erheblichen Schaden anrichten.«

Es stand dem kleingewachsenen Russen ins Gesicht geschrieben, dass er mit den Ausführungen des Rittmeisters nicht einverstanden war. »In dem Fall lassen wir Schaden anrichten. Wir selbst sind dann nichts weiter als Beobachter. Wir haben nun so lange darauf gewartet, endlich loszuschlagen, da missfällt es mir einfach, lediglich ein paar Daten zu sammeln.«

»Ich kann dich sehr gut verstehen«, gab Rohwedder zurück. »Doch ich verspreche dir, dass wir nach dem Vermessen der Nachschublager sofort mit unseren Aktionen gegen die Offiziere und Funktionäre beginnen werden. Das wird dann genau die Leute treffen, die deinen Vater und seinen Bruder auf dem Gewissen haben.«

Ein wenig mürrisch stimmte Boris zu, aber er sah die Notwendigkeit dieser Vorgehensweise ein.

Die beiden Männer gingen gemütlich zurück zur Diele, in der die Soldaten Rohwedders, ebenfalls in Zivil, und zwei Dutzend Widerstandskämpfer schon ungeduldig darauf warteten, welche Vorgehensweise ihre beiden Anführer beim morgendlichen Spaziergang festgelegt hatten.

Zumindest die Deutschen waren nicht überrascht, als Boris den Plan ausbreitete, zunächst die Koordinaten der Nachschublager rund um Kursk zu vermessen, um es der Nordischen Luftwaffe so zu ermöglichen, die Ziele mit Sicherheit vollständig zu vernichten. Die Widerstandskämpfer gaben sich schließlich damit zufrieden, dass es erst danach in Kampfeinsätze gegen die verhassten Unterdrücker ging.

Elf Gruppen zu zwei Mann, jeweils einem Russen mit Ortskenntnissen und einem Deutschen mit dem Gerät zur Satellitenpeilung, machten sich bereits eine Stunde später auf den Weg.

Boris und Hans verbrachten den Tag mit den konkreten Planungen von Attentaten auf die Politikprominenz des Unrechtsregimes. Die Schergen Stalins in der Umgebung von Kursk waren von der Widerstandsgruppe in den letzten Monaten intensiv beobachtet worden. Aus den Informationen, die Iljanow unterbreitete, erkannte Rohwedder, dass erfolgreiche Anschläge auf einflussreiche Persönlichkeiten extrem schwierig, riskant, wenn nicht gar unmöglich sein würden. Ein durchaus als paranoid zu bezeichnendes Schutzbedürfnis der hohen Funktionäre und Militärs hatte dazu geführt, dass diese stets von einer großen Zahl Elitesoldaten bewacht wurden und dass die Gebäude, in denen sie arbeiteten und wohnten, mit ausgeklügelten Sicherheitsmechanismen ausgestattet waren, die Unbefugte am Betreten hinderten.

»Dir ist schon klar, dass unsere Angriffe auf die Stalinisten einen hohen Tribut fordern werden?«, forderte Rohwedder den Russen heraus.

»Meinen Kämpfern ist durchaus klar, dass die meisten von ihnen den Zusammenbruch des Regimes nicht mehr erleben werden. Es glauben jedoch alle daran, dass wir unseren Beitrag leisten müssen, um ihn herbeizuführen. Ich nehme an, auch deine Soldaten sind bereit, ihr Leben für die gemeinsame Sache einzusetzen und wenn nötig zu opfern.«

»Ja, das sind sie«, entgegnete der Rittmeister mit tiefem Ernst in der Stimme. »Die Kastrup ist erst dann geschlagen, wenn keiner von uns mehr lebt.«

*

Es gab gewisse Dinge, die konnten nicht delegiert werden. Dieser Auffassung war Generalfeldmarschall von Dankenfels im Allgemeinen und im Speziellen, wenn es um die Koordination seiner Attentatskommandos ging, die überall in der Sowjetunion verteilt mit russischen Widerstandskämpfern zusammenarbeiteten.

Besonderes Augenmerk richtete er dabei auf die Gruppe Rohwedders bei Kursk. Der südliche Angriffskeil der Roten Armee hatte bei der Schlacht um Lindenheim schwere Verluste hinnehmen müssen, die es jetzt über den Verteilerknoten Kursk zu kompensieren galt. Wenn es gelang, den Nachschub von dort zu einem spürbaren Anteil zu verhindern, würde dies den Vormarsch der Roten Armee erheblich verlangsamen.

Das Oberkommando ging davon aus, dass der Vorstoß im Süden den Ölfeldern in Rumänien galt sowie dem Abschneiden des Nordischen Bundes von der Ölversorgung durch das Osmanische Reich auf dem Landweg. Falls dies der Roten Armee gelänge, bliebe nur noch der gefahrvolle Transport dieses wichtigen Rohstoffs auf dem Wasserweg. Ob dieser jedoch noch lange gewährleistet bleiben konnte, war anhand der Überlegenheit der vereint operierenden amerikanischen und britischen Flotten mehr als fraglich.

Umso wichtiger war es, die Sowjets im Süden aufzuhalten, bis die deutsche Rüstungsindustrie die quantitative Überlegenheit der Kommunisten zumindest halbwegs kompensiert hatte.

Um selbst die Fäden bei den Anschlägen auf die Versorgungsdepots und hohe sowjetische Funktionäre in der Hand zu behalten, hatte der Generalfeldmarschall den Befehl gegeben, sämtliche Meldungen der kombinierten Kastrup-Widerstandskämpferverbände direkt zu ihm durchzustellen. Er hatte gerade ein Gespräch beendet, als das Telefon auf dem einfachen, schnörkellosen Schreibtisch seines Büros im Hauptquartier der Nordischen Streitkräfte in Neu-Ulm erneut klingelte.

»Von Dankenfels«, meldete sich der Kastrup-Chef. Am anderen Ende war ein Feldwebel, der dem Generalfeldmarschall verkündete, ein Satellitentelefongespräch durchzustellen.

»Rohwedder hier!«, kam es auch schon aus der Leitung.

Obwohl das Mitglied des Oberkommandos wusste, dass man seinem Gesprächspartner wegen der kurzen Zeitverzögerung bei Gesprächen über Satellit nicht ins Wort fallen sollte, unterbrach er den Kastrup-Soldaten sofort: »Uwe oder Hans?«

»Hans Rohwedder. Bitte entschuldigen Sie. Hat sich mein Bruder aus Leningrad[23] schon gemeldet?«

»Ja, Ihr Bruder hat uns bereits die Koordinaten einiger sehr lohnender Ziele geliefert, deren Vernichtung unseren finnischen Freunden sicher bei ihrem Widerstand gegen die Rote Armee helfen wird. Es geht Ihrem Bruder gut.«

Ein erleichtertes Seufzen ging den Ausführungen Rohwedders voran. Er wusste, dass sein Bruder zuvor bei der Überwachung eines gewissen Verräters namens Malte Müller eine wichtige Rolle gespielt hatte und dass er sich nach dessen Verschwinden für den Einsatz hinter den feindlichen Linien gemeldet hatte. »Wir haben zweiundzwanzig Nachschublager aller Art rund um Kursk vermessen. Ich gebe nun die Koordinaten durch: Treibstofflager …«.

Von Dankenfels zeichnete das Gespräch auf, um sich das Mitschreiben der Zahlenkolonnen zu ersparen. Die Gruppe bei Kursk hatte tatsächlich hervorragende Arbeit geleistet, um die Chancen des Nordischen Bundes in diesem mörderischen Krieg ein klein wenig zu verbessern.

---

[23] Sankt Petersburg

Ein Stich ging durch die Brust des Generalfeldmarschalls, als er daran dachte, dass dieser furchtbare Krieg nichts weiter als die Vorbereitung auf geradezu apokalyptische Ereignisse war, denen sich die Menschheit schon bald zu stellen hatte. So sehr der Mann mit der weißblonden Bürstenfrisur und den stahlblauen Augen sich den Sieg des Nordischen Bundes wünschte, so stark wurde ihm wieder einmal bewusst, dass es für ihn noch wichtigere Dinge zu tun gab, als diesen Sieg zu ermöglichen.

Nachdem sich die letzte kombinierte Einsatzgruppe gemeldet hatte, schweiften seine Gedanken zurück zum Beginn der schicksalhaften Entwicklung, die mit der Eroberung von Fort Charles im Süden des Sudans seinen Anfang genommen hatte.

Wird fortgesetzt ...

„HJB-News" monatlich – kostenlos – aktuell

Monatlich erhalten Sie per E-Mail aktuelle Infos zu den Verlagsobjekten der Verlage Unitall und HJB. Natürlich ist der Newsletter kostenlos und kann auch jederzeit wieder abbestellt werden. Um die HJB News zu bekommen, müssen Sie nur auf der Seite www.hjb-news.de Ihre E-Mail-Adresse angeben und auf »Abschicken« drücken.

Der Newsletter „HJB News" ist ein Service von

www.hjb-shop.de

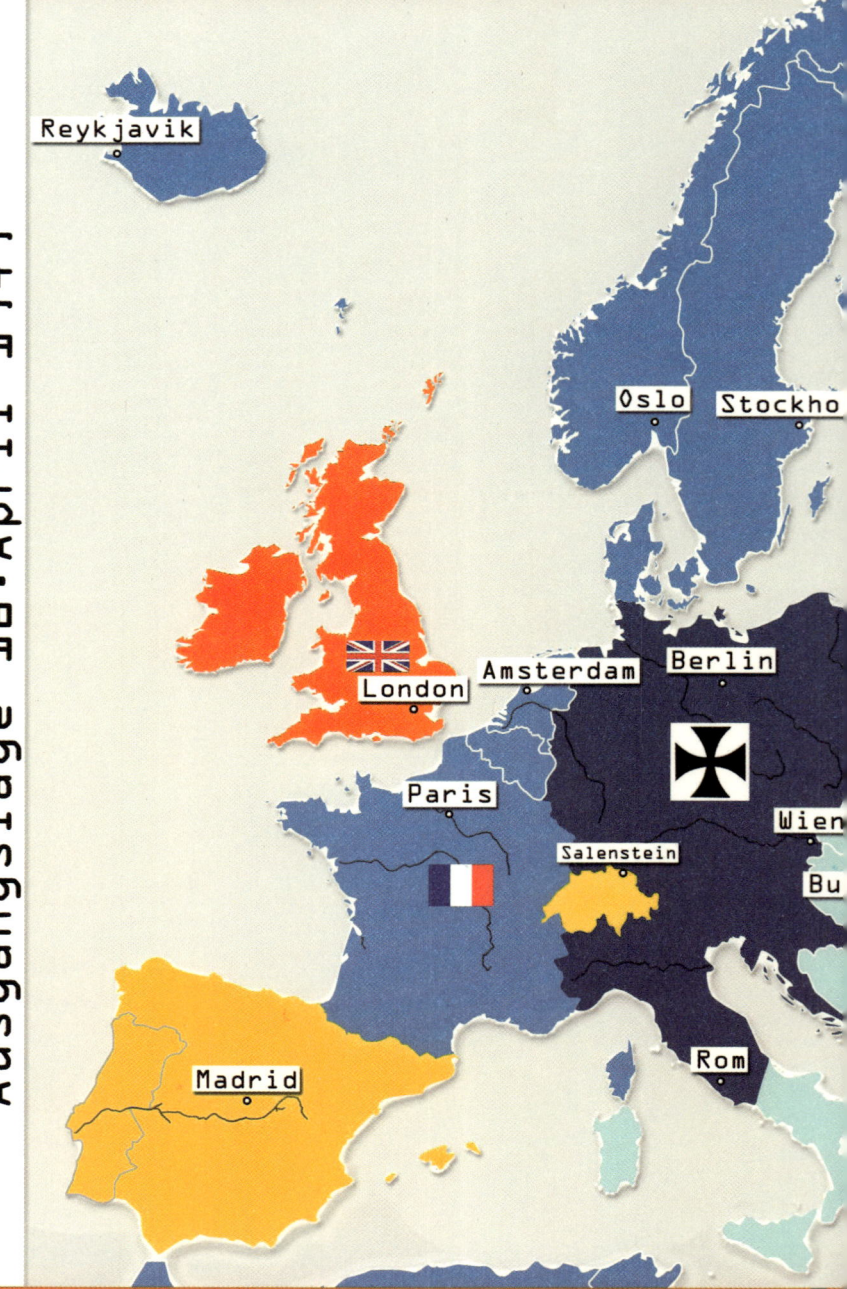